网络文学想象力的变奏

耽美"异托邦"建构探究

Variations of Internet
Literature's Imagination:
the Research on Construction of
Yaoi Heterotopia

张慧伦 著

知识产权出版社

全国百佳图书出版单位

—北京—

图书在版编目（CIP）数据

网络文学想象力的变奏：耽美"异托邦"建构探究／张慧伦著 . —北京：
知识产权出版社，2020.9

ISBN 978-7-5130-7189-5

Ⅰ.①网… Ⅱ.①张… Ⅲ.①网络文学—文学研究—中国 Ⅳ.①I207.999

中国版本图书馆 CIP 数据核字（2020）第 179445 号

责任编辑：李　硕　　　　　　责任校对：谷　洋
封面设计：博华创意·张　冀　　责任印制：刘译文

网络文学想象力的变奏
——耽美"异托邦"建构探究

张慧伦　著

出版发行：**知识产权出版社** 有限责任公司		网　　址：http://www.ipph.cn	
社　　址：北京市海淀区气象路 50 号院		邮　　编：100081	
责编电话：010-82000860 转 8342		责编邮箱：lishuo@cnipr.com	
发行电话：010-82000860 转 8101/8102		发行传真：010-82000893/82005070/82000270	
印　　刷：天津嘉恒印务有限公司		经　　销：各大网上书店、新华书店及相关专业书店	
开　　本：720mm×1000mm　1/16		印　　张：16	
版　　次：2020 年 9 月第 1 版		印　　次：2020 年 9 月第 1 次印刷	
字　　数：218 千字		定　　价：66.00 元	

ISBN 978-7-5130-7189-5

本书受山东师范大学中国语言文学山东省一流学科资助出版

中国博士后科学基金面上资助项目"网络小说伴随文本数据库整理与研究（1997—2019）"（项目编号：2019M662434）阶段性成果

山东省博士后创新项目专项资金资助项目"网络小说伴随文本发展历程整理研究（2008—2018）"（项目编号：201903026）阶段性成果

序　面向另类的挑战与收获

姚晓雷 *

　　慧伦是我指导的直博生，博士毕业后到了山东师范大学文学院工作，这本书是在她博士学位论文基础上进一步完善的成果。当她邀请我写序时，我责无旁贷地答应了。但答应之后又有些犯难，迟迟难以动笔。我犯难的原因是慧伦研究的耽美文化现象的确比较"另类"。尽管在慧伦论文的写作过程中，为了商榷一些问题，我也读了一些相关的作品和文章，但我还是觉得我在这个领域实在没有足够的话语权，就像一只误入丛林的鸟，被一条条陌生的枝丫阻挡着，分不清哪儿才是通向天空的路。

　　于是我进一步地想到，假如耽美书写是一处充斥着种种迷雾与神秘气息的丛林的话，慧伦原来不也是一只丛林外的鸟儿吗？又是谁提示她去接触这处丛林的呢？始作俑者难道不还是我自己吗？这正应了民间的那句话，"搬起石头砸自己的脚"。我最初接触耽美小说，是从一个学生提交的研究情爱叙事的课堂作业中。那篇作业写的是对一部耽美作品的评价，尽管写得简单，但洋溢着"后浪们"不走寻常路的叛逆精神。这引起了我对这种女性想象中的男性情感叙事现象的兴趣。我向一个对此有过关注的师妹咨询（她在女性文学研究领域耕耘多年），才知道它的流传之广，以及背后蕴含了性别、欲望、消费等复杂的思想文化交锋。我当时的反应是半信半疑的，比如有的耽美小说作者是男性，怎么说他写

---

　　* 姚晓雷，浙江大学中文系教授、博士生导师。

的是一种女性的想象呢？师妹又告诉我，作者生理性别是男性，但心理的自我认同是女性，所以应当算是"女性"想象。她还向我推荐了一大堆耽美小说领域的代表作品，但我终究还是没有弄得太明白。我就希望有一个人能把它的来龙去脉好好梳理一下。这时候正好慧伦在找博士论文选题，我把意思向她说了一下，她说先回去找些相关资料看看，做个评估。很快，她就表示愿意接下这个题目。

其实我对慧伦肯表态接下这个题目，内心还是蛮惊讶的。本来在我看来，愿意做这个题目的人，应该是一个内心充满"不羁和狂野"的人，而慧伦给我的印象完全不是这样。身为浙江女孩，慧伦不但有南方女孩秀外慧中的特点，而且比普通的南方女孩多了一份稳重和大气。她一路顺风顺水，考入浙江大学，又顺利直博，为人和气大方，彬彬有礼，做事情认真负责，富有条理，看不出有什么"另类"的地方。如果按照常理，她应该选一个"中规中矩"的题目，中规中矩地做下去。以我的观察，我们这个时代的学校教育制度尽管在激发人的原创力方面被诟病多多，却也有它的贡献，比如擅长培养出一大批能把各种"规矩"掌握得很精致的人，包括学习的规矩、考试的规矩、写论文的规矩、职场规矩等。我们的生活就是一个规矩接着一个规矩。这些规矩合理不合理、荒诞不荒诞是另外一回事，但你只要生活着就要面对它们。"懂规矩"当然也是一种能力，一种让自己生活起来游刃有余的能力。以自己的聪明才智应对这个世界上的"规矩"，成为这个社会上体面的"精英"，很多人所向往和追求的人生道路不都是这样吗？毕竟在这个生活不堪承受之重与意义不堪承受之轻的时代，愿意不断地逼迫自己、为难自己和挑战自己的人有几个？

慧伦接受了这个选题，也就意味着她要逼迫自己去冲刺一个全新的领域。这不能不让我肃然起敬，也让我感到自己过去看到的只是她这一代人的表象。她这一代还有不少人表面上是在体制化的背景下成长起来，谙熟这个体制的"规矩"，克己、顺应、擅作"规矩"中的胜者，实际上内心却从不降低对自我的要求。他们这些人接受时代信息远比我们这些"前浪"要敏感得多，也丰富得多，许多人"想用自己的眼睛去看、用自己的心去思索、用自己的思考去解决问题"的愿望，甚至比我们这一代人还要强烈和执着。在慧伦看来，既然耽美文化现象作为一种亚文化已经浸入现代的生活，就没有理由去回避它。她不仅要持着一颗勇于探索的心去接触它、认识它，还要站在他们这一代人的价值立场上对其进行评判。中国耽美小说的生成在很大程度上受了日本耽美文化的影响，国内这方面的资料还不是很多。在确定这一选题之后，慧伦积极地搜集并分析资料。她还争取到了去日本早稻田大学的访学机会，通过各种渠道获取信息。既要阅读大量的从前未曾涉猎的文本，还要进行复杂的理论分析，其间的艰苦可想而知。不过，慧伦都坚持下来了，如期提交了一篇高质量的博士学位论文。她的论文深受各位评阅老师和答辩评委的好评。这是对她所付出努力的一种肯定。

国内类似《网络文学想象力的变奏——耽美"异托邦"建构探究》的整体性专门研究中国网络耽美小说及耽美文化的专著还很罕见，本书可以说在很大程度上有开风气之先的作用。这部书的研究特点之一是它的系统性。书中不仅对耽美文化现象乃至网络耽美小说的定义、源流做了认真的考察，还对它的主题类型及叙事形态分门别类进行了剖析。这部书的研究特点之二是它的视野融通。耽美首先是一种文化现象，然后才是一种小说现象，甚至它作为一种小说现象的价值远远不如它作为一种文化现象的价值。正因为如此，对它的研究不仅需要文学的功底，更需要文化思想研究层面的功底。慧伦在这部书里将文学研究和文化学研究的双重视野很好地融合在一起，从文化学角度析其源，从文学审美角度辨其质，不少观点都富有个人创见。如她对耽美文学中最引人非议的禁忌之恋、虐恋书写，并没有简单地视之为洪水猛兽，而是持"同情之理解"，充分看到其欲望宣泄背后所隐含的一代人在边缘处境下的孤独絮语，看到其作为他们充满叛逆的青春激情找不到正常发泄途径后借以自我排解的另类乌托邦特质，也就是作者所说的"异托邦"。正因为有着"同情之理解"，她对之的批评也就更有说服力。

慧伦这部书不是尽善尽美。毕竟作为一个20岁出头的、正处于学术起步阶段的青年学者，囿于阅历和学养，对一些复杂现象的认识难免存在理解还不够深入、分寸把握不当的问题。比如这部书的"情爱叙事—历史叙事—现实叙事—艺术手法"的主体研究框架设计，给人的感觉就略有太"正统化"之嫌，或者说太遵从学院派严肃文学研究的路子。对网络耽美叙事这类欲望宣泄的作品，大都营造的是一些虚拟空间，现实、历史的界限区别在里面并不具有太大的功能。故其探讨的重心如果不纠缠于这些非核心的层面，而向耽美叙事欲望想象的具体生成与演绎路径、承载的心理内容的特殊性方面进一步挖掘会更好一些。但这很可能只是一个局外人"站着说话不腰疼"的想法，估计慧伦肯定也做过这方面的努力，但材料的限制及其他种种原因，目前只能走到这一步。

尽管"只是走到这一步"，但已是可喜的一步了。这可喜，一方面是基于慧伦的学术之路而言，这部书的付梓意味着她已获得了学术之路的一个坚实的起点；另一方面是相对于中国网络耽美文学的研究而言。俗话说：万事开头难，有了这样一部扎实的专著，作为一种一直不受学界重视的亚文化现象的中国网络耽美文学，也由此获得纳入主流学术认真审视的契机。

不管对慧伦的学术研究，还是对耽美文学现象研究来说，路都还长。希望也坚信慧伦个人的学术研究以及国内耽美文学现象的研究，都会出现越来越开阔、博大的气象！

庚子年五月写于浙江大学西溪校区

目　　录

导言　网络耽美小说研究经纬

近年来，有一种新兴的青年亚文化在中国的大众文化潮流中逐渐受到关注。这种青年亚文化是由女性主导的、以建构男性情感叙事为特色的文化，其新型的性别叙事模式在青年亚文化中独树一帜，被称为耽美文化。当下的耽美文化主要在网络虚拟世界中流行，而网络耽美小说是其重要的载体。

网络耽美小说的主要消费群体是女性，也是参与网络文化建构的主要人群之一，因此耽美小说在网络文学领域的发展较为迅速。目前，中国知名的文学网站均有开设连载耽美小说的版块，例如晋江文学城的"纯爱"版块等。耽美小说的爱好者通过这些文学网站发表和欣赏以男性之间情感为主题的文学作品，并通过文学论坛中的交流和讨论来获得文化认同感和群体归属感。其在网络社会中构建了一个追求"纯爱"的空间，正如福柯所说的"异托邦"，它作为社会里的真实空间存在，却是一个运行着不同于现实社会法则的异度空间。这个空间包容了本处于大众文化边缘的耽美爱好者群体，激发了其创作的热情。近年来文学网站上耽美小说的数量呈现井喷的态势。网络耽美小说已经发展成网络文学中的一个影响力不容小觑的组成部分。

网络耽美小说的爱好者投入大量的时间和精力在网上阅读、写作和讨论耽美作品，耽美文化的发展态势让许多身处耽美文化圈以外的人们惊奇，究竟是何种原因引起了女性对男性之间情感故事的追捧？耽美小说中是否存在一些专为女性量身打造的情节特别能激起女性的阅读欲望？

此外，耽美小说引起的热潮不仅局限于网络，它在不断试图向传统的文学出版领域进军。目前，在中国各大书店的书架上，也能看到正式出版的耽美小说。此外，还有一些网络耽美小说被改编为影视剧等，这些现象都反映出耽美文化得到了社会的广泛关注。

耽美文化不仅在中国发展势头迅猛，在其发源地日本也是十分流行。随着互联网无国界交流的深入，耽美文化在东亚地区广泛传播，成为亚洲青年亚文化的重要组成部分。青年亚文化的突出特点就是对传统社会的观念采取一种解构的态度。一方面，耽美作品作为一种描写"美型"男性之间唯美情感的文化样式，与传统的言情作品有所不同。随着全球青年之间文化交流的日益密切，耽美文化甚至具有了全球性发展的态势，值得关注，但目前国内学界对耽美文化的研究并不深入。另一方面，在耽美文化早已形成热潮的日本，已有不少研究者将关注的目光投向相关领域，从 20 世纪 90 年代开始就已有研究专著出版，时至今日已积累了不少研究成果。因此，随着耽美文化在我国热度的不断提升，作为一个重要的网络文化现象，国内学界也应当对其开展深入研究。

网络耽美小说作为耽美文化最为常见的载体，在网络文学蓬勃发展的时代背景下，已经成为网络文学的重要分支，体现了中国当代文学的新气象。通过对网络耽美小说进行分析研究，能更加全面地把握中国当代文学的整体状况，同时，也能得到对网络文学的传播与接受、大众文化的流行原因与趋势更加清晰的认识。此外，耽美小说的阅读群体中包括一部分青春期读者，这些读者的特殊性在于人生观、世界观、价值观尚在形成时期，他们所接触的文学作品对其人生价值判断的影响不容小觑。因此，深入了解耽美文学的发展，并对其提出一定的规范化建议，对阅读网络耽美小说的青春期读者的身心健康有着深远的现实意义。

第一节　网络耽美小说学理解读

耽美文化与日本关系密切，许多与其相关的词汇均为对日语词汇汉字的直接引用，很容易造成中国研究者的误解。所以，在进行研究之前，有必要厘清耽美文化中的"耽美""耽美小说""腐女""攻/受"等相关概念。

一、耽美

"耽美"原为日语词汇，在日语辞典《广辞苑》中，"耽美"词条下的解释为"美にふけり楽しむこと"❶。将这句话直译成中文就是"沉溺在美中并以此为乐"。由此可见，耽美的最初意思是耽之于美，陶醉在美好的事物中。耽美一词最早与文学界产生联系的契机是日本的翻译者用"耽美主义"一词来指代 19 世纪后半叶由英法兴起并逐渐传入日本的唯美主义思潮。受唯美主义思潮的影响，日本近代文坛也产生了与之相应的奉行唯美主义的文学流派，被称为"耽美派"。这一流派的代表作家是谷崎润一郎，其代表作品是长篇小说《细雪》。在耽美派文学诞生并流行的时期，一切给读者以美的享受的题材均可以称为耽美。

现在"耽美"的含义已经与"耽美派"所代表的含义有所不同。自 20 世纪 70 年代起，日本漫画界开始用耽美来代指"美型"的男性之间发展出的情感故事，该词汇的含义开始等同于 BL（Boy's Love）。日本的少女漫画在 20 世纪 70 年代后期进入高峰期，一些女性漫画家陆续以美少年之间的亲密友情或者爱情为主题创作作品。这些"少女漫画"被称为"少年爱作品"，其中以竹宫惠子的《风与木之诗》为代表。至此，描写

---

❶ ［日］新村出. 広辞苑：第 6 版 ［M］. 東京：岩波書店，2008：1781.

美少年之间情感的少女漫画开始发展壮大，成为日本漫画不可替代的一大分支。因为当时的少女漫画家所画的男性爱情故事都极其唯美，有着诸多的浪漫情节，而耽美一词的本意就是沉浸在美的世界里，因此这些表现美少年情感的少女漫画开始与耽美一词产生联系，最后将耽美发展成 BL 的代称。

耽美成为 BL 的代称之后，随着耽美漫画的流行，日本逐渐出现了BL 的文学作品，被称为耽美小说或 BL 小说。时至今日，日本依然有不少书店的书架上以"耽美小说"的分类名称来标识这些涉及男性之间情感故事的小说。由于下文会有专门的章节梳理日本耽美文化的发展历史，此处不再赘述。

从耽美一词发展的历史源流来看，其词义有广义与狭义之分。广义的耽美同唯美主义，解释为包含一切美丽事物，能让人触动的、最无瑕的美。而狭义的耽美则指代文艺作品中男性之间的情感故事，与 BL 意义相同。

二、耽美小说

日本耽美文化研究者栗原知代曾对耽美小说有过如下定义，"耽美小说是女性所写的男性同性爱小说，其本意是指由谷崎润一郎、川端康成、三岛由纪夫等在思想上以美为创作原则的小说，近年来有了新的含义。由于对女性所写的男性之间情感小说这一类别没有合适的词语指称，而且经常使用耽美小说来指代这一类小说，耽美小说的新含义由此定型。"❶ 可见，无论是日本还是中国，目前耽美小说的普遍意义均指代以男性之间情感为主题的小说。

中国的耽美小说是在日本耽美漫画与耽美小说传入后，受其影响逐

---

❶ ［日］柿沼瑛子，栗原知代. 耽美小说・ゲイ文学ブックガイド［M］. 東京：白夜書房，1993：325.

步发展起来的。目前看来，耽美小说的类型大致分为两种，一种是原创作品，另一种则为同人作品。前者是作者在不依据其他文艺作品的基础上，自行设置人物、情节而创作的文学作品，而后者则是在其他文艺作品的基础上进行的二次创作。为了更好地理解同人作品的概念，首先要梳理同人一词的含义。"同人"一词同样来自日语"同人"（どうじん），在《广辞苑》中有两种解释。第一种是"同一个人"即"同一の人"；第二种是"有同样的爱好，志同道合的人"即"同じ志の人"。❶ 耽美小说中的同人作品选取的是其中第二种含义。早期的日本动漫爱好者根据著名的动漫进行改编，保留其中人物的基本性格与形象设置，但是对于原作的情节进行改写。其中不乏选取两位男性角色编造唯美的情感故事的文本，早期的耽美同人小说也由此诞生。因此，早期的耽美同人小说是日本动漫文化的衍生产物，其对男性之间情感的情节构建是基于作者的幻想和对动漫原作的改写。由此，笔者认为我国耽美小说具有以下特点。

首先是叙事原则的一致性。中国网络耽美小说发展至今，虽然已经产生武侠、玄幻、历史等多种类型，然而其叙事脉络一直保持着描写男性之间情感的特点，这也是耽美小说区别于其他网络文学的最大特色。尽管"同志"文学也着眼于描绘同性之间的爱情，但是耽美文学较少涉及女性之间的情感关系，因此与真正意义上探讨现实社会中同性恋群体生存状况的"同志"文学有一定差异。网络耽美小说中男性之间的情感实际上存在传统爱情观中女性情感的投影，而且这种"颠覆"传统爱情观的情感在作品中基本不会受到来自社会的压力，甚至两个男性角色在网络耽美小说中可以堂而皇之地步入"婚姻"。作品中男性之间的关系被描绘成了远离现实社会的纯粹情感。因此可以说描写男性之间情感的叙事特点是耽美小说的叙事基石，作者与读者一切关于理想爱情的幻想都

---

❶ ［日］新村出. 広辞苑：第 6 版［M］. 東京：岩波書店，2008：1977.

由这一基础生发而出。

其次是人物形象的唯美化倾向。由于早期的耽美小说受到日本动漫的影响巨大，作品中的人物形象延续了动漫中美丽的外表，具有唯美化的倾向。日本文化中对于少年之美的推崇具有悠久的历史。早在日本的江户时代，武士阶层就有好男色的传统，在反映江户时代武士面貌的浮世绘中可以看到许多被描绘成"小白脸""美少年"的武士以及武士随从的肖像。这种美少年式的审美偏爱在耽美小说中得到淋漓尽致的展示。耽美小说中的男性形象经常被刻画成面容白皙、五官深邃、身材修长的年轻男子，拥有美丽的容貌可以说是耽美小说人物设置的基本特点。

最后是受众性别的相对单一性。耽美小说的受众群体性别构成相对单一，大多数都是女性，她们既是耽美小说的主要创作者，也是阅读者。日本动漫中有专门面向年轻女性的少女漫画，而早期的耽美漫画就属于少女漫画的一个分支。脱胎于耽美漫画的耽美小说在受众性别上依旧保持了主要受众的性别特点。因此，耽美小说与中国传统文学通常以男性视角作为审美立足点不同，是从女性尤其是年轻女性的审美视角出发，以她们的喜好去构筑情节与人物，以满足她们的审美心理需求。所以耽美文学受到女性的喜爱，而这些爱好者和创作者共同构成一个被称为"腐女"的女性群体。

三、腐女

"腐女"一词源自日语"腐女子"（ふじょし），在日语中也属于新造的流行词汇，主要是指喜欢耽美文化、幻想男性之间情感的女性。腐女子的"腐"在日语中有腐坏的、无可救药的含义，由此可以看出腐女对男性之间情感的痴迷程度。这一词语最开始是用于嘲讽喜爱耽美文化的青年女性群体对男性之间情感无可救药的幻想，后来由于使用频率颇高，也被其用于自嘲，所以腐女一词就渐渐成为这一群体的代称。需要注意的是，尽管腐女一直幻想男性之间的恋情，甚至将这种幻想延伸到真实世界的男性关系之间，例如会将娱乐圈中的明星进行"男男配对"，以满足她们的幻想。然而她们关心的并不是现实生活中真实的同性恋者，本质上可将其目的归为单纯欣赏男性之美。

此外，还需辨析与腐女相关的另一个词语"同人女"的概念。"同人女"的含义与上文"同人"一词的含义相关，指的是进行同人作品创作的女性群体。同人女创作同人作品的选材来源十分广泛，除影视动漫及小说等文艺作品之外，任何现实生活中的知名形象都能成为她们创作的原型。同人女创作的同人作品有些是耽美小说，有些则是传统言情小说。而且，还有一些同人女并非耽美爱好者。然而，在一些早期的耽美文学与耽美文化研究中，同人女与腐女的概念曾被视为等同，认为二者指代同一群体。所以，本书引用文献中提到的"同人女"，可理解为创作耽美同人作品的腐女。

四、攻/受

最后需要阐释的概念是一对词语"攻"与"受"，是耽美作品中男性角色的身份类型区分词汇，"攻"对应主动方，而"受"指代被动方。在日语词源解释中，"攻め"意为进攻、攻击。"受け"意为固守、接受。这组词语被日本的 BL 文化创造者用于指代对两个男性角色关系的区分，传入中国后也保留了汉字的词义。"攻"与"受"的角色在性别上是一致的，但为了女性恋爱幻想的实现，其在男性特质的表现方面差异巨大，例如外观差异，而对应到传统爱情故事中就具有了类似男女性别角色的区别。一些耽美作品为了强调"攻"与"受"之间的角色区别，会从深化"受"的角色所具备的大众公认的典型女性气质的方面入手，使其生理上虽为男性，却有着女性化的外表和性格，从而完成故事中女性代言者的身份。这一点与真实的男同性恋群体并非一致。虽然随着耽美文化影响的不断扩大，现实生活中的男同性恋者偶尔也会被冠以"小攻"或者"小受"的称呼，但是必须认清，耽美作品中的"攻"与"受"的角色分类只是传统爱情观中男女性别关系的投影，与真实的男同性恋相处模式不能等同。

第二节　研究现状与动向

耽美文学作为网络文学的一个分支，近年来其影响力不断扩大，吸引了海内外不少研究者的关注。国内的研究者主要以青年学者为主，他们当中的许多人既是耽美文学的研究者，也是耽美作品的创作者。他们由于自身浸染于这种文学与文化之中，有更为直观深入的了解和体验，同时能搜集大量的耽美文学爱好者群体的访谈等一手资料，所以总结出许多具有研究价值的问题点。国内已有的论文大多是硕士学位论文，主要从耽美文化现象、耽美小说文本、耽美文学的受众群体、耽美文学的传播途径与出版情况等多个角度，论述耽美文学作品的特点。但同时，由于这些青年研究者的学术训练与社会阅历有限，多数论文的研究深度不够，故未能行之有效地深入推进研究，未能对一些耽美文学本质问题开展探究。目前海内外对于耽美文学与文化的研究主要从受众群体以及流行原因两方面展开。

针对耽美文化受众群体进行研究的多篇论文，均提及了耽美文化的受众群体中女性比例较高。如上海外国语大学苏威的硕士学位论文《耽美文化在我国大陆流行的原因及其网络传播研究》，对网络耽美社区的成员发放了 500 份问卷进行调查，其中回收的有效问卷为 386 份，回收率为 77.2%。在有效问卷中，标注为男性的有 45 份，占有效回收问卷的 11.7%；女性有 341 份，占有效回收问卷的 88.3%。[1] 由此可见耽美文化

---

❶ 苏威. 耽美文化在我国大陆流行的原因及其网络传播研究 [D]. 上海：上海外国语大学，2009：15.

的受众群体中，女性的比例具有压倒性的优势，但同时不可否认有少部分男性受众的存在。在王铮所著的《同人的世界》一书中提到了有专门针对男性受众的耽美同人作品，但针对女性受众的耽美同人作品在数量上仍远远多于男性。

除性别比例之外，对于耽美文化受众群体的年龄分布、社会身份、收入状况等多方面的特征，浙江大学阮瑶娜的硕士学位论文《"同人女"群体的伦理困境研究》进行了较为全面的总结。同人女的年龄主要集中在 15—25 岁，20 岁左右的人最多；在个人情感状况方面，由于同人女具有强烈的被保护的欲望，在恋爱中大多不处于强势地位；在地域分布上，生活在城市的占绝大多数，以经济文化较为发达的城市居多，农村很少甚至没有。就收入状况而言，"同人女"的家庭月收入在 3000—5000 元，个人月消费在 500—2000 元的也占绝大多数。❶ 由于阮瑶娜的论文为 2008年所写，而 2008—2020 年的十余年里中国经济高速发展，所以笔者推测现在的实际状况应比此数据更高。

此外，耽美文化对受众群体产生的影响也是相关研究的关注焦点。尽管多数研究批判耽美文化带来的消极影响，但也有研究者分析了其中的积极表现。例如杨揄熹、刘柏因的论文《全媒体时代的迷文化研究——以耽美迷群为例》中提到耽美文学作品为其受众群体带来的积极影响：让有共同爱好的人们获得身份认同和群体归属感，网络耽美社区的互动性能够使耽美爱好者获得即时的反馈，通过共同话题的参与和讨论，他们可以获得身份的认同感；耽美作品不仅使同人女沉醉于爱情的凄美和伟大，还会潜移默化地影响她们的一些观念，在该研究的小规模调查中也有相当一部分人表示，耽美作品改变了自己对同性恋的看法。❷华中科技大学吕品的硕士学位论文《现代性背景下网络趣缘群体对自我

---

❶ 阮瑶娜."同人女"群体的伦理困境研究［D］.杭州：浙江大学，2008：13.

❷ 杨揄熹，刘柏因.全媒体时代的迷文化研究——以耽美迷群为例［J］.新闻爱好者，2012（6）：15-16.

认同的建构——以"同人女"群体以及耽美现象为例》认为,不仅大多数同人女对现实中的同性恋者持理解的态度,部分同人女也会反思自身,耽美文化对女性受众在一定程度上影响了其性取向认知。然而这种说法并未得到研究者的普遍认同。中央民族大学张炜婷提出了完全相反的观点。其硕士学位论文《耽之于美——耽美文化与同人女群体的人类学研究》中提到,耽美文化只是为满足审美需求而存在,绝大部分同人女的性取向不会因为耽美文化受到影响。张炜婷将同人女欣赏耽美作品与古希腊的人们欣赏欲望之美进行对比,提出同人女的欣赏指向是欲望本身,无关对象。如果同人女是同性恋者,应当会选择观看 GL(Girl's Love)作品,而不是 BL 作品。同人女实际上是借男性之间情感的形式宣扬自身的情感需求。同人女内心渴望的,是更具男性气质的男性。❶

耽美文化研究的另一个焦点是研究其产生与流行的原因。由于研究者自身专业背景各不相同,所以这些研究是从不同专业领域出发,分析探讨耽美文化拥有众多受众的原因。

其中从心理学角度进行阐释的研究论文最多,成果也较为显著。例如郑丹丹、吴迪的《耽美现象背后的女性诉求——对耽美作品及同人女的考察》一文提出同人女创作和欣赏耽美作品作为一种女性文学活动,反映了女性对于纯爱、自主与平等的三方面心理诉求。女性通过创作男性情感故事的方式,一方面表达了自主诉求,另一方面也反映了男权思想下女性的自卑心态。耽美作品中"攻"和"受"的关系是女性建构的理想的情感关系,表现了女性对平等的诉求,也反映了她们无法摆脱一种渴望得到保护的依赖心理。❷ 这种解读方式可理解为,耽美文化现象产生的原因是处于男权思想中的女性在表达心理诉求。而比这种心理学式

---

❶ 张炜婷. 耽之于美——耽美文化与同人女群体的人类学研究 [D]. 北京:中央民族大学,2013:22.

❷ 郑丹丹,吴迪. 耽美现象背后的女性诉求——对耽美作品及同人女的考察 [J]. 浙江学刊,2009(6):214-219.

的推论更进一步的想法是，女性阅读耽美作品体现了她们期望得到大众观念中与男性同等的社会认同。这一观点由首都师范大学的张楠在硕士学位论文《耽美文化背后的女性心理探微》中提出。不同于郑丹丹、吴迪提出的女性阅读耽美作品是为了追求男女性别的平等，张楠认为女性像男性一样读书、求职、追求事业，甚至试图像男性一样生活，并不是为了实现平等而是为了成为男性。腐女会将自己代入耽美作品中的男性角色，从而将自我认知向男性靠拢。此外，大多数女性读者会选择代入"攻"的角色，通过征服男性来完成上述自我认知的实现。以上心理学式的解读在一定程度上解释了耽美文化产生的原因，但是都过分强调了女性在社会中受到的心理压抑。如果将女性由此产生的自卑心理视为阅读耽美作品的根源，则忽视了部分耽美小说的女性读者只是出于纯粹欣赏男性的阅读目的，因为阅读耽美小说最直观的便是可以轻松满足其同时欣赏两位甚至多位"美型"男性的愿望。

　　此外还有从传播学角度解读耽美文化流行原因的研究。上文提到的上海外国语大学苏威的硕士学位论文从该角度也做出阐释，将日本动漫文化的跨文化传播作为中国耽美文化流行的外因。苏威借用传播学中的适度效果理论，指出大众传媒对受众的影响是长期的、潜移默化的。早期在我国传播的耽美作品很多都产自日本。这些作品依靠网络或其他传播媒介源源不断地流向受众，对他们产生了潜移默化的影响，最终促使耽美文化的流行。另外，还有一些论文从网络传播的角度分析了中国耽美文化流行的内在原因。葛志远等《我国"耽美文化"的网络传播浅析》一文，从网络传播的容量无限性、匿名性、多向互动性、手段多媒体化四个角度分析了网络传播对于耽美文化传播的作用。❶ 同样分析互联网环境对于耽美文化传播影响的研究还有张翼、董小玉的《论互联网环

---

❶　葛志远，等. 我国"耽美文化"的网络传播浅析［J］. 经济视角（下旬刊），2009（9）：58-61.

境对青年亚文化的影响——以耽美文化为例》。该文提到耽美文化一方面在互联网交互、即时、匿名、多媒体化、准入门槛低、传授一体化等特征中，得到催生与推广；另一方面，互联网又因自身的碎片化、浅层化、娱乐化、消费化的特征，使耽美文化出现被消费文化瓦解与"收编"的倾向，其抗争的文化内涵受到损害。❶ 从传播学角度切入分析耽美文化流行原因的研究，基本是从日本耽美文化传播的影响以及互联网对于传播耽美文化的作用两个方面入手，可说是较为客观地分析了耽美文化流行的外在原因。

此外，还有从社会学角度分析耽美文化流行的社会根源研究。都睿、任敏在《解读"同人女"文学创作群体及其社会文化根源》一文中提到耽美文化在我国流行的社会背景。一些描述同性情爱故事的文学作品由于被改编为影视剧，引起社会的广泛关注。例如，《蓝宇》《断背山》等作品就使得同性恋群体的生存状况进入大众视野；一些商业运作，例如男明星之间的暧昧炒作也为耽美文化的传播推波助澜。从社会文化背景的角度来看，尽管耽美作品所描述的男性之间的情爱故事与真实的男同性恋者的恋情并不相同，但是社会舆论对同性恋群体的接受程度也影响了耽美文化的传播。

在耽美文化影响下形成的耽美作品形式包括：耽美小说、耽美网络剧、耽美广播剧、耽美漫画与动画等，其中对耽美小说进行研究的论文，从文学研究的角度切入并开展文本分析的占比最大。首先是运用文学研究中的比较研究方法，将耽美文学与"同志"文学进行对比分析的研究。例如，东北师范大学李曦的硕士学位论文《游走于边缘爱情的文学主题——从同志到耽美》梳理了大陆和台湾地区的"同志"文学的发展概况，并将耽美文学与"同志"文学进行对比，认为耽美小说向许多人展

---

❶ 张翼，董小玉. 论互联网环境对青年亚文化的影响——以耽美文化为例 [J]. 新闻界，2013（20）：42-45.

现了与事实不符的同性恋者的生存状态，并且不存在描写女同性恋者情感的作品，因此与"同志"文学具有本质区别。

其次是从文本解读的角度分析耽美小说的主题。山东师范大学廖文芳的硕士学位论文《网络耽美小说研究》概括出了耽美小说的三种主题：英雄式的幻想、对浪漫爱情的追求、反映人性欲望的挣扎。第一种主题是以耽美小说中现代女性穿越到古代成为男性并拥有众多男性爱人的"女尊文"❶ 作为分析主体，运用弗洛伊德的精神分析理论说明女性与男性相比缺少男性性器官，在此意识下产生了阉割情结，进而通过对男性身体进行想象和篡改的方式，完成对男性主导文化的解构，满足其女性英雄式的幻想。第二种主题是建立在耽美爱好者对同性恋群体倾注了自己的理解基础上产生的罗曼蒂克的幻想，这种幻想被投射到耽美小说之中。幻想中的同性情侣面对社会压力依旧保持对恋情的执着，被赋予了"纯爱"的理念，契合了女性读者对浪漫、纯粹和唯美爱情的追求。第三种主题反映了耽美小说中对情欲的大胆描写即昭示着女性性心理的发泄，表达出女性的压抑愤懑、焦灼和对爱情的渴望与人性的呼唤。❷ 这些研究通过对耽美小说主题的分析，反映了其背后的女性诉求，但是由于缺乏一定的文学理论深度，总体而言流于个人阅读体验，在学理上稍显不足。

耽美小说的审美价值也是文本分析研究的方向。对于耽美小说的审美体验，复旦大学的刘芊玥在硕士学位论文《作为实验性文化文本的耽美小说及其女性阅读空间》中指出，耽美小说打破传统言情小说给女性读者带来的厌倦观感，以逃逸的幻想形式让幻想爱情的女性读者更容易接近主动性，在愉悦的世界里徜徉。此外耽美小说在人物塑造上遵循的"美型"特点，能带来视觉审美的愉悦；纯粹和平等的情感设置，可带来精神上的愉悦；以欲望为核心的叙事，则带来身体上的愉悦。这些共同

---

❶ "女尊耽美文"是耽美小说的一个类型，通常以女性因某种原因成为男性后拥有权力、使男性成为自己的附庸为看点。

❷ 廖文芳. 网络耽美小说研究［D］. 济南：山东师范大学，2014：23.

构成了女性阅读耽美小说的审美愉悦感。此外，四川外语学院的许会在硕士学位论文《从唯美到耽美——对中日两国耽美文学现象之思考》中提到，耽美文学的另一层审美价值便是与日本唯美派文学一脉相承的物哀、幽玄之美。同性之间疯狂而决绝的爱恋，体现的是毫不畏惧生命凋零甚至追求"死亡"的唯美优雅的病态刹那之美。网络耽美小说中一部分"虐恋"情节也体现了这一点。

除文学研究的方法以外，文化研究也是耽美小说研究的又一个主要方向。南开大学的宁可在博士学位论文《中国耽美小说中的男性同社会关系与男性气质》中，运用了文化研究中的男性气质性别理论，针对耽美小说对男性角色的气质改写展开研究。论文首先指出，女性读者代入耽美小说所构建的新性别身份的途径，便是耽美文化在性别层面提供的脱离功能，能将女性从自身的性别角色中解脱出来。耽美文本中的多重男性气质类型使得女性可以有多重选择。❶ 其次，耽美小说对于性别关系的修改与重构为女性提供了发泄欲望的渠道，甚至对重塑女性欲望提供了可能性。再次，耽美小说的核心意义在于满足受众深层的情感需求。耽美小说在当下社会现代性所带来的孤独的终极状态中，给女性读者送去碎片化体验的幻想性补偿。这种从文化研究中男性气质性别理论的角度对当前的耽美文化以及耽美小说的研究颇为新颖。其分析耽美小说中男性气质和男性与社会纽带关系的改写较为全面，给耽美小说的性别理论研究提供了借鉴。

国外的耽美文化研究中最全面也最具代表性的是日本学者的研究。日本作为耽美文化的发源地，目前已有数量庞大的耽美文化受众。在日本，每年都会定期举行全世界最大的同人志展售会（Comic Market），笔者参观过一次并在实地调查时观察到，其中的耽美作品种类繁多，有耽

---

❶ 宁可. 中国耽美小说中的男性同社会关系与男性气质 ［D］. 天津：南开大学，2014：123.

美小说、漫画、游戏和周边产品等，而且购买者络绎不绝。日本学者对于耽美文化的研究主要分为三个方向，即对耽美文化历史的梳理、对腐女热爱耽美作品的心理分析以及对耽美作品的文本解读。

　　首先是对日本耽美文化历史的梳理。要理解一种文化的现状，需要先梳理其生成背景和发展历史。沟口彰子在其专著《BL 进化论》中将日本耽美小说史分为三个时期，第一期为 1961—1978 年的创生期。❶ 这一时期的代表作家是日本文豪森鸥外的女儿森茉莉，其代表作《恋人们的森林》（日文题目：恋人たちの森）描述了美男子作家义童和在糕饼店工作的美少年保罗之间的悲剧爱恋，文字充满了耽美的气息。这部作品是公认的耽美作品的开山之作。第二期为 1978—1990 年，这一时期的重要分水岭是商业杂志《JUNE》的出现。它是日本 20 世纪 80 年代市场上唯一专门连载男性之间恋爱作品的商业刊物，并成为培养耽美漫画家与小说家的最大平台。这一时期的代表漫画家竹宫惠子在该杂志上开辟了专栏；作家栗本薰也以"中岛梓"的笔名主持该杂志的"小说道场"专栏。栗本薰在创作的同时评论其他作家在"小说道场"连载的耽美作品并发表了多篇研究论文，目前已成为日本研究耽美文化的著名学者。第三期为 1990 年以后，从 20 世纪 90 年代以来，日本的耽美文化进入普及化与商业化的时代。日本 20 世纪 90 年代的泡沫经济导致出版市场长期不景气，然而耽美作品依然销量不减。21 世纪以来，耽美文化的全球化扩散趋势更加明显，美国在 2004 年正式引进并翻译日本的耽美作品。❷凭借这股热潮，一些旧作品以文库版（日本的一种便于随身携带的出版物形式）或者珍藏版的形式得以重新出版，还有一些耽美文学作品被改编成影视作品。通过梳理日本的耽美文化历史可以发现，与中国耽美文化发展相比较，其最大的不同点在于受到其他国家外来文化的影响较小，

---

❶　[日] 溝口彰子. BL 進化論 [M]. 東京：太田出版，2015：22.

❷　[日] 溝口彰子. BL 進化論 [M]. 東京：太田出版，2015：44.

同时在传播上处于输出者的地位。由于下文会具体分析中国与日本耽美文化的生成背景，此处不再赘述。

对腐女热爱耽美作品的心理分析，也是日本研究者的主要关注方向。早期的心理学式的研究者以中岛梓（栗本薰笔名）为代表，其在《沟通不良症候群》（日文题目：コミュニケーション不全症候群）一书中首先提出女性为什么会喜欢 YAOI❶（ヤオイ）的问题。在这个设问下，中岛梓认为喜欢 YAOI 的女性与一般女性相比是一种特殊的存在，是对男尊女卑的社会价值观感到过度适应的女性。而且，同时期的研究者如上野千鹤子、藤本由香里等人也都提出类似看法，把耽美文化的爱好者看成思想上存在问题的女性，把喜欢 YAOI 当成一种病症，其研究目的在于使女性摆脱这种病症。

随着时间的推移，有更多的心理学专业出身的研究者加入对耽美文化的研究，后期的心理学式的研究从更加客观的角度来看待腐女和耽美文化。明治大学的山冈重行在《腐女的心理学：她们为何会喜欢 BL（男性同性爱）？》一书中将腐女与日本另一类非常著名的族群"御宅族"进行比较，通过对他们的外表、社会大众对他们的印象、他们自身的交流能力、恋爱意识、基本的行动倾向以及大学生活等多个方面进行具体的案例分析，得出这两个以年轻人为主的族群各自的特点以及相同点。书中特别以三个章节的篇幅对腐女为何喜欢耽美故事进行探讨。最终得出的结论是腐女之所以如此喜爱这种带有一定猎奇性质的男性之间的情感故事，其实是对纯爱至上主义的进一步强调，耽美故事对至高无上的伟大爱情的刻画，是令腐女沉浸其中的主要原因。❷ 该书运用了一些心理学的理论并用具体案例分析腐女喜爱耽美故事的心理，比前期批判式的研

---

❶ "YAOI"取自日文短语"ヤマなし、オチなし、意味なし"，直接翻译的意思是没有高潮，没有妙语，没有意义。

❷ ［日］山冈重行. 腐女子の心理学：彼女たちはなぜBL〈男性同性愛〉を好むのか？［M］. 東京：福村出版，2016：232.

究更具有客观性和说服力。其将腐女与御宅族放在一起比较研究的方式也值得借鉴。

日本学者对于耽美作品的文本解读也有不少研究成果。其中最具代表性的是对耽美小说的分析。永久保阳子在《YAOI 小说论：为了女性的性爱表现》中对耽美小说进行了细致的文本解读。首先是针对角色的解读，将小说中的两种男性类型"攻"和"受"在身高、容貌以及其与女性属性和男性属性的差异性进行对比，得出"攻"的角色类型塑造更接近传统观念中的男性，"受"的形象塑造带有明显的女性化特征的结论。其次，对于小说中的恋爱形态归类分析，总结了对传统爱情的拟态以及对于性别意识的娱乐化两种恋爱形态。并且以具体的数据分析，通过对"攻"与"受"的身高差、年龄差、在恋爱关系中所扮演的性别角色的分析，对上述两种恋爱形态进行验证。❶

日本的耽美文化以及耽美小说研究起步于 20 世纪 90 年代，至今已有不少研究著作，对耽美文化的受众，即腐女群体的特征和心理，以及耽美小说的情感和性爱表现等多个方面，有较为细致的研究。与中国的研究者相比较，日本的研究者对待耽美文化研究的态度更为谨慎，并不盲目追求宏观的解读，具有擅长从细节处入手分析作品以及在此基础上进行概括总体文化的特点。这种"掘井式"深入挖掘的研究方式值得借鉴思考。

第三节　研究思维的路径与研究方法

耽美文化的流行虽然是中国当代文化中的新兴现象，中国学界对耽美文化以及耽美文学的研究并非全然空白，但对其抱有不解与偏见的学

---

❶　[日]永久保陽子. やおい小説論：女性のためのエロス表現 [M]. 東京：専修大学出版局，2005：310.

者也客观存在。耽美小说作为一种主要由女性创作、以男性之间情感为主题的类型小说，对其的研究也不同于以往的女性文学与"同志"文学研究。与传统女性文学聚焦女性的成长不同，耽美小说中男性才是站在舞台聚光灯下的人物；与"同志"文学对同性恋者生活的真实再现不同，耽美小说是一场女性借由男性之间情感的形式对纯粹爱情的幻想。中国的网络耽美小说作为舶来品受到来自日本耽美作品的影响，然而其在扎根中国文化土壤的长期发展中，呈现出本土化特质。随着中国网络耽美小说的不断成熟与完善，越发展现驳杂的特质，亟须研究者运用理论工具对这一蓬勃发展的文化现象做出客观的分析与评判。因此，本书以中国网络耽美小说作为研究对象，通过对不同类型的、具有一定代表性的作品的研读，聚焦以下问题，开展研究与阐述：

（1）耽美文学与女性写作存在怎样一种关系？这种关系在网络耽美小说中具体以何面貌呈现？在文学史的视域下网络耽美小说发展到何种程度？

（2）消费时代的社会背景如何使网络耽美小说这朵情爱之花绽放？耽美文化作为青年亚文化的组成部分，网络耽美小说如何反映当下青年人的共同问题与整体特质？

（3）女性性别意识是如何渗透在网络耽美小说叙事之中的？女性性别意识与男性之间情感的主题交会后，将碰撞出怎样的文学火花，这些"另类"的性别书写又在何种程度上体现女性的诉求？传统文学的男性作家与耽美文学的女性作者在文学叙事上，在性别立场、主题倾向和艺术表现等方面又显示出怎样的区别？

（4）以女性书写的研究视域看待网络耽美小说的叙事经验，能为女性文学的创作实践提供怎样的启示？

上述问题涉及中国网络耽美小说的生成背景、性别文化立场、叙事主题以及审美艺术特色等多个维度。与此同时，本书还尝试从中国当代文学整体发展的角度对中国网络耽美小说的发展进行文学史视域下的探讨。在肯定其多样性所呈现的文学趣味的同时，指出其艺术缺陷以及未来发展的可能性。以上是本书的研究切入点和基本思路。具体到行文框架，笔者已在上文厘清了研究对象及相关基本概念，综述了研究现状并指出了研究意义之所在。本书的重点在于从宏观角度对中国网络耽美小说的总体特征及当下研究热点进行把握。因此，本书论述的主要内容可概括为：首先探究中国网络耽美小说的生成背景，即回溯中国文学中男性同性情爱叙事和唯美主义传统，分析具有舶来品身份的中国网络耽美小说所受到的日本耽美作品的影响，以及其在消费时代的文化语境下所引发的影响；其次基于外部研究进入文本的内部，探寻中国网络耽美小说的特质，分别通过对其情爱主题、历史主题、现实主题、意境审美等的阐释与论述，概括中国网络耽美小说独特的艺术内涵，从整体上把握中国网络耽美小说叙事的美学价值——毕竟叙事方式对于小说的重要性不言而喻，要界定某个作家作品或者某种创作现象的文化立场，仅仅依据文本表面判断"写了什么"是远远不够的，还需仔细甄别"怎么写的"即叙事特征；最后在文学史视域下对中国网络耽美小说做出评价和发展建议。

　　本书涉及多种研究理论，如叙事学、美学、女性主义文学、消费学以及消费文化研究等，笔者会根据每个章节的论述需要交叉运用，同时采取理论与文本相结合的方法，对中国网络耽美小说叙事进行系统的论析。此外，本书也会从跨学科研究的视角，对中国网络耽美小说进行多维度的透视。中国的耽美小说基本属于网络文学的范畴，在作品的传播上不同于传统文学，而其涉及的男性之间情感的题材在青年亚文化中独树一帜，所以本书还会运用传播学、心理学、社会学等文学研究之外的多学科的理论与研究方法。例如，笔者采用社会学中"虚拟田野调查"的方法，于各大网络文学网站的耽美小说版块、耽美网站等网络社区观察，同时关注当当、京东等网站出售的正规出版的纸质耽美小说的读者评论。通过这种线上观察的方式，直观深入地研究耽美爱好者群体。

　　诚然，无论理论工具如何琳琅满目，都不能替代细读文本的案头工作。可以说，细读是通向文学研究所追求的对文学意义合理而有效的理解与阐释的桥梁，由细读作出的文本分析是文学研究的基础，也是构成其结构框架的内在肌理和丰满的血肉。如果把研究专著视作一个城堡，那么由细读文本作出的分析就是垒起城堡的块块砖石，为其提供了"言必有据"的根基。文学研究绝不能脱离文本，细读是开展文学研究的首要工作。因此，论据来源于文本是本书一以贯之的原则。

第一章 情爱之花：网络耽美小说的生成背景

　　文学是一种想象性的艺术创造，因此文学作品也是一种艺术品。所有历史的、环境的因素对于形成一件艺术品来说都有作用。正如韦勒克与沃伦所言："流传极广、盛行各处的种种文学研究的方法都关系到文学背景、文学的环境、文学的外因。这些对文学外在因素的研究方法，并不限用于研究过去的文学，同样也可用于研究今天的文学。"❶ 探索文学作品与其背景渊源之间的关系，有助于研究者更加深入理解文学作品。网络耽美小说作为一种在当下社会流行的网络文学，其生成原因却可以追溯到中国传统文学中的男性情爱叙事与近代传入中国的西方唯美主义的美学传统。如果将文学看成一个整体，除语言的差别以外，在主题与形式、手法和文学类型上类同的文学，也应当放在一起比较研究。在分析中国网络耽美小说的生成背景时，应当将日本耽美小说与耽美文化的影响一同考察。作为一朵诞生于消费时代浪潮下的情爱之花，中国网络耽美小说的生成与大众消费文化的发展密不可分。网络阅读消费的普及以及网络耽美社区的兴起也为网络耽美小说的兴盛提供了助推力。

---

　　❶ ［美］韦勒克，沃伦. 文学理论［M］. 刘象愚，等译. 北京：生活·读书·新知三联书店，1984：65.

第一节 本土源流：基于男性情爱叙事与唯美主义

耽美文化虽源于日本，但在进入中国后得到了迅速而广泛的传播，究其原因，除了网络的发展令耽美文化传播媒介发达等外因，其内因还应在中国文学中找寻。中国历朝历代的文学中都不乏对男性之间情爱故事的书写，而自"五四"新文学以来，西方的唯美主义由日本传入中国，为中国的现代文学增添了唯美浪漫的气息。因此，耽美文化在中国有深厚的文学接受土壤，这也是日本耽美文化传入中国后能在短时间内迅速流行的内在原因。

一、中国古典文学源流

中国古代的文学典籍中就有不少关于男性间情感的记载。儒家经典之一的《尚书》提到了商代"比顽童"的风气，是我国最早的有关同性恋行为的记载。春秋战国时期也有不少有关男性间爱恋的典故，例如卫灵公与弥子瑕分桃而食、安陵君愿为楚宣王死后殉葬，而魏安王对龙阳君的盛宠更是使得"龙阳之癖"成为男同性恋的代名词。两汉时期，因皇帝多有男宠，同性恋情的书写迎来了第一轮高潮。《汉书·佞幸传》中记录了不少以色媚上的佞臣，其中最为著名的故事便是汉哀帝为不打扰董贤睡觉"断袖而起"，成为后世言及同性爱恋的典范。魏晋南北朝时期虽然战乱不断、社会动荡，但由此解除了思想的禁锢，追求个性的名士将喜好男风视为个性，甚至写诗称颂。竹林七贤之一的阮籍在《咏怀八十二首·其十二》中写道："昔日繁华子，安陵与龙阳。夭夭桃李花，灼灼有辉光。悦怿若九春，磬折似秋霜。流盼发姿媚，言笑吐芬芳。携手等欢爱，宿昔同衾裳。愿为双飞鸟，比翼共翱翔。丹青著明誓，永世不相忘。"❶ 与前文提到的史籍记载中对男性的同性爱恋行为多采取贬低的态度不同，阮籍在这首诗中以古喻今，对同性间的情事加以吟咏、赞美，这也从侧面反映了魏晋男风之盛。隋唐五代时期，相关记载相对较少，喜好男色之风渐衰。然而到了宋朝，这一风气又开始兴盛，甚至有男娼聚集于风月之地招揽生意。南宋遗老周密在宋亡后寄愤所著的《癸辛杂识》中，便记载了这一现象。"吴俗此风尤盛。新门外乃其巢穴，皆傅脂粉，盛装饰，善针指，呼谓亦如妇人，以之求食。其为首者，号'师巫行头'，凡官呼有不男之讼，则呼使验之。败坏风俗，莫甚于此！然未见有举旧条以禁止之者。"❷ 宋代商业的发达为男娼之风兴起提供了温床。元代关于男风之好的相关史料较为少见，或许从马背上夺天下的统治者并不喜欢柔弱似女子的男宠，上行下效使得男风之好再一次衰弱。

在明清两代，对男性间情爱的书写又一次迎来高潮。从明代开始，好男风一度成为社会的流行风气。明代正德皇帝就曾"宠狎年少俊秀小内臣"❸。由于上行下效，不仅达官贵人、名流学士养有男宠，甚至平民百姓也有狎男娼的行为。在当时的小说与戏曲之中便多出现男性情爱叙事。《金瓶梅》中西门庆有一个名唤"书童"的小厮，因生得面如傅粉、齿白唇红、甚是清俊，还会唱南曲，西门庆对他甚是喜爱，大白天关上房门与他嬉戏，还引起了潘金莲的嫉妒。"三言二拍"中的《初刻拍案惊奇》卷二十六的故事以太平禅寺为引，牵出了寺中的掌家老和尚大觉和徒弟智圆的风流情事。因小和尚"生得眉清目秀，风流可喜，是那老和尚心头的肉……夜夜搂着这智圆，做一床睡了。两个说着妇人家滋味，好生动兴，就弄那话儿消遣一番，淫亵不可名状"❹。以上作品虽然流传极广，但男性间情爱的故事只作为部分情节展现。《龙阳逸史》《弁而

---

❶ 陈伯君.阮籍集校注［M］.北京：中华书局，1987：256.
❷ 周密.癸辛杂识［M］.上海：上海古籍出版社，2012：59.
❸ 李银河.同性恋亚文化［M］.呼和浩特：内蒙古大学出版社，2009：19.
❹ 凌濛初.初刻拍案惊奇［M］.杭州：浙江文艺出版社，2018：325.

钗》《宜春香质》等专门描写男同性恋小说的出现，则标志着古代小说中的男性情爱书写发展迎来新的高潮。此外，在戏曲中也发展出一些以男同性恋为题材的话本，例如王骥德的《男王后》讲述了陈子高与临川王的情爱故事。陈子高虽为男子却天生秀色可餐，画不就粉花欲滴，临川王对他一见钟情，力排众议册立他为正宫王后。尽管这在现实中不可能发生，但作品中临川王对身为男子的陈子高用情至深，令人感动。男风题材的戏曲还有《龙阳君泣鱼固宠》和《陌花轩杂剧·娈童》，等等。

到了清代，好男色的风气并未衰退，由于法律明令规定不准嫖娼，对娼妓行业的打击使得官吏富商在寻找替代性选择的时候将眼光投向梨园弟子。清代的戏曲业发达，作为"百戏之祖"的昆曲在清朝初期至中叶发展到顶峰，一些达官贵人的家里还养着戏班子。封建时代的男女之防使得戏曲中的女性角色多由男性扮演，这类扮演旦角的男伶被称为"相公"。因为在舞台上扮演女性角色，这些男伶会刻意模仿女性的行为举止，并且保持着婀娜的身段、柔和清亮的嗓音，这使得男伶具有女性魅力。"相公堂子"是清代中后期北京演剧业组织❶，由于此类场所频繁发生男同性恋活动，便被大众视同男娼馆，而当时到"相公堂子"中狎玩"相公"，则成为达官贵人中流行的消遣。以名伶三曲为代表的吟诵男伶的诗歌，正是好名伶男风之气的文学佐证。清代吴伟业的《王郎曲》、陈维崧的《徐郎曲》和袁枚的《李郎歌》分别记录了满腹诗书的才子对色艺俱佳的男名伶的爱慕之情。这些诗中的名伶光彩照人、名动四方，成为清代咏伶诗歌的上乘之作。例如吴伟业在《王郎曲》中这样描写名伶王稼的绝代风姿：

> 王郎十五吴趋坊，覆额青丝白皙长。孝穆园亭常置酒，风流前
> 辈醉人狂。……锁骨观音变现身，反腰贴地莲花吐。莲花婀娜不禁

---

❶ 李银河.同性恋亚文化［M］.呼和浩特：内蒙古大学出版社，2009：19.

风，一斛珠倾宛转中。……王郎水调歌缓缓，新莺嘹呖花枝暖。惯
抛斜袖卸长肩，眼看欲化愁应懒。❶

王稼男扮女装饰演的旦角如婀娜的莲花般弱不禁风，唱腔如新莺嘹
呖般婉转动听，使得风流的才子士人对其迷恋欲狂。然而，这样一位风
华绝代的名伶却恃"色"而骄，肆意张扬，终因树大招风于顺治十一年
被巡按江南的御史李森先以"淫纵不法"之罪名杖杀阃门。❷ 王稼的不
幸殒命让其爱慕者痛断肝肠，又作悼亡诗以记之，围绕王稼所创作的诗
歌成为清代好男风之气诗歌的代表作。此时小说的代表作则是被鲁迅称
为"清末狭邪小说之首"的《品花宝鉴》。该书中所品之花皆为男伶，
品花之人则是名士。陈森在书中借名士之口对为何喜爱男色进行解释：
"草木向阳者华茂，背阴者衰落；梅花南枝先北枝后；还有凤凰、鸳鸯、
孔雀、野雉、家鸡，有文彩的禽鸟都是雄的。可见造化之气，先钟于男
而后钟于女。那女子固美，究不免些粉脂涂泽，岂及男子之不御铅华自
然光彩？"❸ 从这段描述不难看出，作者认为涂脂抹粉的女子式的美丽远
输于男子"不御铅华自然光彩"，男子的美是纯粹自然的美，因而男子之
间的情感是不带情欲色彩的纯洁感情。书中描写的官宦公子梅子玉与名
旦杜琴言两心相交，相赠之诗皆是"只道今生长相厮守"等情意绵绵的
内容，而两人"发乎情止乎礼"的柏拉图式的爱情，可以说是一种精神
爱恋。陈森对这种"好色而不淫"的男性间情感大加赞赏，对男性间的
性行为却刻意避讳，将"性"与"淫"画上等号，避而不谈。这种柏拉
图式的男性情爱叙事，还有《红楼梦》中关于贾宝玉和秦钟的描写。熟
悉《红楼梦》的读者都知道，曹雪芹常以人物形象特点的谐音为人物命

---

❶ 吴伟业. 吴梅村全集：上 [M]. 上海：上海古籍出版社，1990：283-284.

❷ 施晔. 清代名伶三曲述略及士优男风文化解读——以《王郎曲》、《徐郎曲》及
《李郎歌》为考察对象 [J]. 浙江师范大学学报，2006（5）：57-62.

❸ 陈森. 品花宝鉴 [M]. 北京：中国文史出版社，2003：12.

名，秦钟就是"情种"的谐音。书中描写两人见面时，"又见秦钟腼腆温柔，未语面先红，怯怯羞羞，有女儿之风；宝玉又是天生成惯能作小服低，赔身下气，情性体贴，话语缠绵，因此二人更加亲厚"。❶ 贾宝玉本就是一个多情种，遇上另一个"情种"，自然喜爱非常。不久两人便同来同往，同起同坐，愈加亲密。尽管曹雪芹对这段同性间的情感着墨不多，但其纯洁性并不逊于贾宝玉与大观园中其他姐妹之间的情谊。

从上述由先秦至清代的男性情爱书写史可以看出，尽管不同朝代的好男色之风各有兴衰，但是中国古代男性间爱恋的现象一直没有断绝。当时的主流文化虽然没有明确对男性间的恋爱行为表示赞同，但也没有出现类似中世纪欧洲将同性爱恋看作犯罪、将同性恋者送上绞刑架的极端处置。在中国古代主流文化的默许和喜好男风的文人士绅的咏颂下，历史上才留下许多与男性间情爱相关的故事。由于男风文化在中国自古有之，大众对男男相爱的故事并不极端排斥，这便成为日本的耽美文化进入中国后能得到读者接受的一个重要原因。

中国古代文学的男性情爱叙事不仅在大众对耽美文学的接受度上有一定影响，耽美小说的人物设置也受到了其两个方面的影响。第一方面是在主要人物之间关系塑造上的影响。中国古代关于著名男同性恋事迹的历史记载，以及戏曲小说等文学样式中的男性情爱叙事都有一个共同的特点，即男性间产生情感的双方地位悬殊，人物关系具有主从性。这一特点在部分耽美小说中的表现是"攻"与"受"对应的主动方与被动方的泾渭分明。中国古代绝大部分的男性间的情感关系与现代不同，双方之间并不存在人格的对等性。这从《尚书》中"比顽童"三个字即可看出，亵玩的成分比较明显。这种亵玩是主人对仆人的、皇帝对男宠的、士大夫对伶人的，因此双方在社会、经济地位上都相差悬殊。冯梦龙在《情史》的"情外类"部分记录了历代同性爱情故事，其记载的人物上

---

❶ 曹雪芹，高鹗. 红楼梦［M］. 北京：人民文学出版社，2005：133.

至帝王将相，下至歌伶市民，可以作为梳理古代男性间情感的人物关系的一个案例。全书共记载了 39 个男性间的恋爱故事，其中属于君王与男宠的故事有：桓楚武悼帝桓玄与丁期、宋景公子栾与向魋、魏安釐王与龙阳君、楚宣王熊良夫与安陵君、汉高帝刘邦与籍孺、魏太祖曹操和孔桂、魏明帝曹叡与曹肇、前蜀后主王衍与王承休、汉哀帝刘欣与董贤、唐僖宗李儇与张浪狗、楚文王熊赀与申侯、汉文帝刘恒与邓通、汉武帝刘彻与韩嫣、汉成帝刘骜与张放、卫灵公姬元与弥子瑕、汉武帝刘彻与李延年、前秦宣昭帝苻坚与慕容冲、卫灵公姬元与宋朝、南陈文帝陈蒨与韩子高，共 19 个。除占总数近半的君王与男宠的故事之外，还有西汉大将军霍光与监奴冯子都、东汉大将军梁冀与嬖奴秦宫等权势人物与男性奴仆间的情感故事。从《情史》中记录的汉武帝、卫灵公与不同男宠的故事可见，君王与男宠不仅在地位上差异悬殊，在情感的付出上也完全不是对等关系。男宠只是以色侍人的玩物，色衰而爱弛是他们难逃的命运，情感双方关系上的主从性非常明显。

在耽美作品中，由于"攻""受"强弱属性的不同，人物关系被分为强"攻"弱"受"、强"攻"强"受"、弱"攻"强"受"、弱"攻"弱"受"等多种类型。在中国耽美文学诞生之初，强"攻"弱"受"型的小说因为对传统两性关系的模仿最为明显，较易被读者接受，受到读者喜爱。时至今日，这一人物关系类型的小说依然在耽美文学中占有非常大的比例。此外，网络耽美小说的风格多样，有穿越、古风、武侠、玄幻、现代都市等多个类别，在古风耽美小说中模仿古代君王与男宠爱情故事的小说更为多见。例如，绿野千鹤的《鲜满宫堂》一书中，"攻"是架空历史背景下的大安朝的皇帝安弘澈，这个王朝的皇族都是由猫变成的人；"受"是一位从现代穿越而来的海鲜厨师苏誉，因为偶然解救了变为猫身的皇帝，为其做了许多海鲜点心，得到了皇帝的喜爱，并被回宫后的皇帝强行纳为贤妃，负责皇帝的一日三餐。尽管小说中身为皇帝的安弘澈喜爱苏誉，但始终称其为"蠢奴"。下面这段描写直接体现了

"攻"作为帝王的威严和攻受双方地位的不对等：

> "蠢奴"，安弘澈冷哼一声，缓缓靠近苏誉，抬手捏住了他的下巴，"你已见过朕了，怎的这般惊讶?"❶

作品中，"蠢奴"一词共出现了 74 次，即使安泓澈后来将苏誉立为皇后，也依然叫其"蠢奴"。在网络耽美小说中，强"攻"弱"受"的案例不胜枚举，将"攻"的身份设置为帝王将相的也非常多，甚至已发展出一个"帝王攻男宠受"的独立人物设置分类。在这一点上，网络耽美小说受到中国古代文学中男性间恋爱故事的人物双方主从特质影响较为明显。

第二方面的影响是中国古代文学中男性间恋爱故事将男子装扮成女子的现象，在网络耽美小说中也得到了延续。历朝历代的男宠多是依靠色相来获取君王以及达官贵人的垂爱，模仿女性是他们得到宠爱的重要途径之一。施晔认为，男宠之所以选择将自己装扮成女子模样，是因为"好男风者更偏爱女性化的男色，他们把男色戏拟成妓女或妾妇来受用。他们追逐的对象一般都是青春髫龄，姝丽慧颖，具有明显的女性特征。男风小说的书写中处处展露出对男宠、娈童、优伶的雌化、戏拟心态。所有作者均刻意强化他们的女性特征，而弱化其本色"。❷ 这一点在明清以来的男同性恋书写中表现得更为明显。明清两代的朝廷均对官员嫖娼做出严厉的处罚规定。尤其是清朝伊始，在明朝荒淫亡国的教训警示下，清政府严令禁止京城之内各级官员嫖娼，违者重罚。在政策严打的背景下，官员们另辟蹊径，从男娼这里找到了情欲的发泄口。《弁而钗·情奇记》中男主角李摘凡因救父卖身进入男娼所，通过他的经历，读者可对

---

❶ 绿野千鹤. 鲜满宫堂 [EB/OL]. [2020-08-08]. http://my.jjwxc.net/backend/buynovel.php? novelid=2153053&chapterid=29.

❷ 施晔. 明清同性恋小说的男风特质及文化蕴涵 [J]. 文学评论，2008 (2)：126-132.

明朝男娼所的状况一探究竟。

　　　摘凡同进后房，并无女子，都是男儿，却人人都带些脂粉气。
但见：

　　　　个个趋柔媚，凭谁问丈夫？
　　　　狐颜同妾妇，猬骨似侏儒。
　　　　巾帼满缝掖，簪笄盈道涂。
　　　　谁摆迷魂阵，男女竟模糊？❶

　　书中描写的男娼在服侍嫖客时均着女装，而且涂脂抹粉，刻意模仿
女人的目的非常明显，是为了迎合嫖客的心理。主动前往男娼所的嫖宿
者并非都是男同性恋者，其中不乏因官府打击嫖娼转而寻找替代性选择
的嫖客，因此对男娼进行女性化的装扮，使他们更能接受男娼实际的性
别。于是便出现了作为被动方的男娼为了迎合这种需求，故意将自己装
扮成女性的现象。《龙阳逸史》中的洛阳城男娼魁首名唤裴幼娘，他不仅
有女性化的名字，对所谓的"女人技艺"也样样精通。除了他日常所长
的琴棋书画外，"那些刺凤挑鸾，拈红纳绣，一应女工针指，般般精
谙"。❷ 由此可见，男娼为了更好地招徕嫖客，被调教成了"精致女人"
的形象。

　　男性间情感中的被动方被装扮成女性的男扮女装式的角色塑造模式，
在网络耽美小说中也比较常见。这类小说绝大多数属于上文提到的强
"攻"弱"受"模式。但与古代男娼或自愿或迫于现实压力不得不模仿
女性、出卖色相以取悦嫖客的目的不同，网络耽美小说中"受"伪装成
女性的原因通常不是单纯地为了取悦男性。例如，在宁江尘的《母仪天

---

❶　侯忠义. 明代小说辑刊：第二辑　2［M］. 成都：巴蜀书社，1995：924.
❷　京江醉竹居士. 龙阳逸史［M］. 西宁：青海人民出版社，1993：137.

下》中，沈灿若身为当朝丞相之子，母亲是没有家庭背景的四夫人。为了在深似海的侯门中安稳度日，也为了保护沈灿若不被豪门恩怨所害，母亲在他出生时买通接生婆，对外宣称生的是个女儿。为了掩饰身份，男扮女装的沈灿若承欢母亲膝下，大门不出二门不迈，因乖巧温顺贤良淑德而名声在外，被永康王爷求娶为儿媳，继而与王爷之子李鉴展开了一段从友谊到爱情的故事。出于某些不得已的原因而隐藏性别改扮成女子是网络耽美小说中男扮女装模式的常规套路，此外也有作者基于心理层面的原因设计男扮女装的情节。例如，林知落的《以为自己是女人的男人》中，蒋非一直在心理上认知自己是女性，平时在穿着打扮上均以美女形象示人，在一次替好闺蜜相亲的过程中，对段家少爷段韶星一见钟情，未料对方竟然是男同性恋者，两人最终坠入爱河。这类耽美小说尽管讲的是两个男人的爱情故事，但是由于"受"内心认知自身性别为女性，平时的行为举止与女性无异，令读者的阅读体验更接近传统言情小说。此外，将男性装扮成女性形象的另一个常见方式是将"受"设定为有异装癖的男人。例如，《鸟语花香婚介所》中的酒吧老板严晰就是一个异装癖者，他平时总是以妩媚性感的成熟女性形象示人，以致小区里不明情况的热心阿姨经常要给他介绍男性相亲对象。综上所述，中国网络耽美小说中"受"被装扮成女性形象的"男扮女装"模式，实际上延续了中国古代文学男性情爱故事中将男子戏仿成女子的现象。

二、近现代文学中的男性情爱叙事

"耽美"从字面意思上理解即"耽之于美"，耽美文学则是让读者沉溺在美的世界中的文学，而中国现代文学史上，前期创造社作家的作品具有唯美颓废的创作风格。20世纪初，西方的唯美主义思潮传入日本，掀起了日本文坛倡导唯美（日语写为"耽美"）主义的热潮。森鸥外、永井荷风、谷崎润一郎等提倡"艺术至上主义"的作家成为日本唯美主义文学的代表人物。这股热潮随着中国留日学生的译介而传入中国文学界。周作人在《日本近三十年小说之发达》一文中，对永井荷风以及谷崎润一郎的带有颓废派气息的消极的享乐主义文学进行了介绍，引发了中国文人对日本唯美主义文学的兴趣。20 世纪二三十年代，中国文学界出现了较大规模翻译日本唯美主义文学作品的浪潮。"从 1928 年以后一直到整个三十年代，中国翻译出版的谷崎润一郎的作品或作品集就有十几个版本，成为中国译介最多的外国作家之一。"❶ 谷崎润一郎分别于1918 年与 1926 年两次来到中国，与前期创造社成员郭沫若、郁达夫、田汉、欧阳予倩等均有来往。这些作家在创作上展现的颓废病态美的风格，较为明显地是受到谷崎润一郎的影响。谷崎润一郎认为，艺术是享乐人生的途径，其在所著的《金色之死》一书中写道："所谓思想，无论多么高尚也是看不见的、感受不到的，思想中理应不存在美的东西，所以其中最美的东西就是人的肉体……艺术就是性欲的发现。所谓艺术的快感，就是生理的官能的快感，因此艺术不是精神的东西，而完全是实感的东西。"❷ 谷崎润一郎以欲望满足的享受作为艺术的标准，这一观点使得他在创作上形成了病态美的官能色彩特征，同时这一特征也影响了前期创造社作家的创作。例如，在郁达夫的小说《茫茫夜》中，性欲比常人多一倍的于质夫来到一个小城市教书，在晚上性冲动的时候，他只有到城里街上和学校附近乡间的贫民窟去偷看几个女性，才能把性欲的冲动压制下去。这种病态的性欲发泄方式，与郁达夫另一部小说《沉沦》的主人公偷看旅馆主人女儿洗澡的行为如出一辙。然而于质夫除了偷看女性外，还有更为极端的发泄性欲的方式。在一个性冲动再次发作的晚上，于质夫来到城外街上卖香烟洋货的店里，向俏丽的女主人骗来一根她用过的针和一块用旧的洋布手帕。回到住处后，他就"把那两件宝物掩在

---

❶ 王向远. 日本唯美主义文学与中国现代文学中的唯美主义 [J]. 外国文学研究，1995 (4)：46-51.

❷ 叶渭渠. 日本文学思潮史 [M]. 北京：经济日报出版社，1997：393.

自家的口鼻上，深深地闻了一回香气"，随后，又对着镜子用针刺破了自己的脸颊，并将血迹擦在手帕上，"看看手帕上的猩红的血迹，闻闻那旧手帕和针子的香味，想想那手帕的主人公的态度，他觉得一种快感，把他的全身都浸遍了"。❶ 在熄灯之后，他怕被打断所享受的快感，还一动不动坐在黑暗中"贪尝那变态的快味"❷。郁达夫将青年人的性苦闷和性变态的心理转换到对恋物癖的具体表现上，这在其小说《还乡记》中也有所体现：主人公幻想自己潜入女人的房间，不仅偷了床前的白花缎女鞋，还将鞋子放在手上把玩，嗅着鞋的味道。虽然只是主人公在走投无路之时的一次幻想，但是其丑怪的心理十分真实，显示出以丑为美的病态美的特征。

前期创造社作家笔下的唯美颓废的创作风格在网络耽美小说中得到了延续。郁达夫笔下的恋物癖者与耽美小说作者易修罗笔下的恋靴癖主人公有一定的相似性。易修罗的《足下的恋人》中，凌道羲对靴子有超乎寻常的爱，当他看见祁东脚上的靴子时，甚至感觉那乌黑锃亮的漆面"仿佛能将他的影子连同心底的欲望一起，赤裸裸地映照出来，呈现在光天化日之下，那靴子在凌道羲面前晃啊晃，只晃得他难以自持，心神荡漾"。❸ 祁东在得知他的特殊癖好后，故意将红酒倾倒在靴面上，没想到凌道羲却做出了舔靴的举动。"凌道羲想也不想，立刻探过身去，伸出舌头将那涓涓细流截停在中途。他闭上眼，顺着液体流下来的路径缓缓向上舔去，忘情地汲取着红酒的芬芳……扑鼻而来的是糅杂了海风的腥咸与主人气息的皮革香。"❹ 在普通人看来容易引发生理不适的舔靴行为，被作者描绘成心神陶醉的画面，带有唯美妖艳的享乐气息。易修罗擅长

---

❶ 郁达夫. 郁达夫全集：第1卷小说（上）[M]. 杭州：浙江大学出版社，2007：156.

❷ 郁达夫. 郁达夫全集：第1卷小说（上）[M]. 杭州：浙江大学出版社，2007：157.

❸ 易修罗. 足下的恋人 [EB/OL]. [2020-08-08]. http：//www.t7yyw.com/104/104075/23773266.html.

❹ 易修罗. 足下的恋人 [EB/OL]. [2020-08-08]. http：//www.t7yyw.com/104/104075/23773266.html.

创作具有恋靴癖的人物，其另一部小说《网游之我不配》中的凌扬，也有恋靴的特殊癖好。书中出现了朋克靴、英伦靴、工装靴等多达几十种靴子，而且凌扬对叶朗穿着靴子进行性幻想，也是其在性行为时获得性满足的必要条件。这种癖好可谓中国文学中"拜脚"心理的一种变形。从《金瓶梅》中西门庆将潘金莲脱下的小鞋当酒杯，到《红高粱》里余占鳌对戴凤莲小脚的迷恋，中国文学中源远流长的拜脚文化到了现代社会，则衍生出了恋足、恋靴等带有病态审美的现象。

将性欲的发泄出口从人的身上延伸到该人所使用过的物品上，也是恋物癖的一种表现。《茫茫夜》中，于质夫通过俏女人用过的手帕和针来获得性快感的方式，就是将对女人的性欲转移到针和手帕上。性欲的承载对象可以是性幻想对象所使用过的任何物品。在网络耽美小说中，这种恋物癖的表现也大量存在。小秦子的《觉悟》中，林睿因为一次小混混的围殴中被重组家庭没有血缘关系的哥哥李慎解救而感受到其男性魅力，从此不可自拔地爱上了他。然而两人名义上的兄弟身份让林睿只能将爱意深藏心底，这股欲火就逐渐被转移到哥哥李慎所用过的物品上。例如，哥哥喝过牛奶的吸管，"林睿还是咬住了那吸管，抿着嘴巴再以舌尖舔舐那塑料制的细管，想到哥哥刚才也这么含着这根东西，殷红的唇间沾着牛奶。"❶ 这种间接亲密接触的方式能引起林睿战栗的快感。综上可见，这种病态的审美心理在网络耽美小说中得到了充分体现。

前期创造社作家受日本唯美主义文学影响的另一个表现，在于畸形的性快感，即从性享乐中获得性虐带来的快感，是一种典型的"受虐狂"心态。弗洛伊德曾对受虐狂有如下解释："被虐待症这个名词也全部包括了性生活中所有对性对象的被动态度。在最极端的情形中，只有性对象

---

❶ 小秦子. 觉悟［EB/OL］.［2020-08-08］. http://www.t7yyw.com/103/103808/23730901.html.

给自己造成种种身体的或精神的痛苦,才能达到性的满足。"❶ 享受性虐带来的快感,并在这种快感中感知性爱魅力,是受虐狂所感受到的"欲望的恶之花",他们深陷其中无法自拔。田汉在其剧作《湖边春梦》❷ 中塑造的男主人公孙辟疆就是一个受虐狂。在一次火车之旅中,孙辟疆遇见了貌美的妇人黎绮波,将她作为性幻想的对象做起了春梦。梦中,孙辟疆为了表达对黎绮波的爱意,任由她将自己用绳索捆绑并挥鞭抽打,直至皮开肉绽,遍体鳞伤。随后黎绮波为其松绑,抚摸其创伤并温柔安慰。孙辟疆竟然立即忘掉伤痛,陶醉不已。黎绮波进一步要求,每日鞭打一次,否则便不是真爱,孙辟疆也慨然应允。尽管在故事的最后,田汉设计了一个孙辟疆在医院醒来得知自己热病发作、一切只是梦境的结局,但这样直白展现性受虐心理的文学创作,在当时的时代背景下可谓十分大胆。剧中所采用的捆绑、鞭打的性虐方式,时至今日仍是性虐小说最为常见的情节。这一叙事情节最能体现福柯所说的"把身体的所有部分都变成性的工具"的"快感的非性化"❸ 观点——当黎绮波的皮鞭抽打到孙辟疆身上时,后者感觉身上的每一寸皮肤都在痛楚中颤抖,带来极致的快感体验。

在中国的网络耽美小说中,大量存在用受虐的方式获得性快感的情节。"攻"与"受"之间构成了施虐者与受虐者的关系,即"攻"以施加性虐待的方式调教"受",这类耽美小说被称为"调教文"或者"主奴文",因为"攻"与"受"的关系通常以主人与奴隶的模式出现。例如,长吉妹妹的《巫山纵情》中,关于鞭打施虐的细节有如下描写:

---

❶ [奥] 弗洛伊德. 性爱与文明 [M]. 滕守尧, 译. 合肥: 安徽文艺出版社, 1996: 25-26.

❷ 《湖边春梦》剧本的主要编写者是该剧导演卜万苍,故事构思由田汉提供,并由田汉口述剧本大纲。电影由卜万苍实际操刀拍摄而成。

❸ 李银河. 虐恋亚文化 [M]. 呼和浩特: 内蒙古大学出版社, 2009: 3.

"呀……呀……主人，我是下贱的奴隶，请狠狠地惩罪我……呀……"铁兰王子大声喊叫，札巴王爷全身的肌肉也鼓胀起来，抽打得更疯狂。铃声、鞭挞声、男人的谩骂声，加上美人的痛叫声，交织出火热的艳情乐曲。"认清谁才是你的主子，受过我的凌虐天堂，以后除了我没有人再能满足你，哈哈哈……"札巴王爷抽得全身冒汗，可见他是用尽全力出鞭。❶

从这段描述可以看出，在鞭打性虐的过程中，施虐方和受虐方同时得到了性满足。网络耽美小说中以性虐的方式获得肉身感官的极致快感体验，这种创作手法与前期创造社作家作品中对身体欲望的夸饰、官能主义的推崇异曲同工，体现了唯美主义风格的底色。

第二节　他山之石：日本耽美小说的传入与影响

网络耽美小说对中国当代文学来说是一个舶来品。中国的耽美小说是在日本耽美小说的传入影响下，以及青年亚文化土壤的培育下成长起来的，而日本耽美小说的传入，可以说是中国耽美小说生成的直接原因。日本耽美小说的诞生早于中国，通过梳理其发展的历史，考证其进入中国的过程与影响，便能清楚地了解中国耽美小说生成的外部背景。

一、日本耽美小说的发展脉络

日本学界对于日本耽美小说的发展历史，有比较统一的年代划分认识。日本耽美小说史可划分为三个时期，即第一期为1961—1978年、第

---

❶　长吉妹妹. 巫山纵情 [EB/OL]. [2020-08-08]. http://www.paliberg.com/cbook_21601/14.html.

二期为 1978—1990 年、第三期为 1990 年以后。

（一）1961—1978 年：森茉莉与《美少年漫画》的时代

"JUNE 文学导读"专栏编辑、日本耽美小说的早期研究者栗原知代，在其研究专著《耽美小说、男同性恋文学阅读指南》中提出，将日本明治时期文豪森鸥外的女儿森茉莉于 58 岁时发表的短篇小说《恋人们的森林》作为日本耽美小说的始祖。❶ 此后，这一观点得到了沟口彰子等日本耽美文化研究者的普遍认可。《恋人们的森林》讲述了父亲是法国贵族、母亲是日本外交官之女、在东京大学任教的美男子作家义童，与私立大学法文系一年级学生、中途辍学在糕点厂工作的美少年保罗之间的悲剧之恋，作品字里行间充满"耽美"气息。日本学界将该作品视为耽美小说始祖的理由有以下两点：（1）耽美小说必备的几项元素在该作品中均已出现。两名男性主角均为美男子；有明显区分的"攻"与"受"的角色设定，"受"具有男性与女性的双重气质（年轻的保罗身手矫捷，同时被描述成具有高级艺伎般容貌的人物），"攻"则是有权有势的人物（义童既是一个资本家同时是东京大学的教师）；二者之间的感情被认为是纯爱，二者在爱上彼此之前都是十分受女性欢迎的男子，然而认定对方是真爱后，才发展出同性间的感情。（2）该作品的出现并非基于现实，而是来自森茉莉对男性间恋情的幻想，进而在幻想的冲动下完成创作。森茉莉曾公开表示，《恋人们的森林》的灵感来源于让-克劳德·布里亚利与阿兰·德龙在卧铺火车里同榻共眠的照片，❷ 两位以俊美外形著称的法国演员以颇为暧昧的姿态出现，促成了森茉莉的爱情幻想，文字随着这

---

❶ ［日］柿沼瑛子，栗原知代. 耽美小説・ゲイ文学ブックガイド［M］. 東京：白夜書房，1993：327.

❷ 让-克劳德·布里亚利是法国电影演员和导演、新浪潮电影代表人物之一，代表作有《自由的幻影》《战火浮生录》等。阿兰·德龙是法国著名电影演员，代表作有《佐罗》《怒海沉尸》《独行杀手》等。两人的合照是森茉莉创作《恋人们的森林》的灵感来源的说法，在沟口彰子的《BL 进化论》中有记载。

种幻想倾泻而出。❶ 这一幻想型的创作心理，奠定了耽美小说创作思路的基石。森茉莉的小说对后来的耽美小说作家产生了非常深刻的影响，在第一期活跃的耽美小说作家栗本薰、榊原姿保美、山蓝紫姬子等都曾提到森茉莉对自己的创作带来了影响。

这一时期活跃的耽美小说作家还有杉本苑子、栗本薰，前者因创作《华的碑文》《倾泻的瀑布》等历史耽美小说而闻名，而后者既是一名作家，也是优秀的耽美小说评论家，其作为作家发表的《午夜天使》《长翅膀的人》等耽美小说给读者留下了强烈印象，而其作为评论家对耽美小说的发展作出的贡献将会在后面介绍。

（二）1978—1990 年：商业主题杂志《JUNE》与同人志出版市场扩大的时代

这一时期可以说是商业主题杂志《JUNE》与同人志的时代，因为这一时期的日本耽美小说只能在这两个平台发表。创刊于 1978 年 10 月的《JUNE》杂志几乎是 20 世纪 80 年代日本市场上唯一专门连载耽美作品（包括漫画与小说）的商业刊物。漫画家竹宫惠子在该杂志上亲自负责"竹宫惠子的画家教室"专栏，评论读者投稿的作品，培育出一大批职业的耽美漫画创作者。无独有偶，在小说方面也有一位致力于培养耽美小说作家的人物，她就是活跃在耽美小说界、既是创作者也是研究者的栗本薰。《JUNE》杂志创刊以来，栗本薰以中岛梓的笔名主持"小说道场"栏目（前身栏目名为"美少年入门"，1984 年更名），为读者的投稿提出建议，并在专栏内刊登优秀作品。这一平台成为许多耽美小说作家初次登场的舞台，栗本薰为推动耽美文学的发展作出了重要贡献。此外，《JUNE》杂志还发挥了一个重要功能，即向日本读者介绍英美等海外的同性题材文学作品动态，从而成为海外同性题材文学作品信息的发布平

---

❶ ［日］溝口彰子. BL 進化論 ［M］. 東京：太田出版，2015：26.

台，不少日本耽美作家对英美上流阶级生活的幻想也来源于此。

日本耽美小说发展第二期的一大特色是同人志出版市场的扩大。日本的耽美同人志创作是指以热门的少年漫画或者动漫人物为蓝本，衍生创作出全新的耽美故事的二次创作。这些同人志的创作者通常不是职业的耽美作家，因此不愿将稿件投向《JUNE》等商业杂志，以免受到编辑催稿的约束。他们创作的同人志作品通常会通过同人志展售会（Comic Market）发布。关于耽美同人志展售会的演变，西村麻里（西村マリ）在其著作《动漫衍生与YAOI》中有过概述：1975年开办的同人志展售会只有600人到场，这个数字到1981年上升为1万人，1984年增加到3万人，1987年有6万人，1989年又扩大至10万人，1991年更是增加到20万人。❶ 虽然并非所有参加者的目的都是购买耽美同人志作品，但也因为整体规模的扩大使得耽美同人志的创作者和消费者增加，一些热门的耽美同人志作品甚至可以达到上千本的销量。在这一时期，同人志展售会与《JUNE》杂志成为耽美小说家发布作品的两类平台。

（三）1990年以后：耽美小说普及化与商业化的时代

第三期可以分为前后两个时期，前期是1990—2000年，是耽美小说商业出版大规模发展的时期；后期是2000年以后，是日本耽美小说走向全球化、"腐"文化逐渐兴盛的时代。在第三期，曾经称霸耽美小说界的《JUNE》杂志已经风光不再。山本文子在《就是喜欢BL：完全BL漫画指南》中指出，1990—1995年，每年都有几本BL杂志创刊，例如1991年的《Image》和《b-Boy》等。❷ 此外，"BL"作为男性间恋爱故事的代称，在这一时期被固定下来，并在日本沿用至今。根据山本文子的记载，漫画情报杂志《Puff》率先以"Boy's Love"来统称这类作品。因为这一

---

❶ ［日］西村マリ. アニパロとヤオイ［M］. 東京：太田出版，2001：127.
❷ ［日］山本文子. やっぱりボーイズラブが好き：完全BLコミックガイド［M］. 東京：太田出版，2005：154.

称呼最能从字面体现作品题材，所以迅速被爱好者群体接受，此后成为固定的称谓。由于 BL（耽美）作品发表平台的增多，在第三期的前期商业 BL 出版规模不断扩大。根据沟口彰子在《BL 进化论》中的总结，1998 年每月有 30 种新作单行本发行。❶ 20 世纪 90 年代，日本的 BL 作品传播到中国，受到中国读者欢迎，中国的耽美小说在此基础上形成并发展。不仅如此，日本的 BL 作品甚至走出亚洲，进入欧美文化圈。2003 年，在日本造成轰动的作品《万有引力》（日文题目：フラヴィテーション）与《FAKE》登陆美国，开创美国正式引进日本耽美作品的先河。2000 年以来，随着互联网发展的全球化态势，日本耽美作品呈现明显的全球化发展势头。

时至今日，日本的耽美小说发展呈现以下特点。第一个特点是商业出版不断兴盛，除耽美小说单行本之外，还出现了与之相关的导读指南与排行榜专刊。例如 2007 年创刊的年度排行本《这本 BL 不得了》（日文题目：このBLがやばい），对每年日本的耽美小说与耽美漫画进行盘点，深受耽美爱好者关注。在耽美小说的单行本领域，一些 20 世纪 90 年代颇受欢迎的经典小说以文库版或珍藏版的形式再版，重新引起新一代年轻读者的阅读热潮。据笔者留学日本期间的调查，日本的各大书店，例如茑屋书店、纪伊国屋书店等均有耽美小说的专列书架（有些书架上的分类名称是耽美小说，但大多数的名称是 BL 小说）。一些二手书店，例如连锁店 BOOK · OFF 等，无论门店大小，基本都有专门摆放耽美小说的书架，可见日本耽美小说单行本的商业化已较为发达。第二个特点是日本耽美作品仍在向其他国家和地区传播。上文提到日本耽美小说在 20 世纪 90 年代进入中国，2003 年进入美国，目前日本耽美作品已传入欧洲。笔者在东京的外文书店曾购入一本由德国卡尔森出版社出版的日本耽美漫画，是中村春菊创作的《世界第一初恋》，漫画已全部译为德文。在小说

---

❶ ［日］溝口彰子. BL 進化論［M］. 東京：太田出版，2015：35.

领域，也有一些作品被翻译到其他国家和地区，推动了耽美文化的全球化传播。第三个特点是大众传媒增加了对腐女群体的关注度，进而扩大了耽美文化在大众领域的知名度，不断涌现有关耽美小说以及耽美文化的学术研究著作。其实早在 1984 年，栗本薰就以评论者"中岛梓"的身份出版了第一部以女性观点评论美少年作品的评论集《美少年学入门》。1991 年，她又在进一步研究耽美爱好者群体的基础上出版了对针对该群体的研究专著《沟通不良症候群》。从此，出现了研究者评论耽美文化的热潮，每年均有与耽美文化相关的研究专著出版。除此之外，日本高校还专门开设了研究耽美文化的课程。沟口彰子在早稻田大学开设的 BL 理论课程，便是围绕日本 BL 作品及其评论开展。笔者留学期间曾有幸旁听过沟口老师开设的课程，并与选课的学生进行过交流。听课的人中既有多年的耽美爱好者，也有只是听说但比较感兴趣、想了解耽美文化的学生。无疑，在高校开设耽美文化的相关研究课程，为学生提供了一个了解耽美文化的入口，从而吸引更多的青年学者投入对这一青年亚文化的研究之中。其中的一些人既是耽美文化的研究者，也是耽美作品的创作者，这种双重身份让他们能更加深入地开展对耽美文化的研究。在高校与研究者的共同努力下，日本学术界关于耽美文化与耽美作品的研究成果正在逐年增加。这种新兴的青年亚文化正在受到越来越多人的关注。

二、日本耽美小说传入中国的过程

日本耽美小说传入中国的时间相对于耽美漫画来说要晚一些，且有一个从日本输出，先进入我国港台地区，后进入内地的路径。日本耽美小说传入中国以及中国耽美小说本土化的发展，大致可以分为三个阶段。

（一）20 世纪 90 年代初期至 1997 年：以日本耽美小说传入中国的时间为分水岭的萌芽阶段

从上一节梳理的日本耽美小说发展史中可以了解到，在 20 世纪

90 年代，日本耽美小说进入了一个商业化的蓬勃发展期，并且开启了海外传播的时代。我国的台湾与香港是亚洲范围内较早受到日本耽美文化影响的地区。尤其是台湾地区在 20 世纪 90 年代初，引进翻译了大量日本的耽美小说与耽美漫画，例如，岛村春奈根据《圣斗士星矢》改编的同人漫画作品《星矢小剧场》（日文题目：聖闘士ダ星矢）在台湾地区翻译出版后，因有原作的读者基础，受到广泛欢迎。后来，台湾地区翻译出版的日本耽美漫画作品进入大陆，首先在沿海经济发达地区传播。其中最具代表性的是 1994 年进入大陆的尾崎南的漫画《绝爱-1989》，这一作品被很多早期耽美爱好者称为"启蒙之作"。在耽美漫画以直白又富有冲击力的画面，作为耽美文化传播的先头部队进入中国后，耽美小说也借由这股热潮进入中国。1997 年，根据秋月透（秋月こう）的耽美小说《富士见二丁目交响乐团》所制作的动画电影上映，该动画也受到中国观众的喜爱。同年，其原著小说被翻译引进至中国，日本耽美小说迈入了在中国传播的新阶段。与《富士见二丁目交响乐团》并称为日本三大长篇耽美小说的另两部作品——桑原水菜的《炎之蜃气楼》、吉原理惠子的《间之楔》——也紧随其后被译介到中国。日本耽美小说的传入丰富了耽美文化的传播载体，使得中国的爱好者们能以更多的方式接触并了解耽美文化。

（二）1997—2008 年：日本耽美作品的多渠道传播以及中国原创耽美小说起步发展的阶段

这一时期促使日本耽美作品在中国传播的两个重要因素分别是日本耽美作品的公开发行以及耽美作品的网络传播。日本耽美小说自进入中国内地以来一直在耽美爱好者的圈子内传播，直到 2000 年耽美专门杂志的出现才打破了这一状况。《耽美季节》是 2000 年在中国内地售卖的连载耽美漫画与耽美小说的杂志。这本杂志是目前已知的中国内地最早的耽美专门杂志，其创立开启了耽美小说广泛传播的新局面——不仅耽美文化的资深爱好者可以通过购买杂志来接触日本以及中国原创的耽美作品，也令更多的人开始关注并了解耽美文化。2002年，在《耽美季节》杂志大受欢迎的热潮下，主要连载日本耽美小说的杂志《阿多尼斯》问世。该杂志设有将小说改编为漫画的栏目，既满足了耽美文学爱好者的需求，又能让耽美漫画爱好者一饱眼福。在以上两种耽美专门杂志的带动下，后续还出现了如《男朋友》《菠萝志》等杂志，日本的耽美作品被源源不断地介绍到中国，同时中国的耽美创作者也在吸取养分的基础上开启了中国耽美作品的原创历程。

上述的耽美杂志推动了耽美作品在中国的传播，但真正让耽美文化的传播走上高速路的则是网络耽美站点的建立。中国最早发布耽美作品的网站桑桑学院的"SD学院"版块，是当时国内连载耽美作品的重要平台。该版块的名称是由于连载了日本动漫《灌篮高手》的耽美同人作品而得来，其中的"SD"，即《灌篮高手》英文名《SLAM DUNK》的首字母。当时还有一个对中国耽美爱好者而言非常重要的网站"露西弗俱乐部"。这些早期的耽美网站对日本耽美作品在中国的传播有着举足轻重的作用，绝大多数的中国耽美作品的创作者正是在这些网站上接触日本耽美作品，汲取其营养，创作了原创的耽美小说。目前耽美文学的专门网站早已摆脱开创期的"文荒"局面，以露西弗俱乐部为例，其原创作品已十分丰富。此外，随着网络文学的发展，综合性文学网站的兴起也为原创耽美文学提供了新的发表平台。此后，中国原创耽美小说进入蓬勃发展期。

（三）2008年以后：中国耽美小说不断发展，成为网络文学的重要组成部分

早期中国原创耽美小说受到日本耽美作品的影响非常大，但是随着耽美小说成为网络类型小说的重要分类之一并扎根网络之后，中国的耽美小说逐渐摆脱了来自日本的影响，开拓出具有中国特色的创作风格。

2008 年，网络文学网站晋江文学城对耽美小说施行了付费阅读机制。这一举措标志着耽美小说的传播方式从爱好者（创作者）出于兴趣的无偿分享，向商业化的转变，从而使得耽美文学加入网络文学的产业链。目前中国的几大文学网站如晋江文学城、起点中文网、榕树下等均已执行付费阅读模式。以晋江文学城为例，其对"纯爱"版块连载的网络耽美小说采取部分免费阅读与部分 VIP 阅读相结合的模式：免费章节不需要晋江文学城的账号即可浏览，VIP 章节则需要登录已付费充值的 VIP 账号才可阅读。这种付费阅读的方式虽然提高了耽美爱好者的阅读成本，抬高了传播的门槛，但是也保证了耽美小说创作者的创作热情。于是，作者创作耽美小说已不仅是出于热爱，也能够获得经济收入。在经济利益的驱使下，有越来越多的创作者投入原创耽美小说的创作之中。其中不乏一些原本主要创作其他网络类型小说，例如穿越小说、武侠小说、古风小说的作者转行而来。他们将自己得心应手的文学创作类型与耽美文学相结合，派生出古风耽美、穿越耽美、武侠耽美等多个类型。

尽管中国原创耽美小说近几年受到日本耽美小说的影响越来越小，但是日本耽美小说对中国耽美文化圈的影响仍在继续。网络耽美小说虽然已成为中国当代网络文学的一个重要组成部分，但究其根源是一个舶来品，所以分析中国原创的耽美小说不难发现，其仍明显地带有来自日本耽美小说的影响痕迹。中国耽美小说受日本耽美小说的影响主要体现在两个方面。

其一是在语言上存在对日语词汇较为直接的吸收借用。中国耽美小说中区分男性主角属性的一对词语"攻"与"受"，就来自日语词汇中的"攻め"与"受け"。而且，一部含有情欲描写的耽美小说被称为"有 H 内容"，其中的"H"便来源于日语词汇"変態"罗马字（HENTAI）的首字母，原义为"变态"，引申义为"下流的、好色的以及性行为"。此外，日本耽美小说中表示主角特点的词汇也被全盘收入中国耽美小说。例如，"年下攻"即"攻"的年龄大于"受"，而"年下"

在日语中是年岁小之意;"女王受"即"受"的个性像女王一样高傲,让"攻"不得不臣服;"下克上"即地位低者为"攻",地位高者为"受",如属下和上司。

其二是在表现主题上,中国耽美小说与日本耽美小说一样普遍展现出对超越现实世界情感的终极之爱的追求。无论是在日本还是中国,同性恋者依然是社会的边缘人群,他们或多或少地要承受来自社会和家庭的压力,以及自我内心深处的纠结和迷茫。然而,对男同性恋者真实处境的表现却不是耽美文学追求的主题。在耽美文学中,鲜少出现世俗的异样目光和同性恋者的复杂心理,作品中绝大多数的人物对男性之间的恋情不但丝毫没有抵触心理,甚至抱有支持的态度。之所以有如此的呈现,是因为耽美文学本身所追求的是一种"不管你的性别,我只爱你一人"的纯粹之爱。所以,为了实现这一主题的表达,有些作品中会设置能否接受同性恋人的心理冲突的情节,这种认知有时需要通过跨越对同性恋情接受的心理障碍来实现。木原音濑《美人》(通译名,日文题目:美しいこと)一书中的松冈洋介是个异装癖者,在一次女性装扮的状态下受到宽末基文的帮助,便留意起这个与自己同一个公司的同事,并且在逐步了解宽末温柔和忠厚老实的性格后爱上了他。不过宽末一直将女性装扮的松冈当作女人,所以在得知其实际性别后感觉自己受到欺骗,难以接受男性恋人而选择分手。然而,宽末新交的女朋友叶山也是松冈的朋友,宽末与叶山在一起的话题一直围绕着松冈,令宽末意识到自己心里仍然放不下松冈,在经过内心的反复挣扎后,宽末终于确认自己爱上松冈的事实。木原音濑的这部作品在中国耽美爱好者中的知名度很高,被列为日本经典耽美小说并得到广泛传播。木原音濑开创的"攻"因爱上这个独一无二的同性的"她"而化解内心冲突接受与之交往的模式,也被中国耽美小说的创作者不断效仿。例如,在非天夜翔的《王子病的春天》中,赵遥远自幼丧母,父亲忙于事业一直未能续娶,表哥谭睿康因家庭变故来到赵家跟随遥远父子一起生活。从小缺乏亲情关爱的遥远在睿康无微不至的关怀中无可救药地爱上了他。然而谭睿康无法接受来自同一性别的遥远的爱意，强迫自己走入婚姻。最后睿康终于确定了自己的感情，选择离婚与遥远在一起。在耽美小说的世界里，男主人公爱上的都是独一无二的那个"TA"，无论"TA"的性别和身份，都无法动摇两人的爱情，这便是耽美文学所诠释的"终极之爱"。

第三节　时代土壤：消费浪潮下的耽美现象

诚如王国维所言，"凡一代有一代之文学"，可见时代背景对文学类型的形成乃至发展有着至关重要的影响。可以说，"任何文学的阅读和接受，都是置身于一定的社会文化环境中的，而且文学接受本身也是构成这种社会文化环境的一个重要因素。"❶ 网络耽美小说的发展也离不开中国当代社会文化环境的滋养。在消费浪潮下，商品化经济不断发展，消费品的种类包罗万象，文学也被纳入消费体系中被迅速商品化。随着消费观念与消费手段的转变，人们越来越注重网络文化消费带来的精神享受。网络耽美小说正是乘着消费时代网络文化兴盛的东风实现了本土化发展。

一、网络耽美社群的发展

目前，网络耽美小说的创作者主要是以网络为传播媒介发布小说，并与读者在论坛上进行交流。但考察最初的传播方式，网络并非其主要阵地，那么，耽美小说是如何被纳入网络文化消费产品体系的呢？这一过程值得回顾。耽美小说最初在中国内地的传播范围非常小。由于当时的耽美作品是从日本经我国港台等地区以非正规途径进入内地，所以通常在租书店、书报亭等地方租借售卖，在爱好者群体中小规模传播，这

---

❶ 朱立元. 接受美学导论［M］. 合肥：安徽教育出版社，2004：235-236.

便决定了耽美圈最初是个非常小众的文化圈。进入 21 世纪以来,随着计算机工业的发展,家用上网设备的购买准入门槛逐步降低。同时,互联网技术的发展也为大众打开了网络新世界的大门。由于早期的耽美爱好者群体普遍经济状况良好,他们有能力购买家用电脑,并很快摸索出网络世界的运行法则。因此,爱好者群体创建网络耽美社群是为耽美小说依托网络进行传播所迈出的第一步。

关于网络耽美社群的概念目前尚未有文献进行详细定义。笔者认为,这一概念可被拆分成网络社群和耽美群体两个部分。网络社群指的是"在网络空间中构成一个由个人关系组成的网,就会产生网络社群这种网络上产生的社会群聚现象"。❶ 网络社群成员通过各类网络应用联结在一起,每个社群之中的成员有着相同的兴趣需求。耽美群体指的是以耽美作品的创作者与消费者等耽美文化的爱好者为核心组成的群体。将两个概念叠加在一起得出的"网络耽美社群"的概念,即通过各类网站、网络应用联结在一起的、具有相同的耽美文化爱好的群体。按照这一标准分析,网络耽美社群主要活跃于耽美的专门网站、百度贴吧❷等综合性交流论坛以及综合文学网站三大网络平台。

要梳理耽美小说借助网络传播的过程,有必要对以上三大网络耽美社群的主要活跃平台的相关历史进行回顾。按照时间的线索整理,中国内地最早的与耽美文化相关的网站是建于 1998 年的"桑桑学院",其"SD 学院"是专门的耽美版块。它的出现让耽美爱好者有了交流与共享日本耽美漫画、小说的平台,为网络耽美社群的形成奠定了基础。真正将耽美网站知名度扩大的是露西弗俱乐部。该网站创建于 1999 年年底,

---

❶ 邓胜利,胡吉明. Web2.0 环境下网络社群理论研究综述 [J]. 中国图书馆学报,2010(5):90-95.

❷ "百度贴吧"是以兴趣为主题聚合志同道合者的互动网络平台,"同好"网友聚集在这里交流话题、展示自我、结交朋友。贴吧的主题非常广泛,涵盖娱乐、游戏、小说、地区、生活等方面。以耽美文化为主题的贴吧中,知名度较高的有耽美吧、BL 吧、BL 小说吧、事件记录吧等。

其创建者 Ducky 因预告要创作唯美却带有性描写的作品而被桑桑学院除名，论坛名中的"露西弗"正是取"叛逆天使晨星路西华"之意。❶ 如今，露西弗俱乐部已有 20 多年，从这里走出的创作者有不少已成为耽美小说作家的中流砥柱，例如，著名耽美作家风弄最早就在此连载小说。露西弗俱乐部为早期网络耽美社群的发展培育了一批中坚力量，使耽美爱好者拥有了集体归属感，促成中国耽美文化圈的形成。21 世纪后，随着互联网技术的飞速发展，创建网站变得更加容易，各种与耽美文化相关的个人网站以及耽美论坛纷至沓来。其中较为著名的有玻璃乌托邦、耽梦社区、月夜下、墨音阁等，而以连载耽美小说为主的网站有耽美中文网、腐书网、BL 文库等。这些网站的出现丰富了耽美创作者发布作品的平台，推动中国耽美小说朝着原创方向发展，诸如武侠耽美、穿越耽美等多种题材的开山之作都来自这些网站。耽美网站中作者发布连载作品、读者阅读并参与评论的方式，构成网络耽美社群的基本交流模式，耽美网站为耽美爱好者搭建的网络虚拟社区，让他们置身在耽美的乌托邦中。

百度贴吧作为一个综合性的交流论坛，在网络耽美社群的成型过程中承担了社群成员交流互动的重要作用。虽然耽美的专门网站也设有交流版块，但由于早期的耽美网站多为个人出于兴趣创建，缺乏一定的管理经验，大量耽美爱好者的涌入令服务器崩溃等情况时有发生，耽美爱好者必须寻找到一个更为稳定的交流平台。2003 年百度贴吧的创建实现了他们的愿望，与耽美文化相关的贴吧不断涌现，其中会员人数以及发表主题帖较多的贴吧分别是：耽美吧、BL 吧、BL 小说吧、事件记录吧、梅影莲香吧、爱所以存在吧、浅浅寂寞吧等。这些贴吧从名字上来看可分为两大类，一类是单从字面就能判断是耽美文化相关的贴吧，例如耽美吧、BL 吧等；另一类则从字面无法判断。在耽美的相关贴吧中，既有

---

❶ 小露十七岁了［EB/OL］.［2020-08-08］. https：//www.lucifer-club.com/chapter-83434-1.html.

转载耽美小说的主题帖，也有个人开贴谈论对耽美小说阅读感受的文章，还有一些初出茅庐的耽美小说创作者在贴吧中连载自己的新作、观察读者反应。跟帖者在贴吧中留言与发帖者互动，完成有效的信息交换与情感交流；创作者在贴吧积累一定的人气后，再转向晋江文学城等综合性文学网站成为签约作者。百度贴吧在这个过程中成为网络耽美社群活动的重要平台。

综合性文学网站的耽美版块是耽美爱好者获取小说的主要途径之一，也是网络耽美社群的集聚地之一。与耽美专门网站以及相关百度贴吧不同的是，综合性文学网站是多类型网络小说的汇聚平台，而耽美小说只是其中一个种类，有时被归入言情小说版块。目前，国内著名文学网站晋江文学城、起点中文网、连城读书、潇湘书院等均有耽美小说的连载。以晋江文学城为例，2003 年晋江文学城成立后随即开辟"耽美同人频道"连载耽美小说，此后经过几次网站改版，其耽美小说移至"纯爱"版块。晋江文学城目前已成为耽美文化圈公认的中国原创耽美小说的大本营。综合性文学网站无论是知名度还是影响力都要远远超过耽美专门网站，一些其他网络类型小说的爱好者在浏览综合性文学网站的过程中看到耽美小说，并被这种题材吸引，最终进入耽美文化圈的案例不在少数。此外，多种网络小说类型并存于文学网站的局面，也使得耽美小说的创作者汲取了其他网络类型小说的营养，丰富了耽美小说的表现形式。同时，综合性文学网站的网友交流区也为网络耽美社群提供了成员交流的空间。

网络耽美社群的发展为耽美小说影响力的扩大作出了巨大贡献，耽美小说因其男性之间情感题材的特殊性，网络平台逐渐成为发布和消费耽美小说的主要场域。耽美小说也成为网络文化消费品的重要组成部分。随着网络耽美社群成员数量的激增，为了促进网络社区的发展及保障耽美小说的质量，许多网络社区制定了共同的社群规则约束成员的行为。网络耽美社群的共有规则主要体现在身份认同的建构、社群内部互动、惩罚与奖励机制三个方面。

在社会学领域，身份认同理论强调的是"个体对自我身份的确认"，而从文化研究的角度来看，其重点在于"对人们之间或个体同群体之间的共同文化的确认"。❶ 群体的身份认同的建构，其核心的三个问题在于参与认同的成员是谁、认同的对象是什么，以及这种认同是如何形成的。就网络耽美社群而言，前两个问题的答案较为明显，即耽美文化的爱好者是参与身份认同的人，认同的对象是耽美文化，而最后一项认同形成的过程则需要加以分析。以一个普通读者转变为耽美小说读者的过程为例，其在网上阅读小说的过程中，无意间接触到一个唯美的男性之间发生的情爱故事，感受到故事中另类情感描述的吸引力，并在浏览网友交流区的过程中得知这种网络类型小说被称为"耽美小说"，从而完成了第一步——对"耽美"这一概念的认同。随后通过注册耽美专门网站、耽美相关贴吧会员的途径，在网络中寻找拥有相同兴趣的人，继而接触网络耽美社区中社群成员的特定语言方式，学习网络耽美社区内专用的词汇符号系统，融入耽美社群独特的文化，最终完成对耽美文化的认同，通过身份认同的建构将自己标记为网络耽美社群的成员。

完成身份认同的建构后，网络耽美社群通过成员间的互动加深对耽美文化的认知与理解。据笔者在耽美专门网站、耽美贴吧论坛以及综合性文学网站的观察，网络耽美社群成员间的互动模式主要有以下三种方式。一是通过资源的发布与共享。前文曾经提到，在晋江文学城等综合性文学网站上发布的小说是分为免费阅读和需要付费的 VIP 阅读两种模式的，而一些想获得完全免费小说资源的读者，也会在文学网站之外的耽美论坛上搜寻是否存在他人无偿共享的资源。这种行为对作者的创作极不尊重，且未经授权公开发布他人作品构成了对作者著作权的侵犯。

---

❶ 唐乐水. 耽美迷群网媒使用中的身份认同研究［D］. 成都：西南交通大学，2014：14.

这种情况虽长期存在，但近年来的网络耽美社区也开始对侵害作者著作权的行为做出惩罚，相关情况将在下文介绍。不过其中也有一些免费发布的小说资源获得了作者的授权。二是通过对作品的评论与推荐。中国耽美小说经过长年的发展已进入创作的繁盛期，读者在多如牛毛的作品中寻找适合阅读的文本，除了凭个人阅读兴趣外，选择备受好评的作品也是不错的方法。同时，作者也可以通过读者反馈的阅读感受及时调整创作风格和创作手法，形成"读者反馈—作者改良"的良性循环互动。三是围绕耽美文化的特点进行感想交流。例如，在百度耽美吧中，有关于"攻"和"受"的人物设置的思考的帖子；在晋江文学城论坛的纯爱区，有关于腐女群体的思考讨论，等等。上述这些互动交流加深了网络耽美社群成员对自身身份的认同，也增强了对耽美文化圈的依赖程度。

网络耽美社群共有规则中最为重要的一项是惩罚与奖励机制。面向创作者的惩罚机制主要体现在对抄袭行为的处罚。反抄袭分为对内、对外两个方面，对外是发现传统言情小说作者抄袭耽美作者作品，网络耽美社群成员齐心协力声援耽美作者，对抄袭者采取抵制的行为；对内是耽美圈内作者的互相抄袭，该行为一旦被察觉，抄袭者将被网络耽美社群成员严厉批判，甚至被迫永久退出耽美文学创作领域。耽美小说因绝大多数的受众为耽美爱好者，其传播范围有限，有个别传统言情小说作者盗用耽美小说的情节设置，改换人物性别，并将其改编成热门影视剧获取观众与读者的支持。例如，2017 年 8 月因同名电影上映而掀起热议的唐七公子所著的《三生三世十里桃花》，被指涉嫌抄袭大风刮过的耽美小说《桃花债》。耽美社群内部在这一事件中团结一致支持耽美作者维权，制作调色盘❶罗列唐七公子涉嫌抄袭的证据，在诸多网络耽美社区号召抵制。对圈外人涉嫌抄袭的行为尚不放过，抄袭事件如果发生在耽美

---

❶ "调色盘"是指将涉嫌抄袭的作品与原作进行对比的表格，通常使用 Excel 等软件制作。涉嫌抄袭的作品与原作进行对比后，一致的段落会以不同颜色标注，因与绘画工具调色盘具有某种意义上的相似而得名。许多人将该方式视为佐证抄袭的有用利器。

社群内部，涉嫌抄袭的作者会受到更加严厉的处罚。2015 年 3 月 16 日，在晋江文学城网友交流区版块出现了一个帖子❶，提出胭子创作的《献祭》涉嫌抄袭作品《德萨罗人鱼》，并罗列出多处文字雷同的证据。但是胭子拒不承认抄袭，并且联系 "反抄袭吧" 官方微博的管理人员，企图反证《德萨罗人鱼》作者抄袭。此举使得 "反抄袭吧" 陷入信誉危机，被调控整顿。涉嫌抄袭者 "倒打一耙" 的做法引起耽美社群内部的震动，最终晋江文学城的 "抄袭检举中心"❷ 判定 "《献祭》构成借鉴过度，锁文要求清理，永久禁止上任何人工榜单"❸。最终在舆论压力下，胭子承诺不会再写出 "过度借鉴" 的作品，并且从此退出耽美创作圈。这一事件体现了耽美社群内部对抄袭绝不姑息的原则，以及晋江文学城 "锁文"等行之有效的惩罚手段。

面向耽美小说读者的惩罚机制主要体现在对转载未经授权小说的行为上。早期绝大部分的耽美小说是创作者完全出于兴趣进行的创作，耽美文化圈也是一个比较小众的亚文化圈。创作者在耽美网站、贴吧论坛等网络耽美社区上传自己的作品，更多是为了与有共同爱好的人分享。近年来，随着关注耽美文化的人逐年增加，耽美作品的创作也进入了商业化发展阶段。2008 年，晋江文学城实行的 VIP 阅读制度在保证创作者能够通过写作获得经济报偿的同时，提高了作者对作品著作权的保护意识。目前各大网络耽美社区均有针对无授权转载的惩罚措施。在晋江文学城所属的网友交流区，有针对无授权转载的投诉和处理专贴，对转载

---

❶　名家名作榜单红文《献祭》作者胭子大量抄袭及盗梗 2014 年完结文《德萨罗人鱼》证据整埋贴［EB/OL］.［2020-08-08］. http：//bbs.jjwxc.net/showmsg.php？board=3&boardpagemsg=1&id=761753&page=0.

❷　"抄袭检举中心" 是晋江文学城网站下设的一个版块。在这个版块中可以发布帖子举报抄袭的行为，等待管理员处理。管理员会以调色盘等测试方式进行核实，一旦核实抄袭行为成立，会对抄袭的作品进行 "锁文" 处理，即读者无法再打开小说链接。情节严重的作品会被永久禁止登上编辑筛选的人工书单排行榜。该中心运作效率较高，通常能在 1—2 天内给出处理结果，是晋江文学城重要的职能版块之一。

❸　参见 http：//www.jjwxc.net/impeach.php？searchnovelid=%CF%D7%BC%C0.

未经授权小说的行为核实后，不仅会在帖子中予以警告，还会以公告的形式在晋江文学城的网友交流区"置顶"该帖三天以示惩罚。百度的耽美文化相关贴吧曾经是转载未经授权小说的重灾区，但目前管理人员已经逐步提高著作权意识。例如，"事件记录吧"在2015年就发布新规，全面禁止未经授权分享资源，从行动上全面制止了"盗版文"在吧内的出现和流传。耽美小说的阅读者在逐步规范的耽美社区规定面前，也逐渐适应了商业化时代的耽美小说消费，愿意为心仪的作品付费。

网络耽美社群内部共同规则中的奖励机制，同样分为面向创作者与消费者两个方面。面向创作者的奖励分为排行榜推荐、经济层面的回馈等方式。各大综合性文学网站均有耽美小说的排行榜。晋江文学城的纯爱版块每年都会推出年度十大耽美小说佳作。连城读书则有"耽美封神月榜""耽美封神总榜"❶ 等排行榜。耽美专门网站连载小说的版块也有类似的榜单，例如，露西弗俱乐部每日更新的"原创更新排行榜 TOP 100"等。因为现在的网络耽美小说创作总量大、更新速度快，所以一部耽美小说想要获得读者的关注，除了自身质量过硬外，能够跻身各大排行榜也是事半功倍的宣传方法。得到排行榜推荐的作品会吸引更多付费读者，从而使创作者得到经济层面的报偿。读者除订阅付费章节外，还会用网站虚拟币"打赏"作者。网站根据打赏及点击量支付酬劳，成为作者实际的经济收益。

面向消费者即耽美小说阅读者的奖励机制主要体现在作者与读者的互动交流方面。读者不仅可以用网站的虚拟货币"打赏"心仪的作品，与此同时可以撰写对作品的评论。按照晋江文学城的规定，对于积极发布评论的读者，作者有权赠送奖励积分，所赠积分的多少与评论字数挂钩。读者在获得该积分后，可以用于购买 VIP 章节的阅读权限，但作者

---

❶ 在连城读书网站首页有各种推荐排行榜。例如，根据每个月小说的点击量分为封神月榜，还有以小说总点击量排名的封神总榜。在耽美小说类别下也有耽美封神月榜、耽美封神总榜。

赠送的积分，只能用于阅读该作者的作品。❶ 在奖励机制下，读者更加踊跃地撰写评论文章，作者也根据读者提出的意见完善小说，从而形成一个有利于创作的良性循环。

二、中国原创耽美小说的发展历程

网络耽美社群的发展为耽美小说扩宽了网络传播平台，同时为其提供源源不断的读者（传播者）。目前网络耽美社群的成员数量已十分可观，仅百度耽美贴吧的关注用户就已达 282.9 万余人（截至 2020 年 8 月）。网络耽美社群的壮大对耽美小说的创作有不容忽视的深刻影响，同时进一步推动了中国耽美小说的本土化发展。

网络耽美社群对于耽美小说的发展最重要的影响是完成对网络社区虚拟空间的建构，为耽美小说提供发表的场所并培养阅读群体，同时提高耽美爱好者群体的凝聚力。20 世纪 90 年代，日本耽美小说刚刚传入，我国的家庭互联网终端使用尚未得到普及，即使是有一定经济基础的家庭通过拨号上网的形式连入互联网，也会由于网速限制而很难完成文件的上传下载，因此早期的耽美爱好者难以通过网络途径实现耽美小说的传播。在书店报刊亭贩卖的实体耽美杂志成为耽美爱好者阅读和耽美小说传播的主要途径，此外不少由我国台湾地区爱好者翻译的日本耽美小说也是早期耽美爱好者的"秘密书库"的一部分。这种传播方式决定了耽美文化在我国出现时的小众、非主流的属性，喜爱这种亚文化的年轻女性也大多不愿公开自己腐女的身份，在守护自己另类爱好的同时，在现实生活中寻找着有相同爱好的人（在耽美文化圈被称为"同好"）。随着互联网时代的到来，耽美文化的传播方式发生了翻天覆地的变化，原本迟滞狭窄的纸媒传播方式改为高速广泛的线上传播，耽美爱好者群体

---

❶　如何获得和使用作者奖励积分？[EB/OL].[2020-08-08]. http://help.jjwxc.net/user/article/28.

在网络上迅速建立起一个个耽美文化的传播根据地——网络耽美虚拟社区。在互相不知真实身份的虚拟社区中，耽美爱好者可以自由地探讨对耽美文化的理解，原本在现实中相对另类孤独的爱好，可以很轻易找到"同好"分享。通过与"同好"的交流，完成网络耽美社群成员自己的身份认同。网络耽美社群成员间的资源共享也解决了早期耽美爱好者寻找耽美小说资源渠道受阻的问题。网络耽美社区为耽美小说的阅读者提供了完善的资源获取平台，当阅读者积累了一定的阅读体验、在模仿前人创作的基础上想要完成从阅读者到创作者身份转换的时候，网络耽美社区又为其提供了规范化的小说发表平台与基数庞大的阅读群体。创作者与阅读者可以通过社区论坛进行交流沟通，促进耽美小说的创作进入良性循环发展。

网络耽美社群发展对耽美小说创作的影响还在于共有规则的约束力保证了原创耽美小说的生存空间。目前中国的耽美小说按照来源被分为原创作品和翻译作品两大类，而早期耽美小说作为舶来品由日本传入时，中国的耽美爱好者在很长时间内阅读的多为日本耽美小说的翻译作品，当时的原创作品甚少。这些翻译作品绝大多数为精通日语的耽美爱好者自行翻译，这种行为被称为日本耽美小说的"汉化"。随着网络耽美社群规则逐步发展完善，共有规则的惩罚机制中禁止读者随意发布未取得作者授权的耽美小说的约束力加强。同时，也有日本作者发现自己的小说未经授权被翻译并发布进而提出抗议。例如，在晋江文学城所属的晋江论坛的网友交流区，曾有网友贴出日本作者的日文声明，将未经授权的翻译行为视为无视作者意志的行为进行声讨。❶ 在作者与惩罚机制的双重制约下，原来网络耽美社区中随处可见的日本耽美小说的翻译作品被大规模撤下。为了满足耽美爱好者的需要，中国的创作者进入了发展原创

---

❶ 无授权转载汉化 P 站几位作者的同人小说，被原作者发现并且挂了，这事算不算极品？[EB/OL].[2020-08-08]. http://bbs.jjwxc.net/showmsg.php? board＝3&boardpagemsg＝1&id＝747978.

耽美小说的时期。另外，网络耽美社群共有规则中针对抄袭的惩罚机制，有效地减少了抄袭现象的发生，一定程度上维护了原创耽美作品的著作权，为促进中国原创耽美小说的良性发展起到保障作用。

在网络耽美社群发展的影响下，中国耽美小说的本土化发展历程大致可以分为三个阶段。第一阶段是 1998—2003 年，这是中国耽美小说从同人小说开始的起步阶段。前文提及中国内地最早的与耽美文化相关的网站是建于 1998 年的"桑桑学院"。它并非耽美文化的专门网站，而是以发布日本动漫为主的动漫文化综合网站。由于网站的创始人桑桑比较注重站内成员文字上的交流及互动，促进了一些与日本动漫相关的衍生作品的诞生，其中便包括耽美的同人作品。被耽美爱好者奉为中国耽美小说开山之作的《世纪末，最后的流星雨》，就是站长桑桑于 1998 年创作的《灌篮高手》的同人作品。该作品将原作中的流川枫与仙道彰演绎为情侣，讲述了两人在进入职场后再度相遇而引发的爱情故事。这部同人作品选用的是原作中广受欢迎的两个人物角色，且对主角间感情的发展刻画细腻，自"桑桑学院"首发之后，就引起了读者的注意。这种在当时看来新颖的耽美同人作品激起了动漫爱好者的创作兴趣，开启了"耽美同人文"的创作之路。1999—2003 年，仅"桑桑学院"就涌现出五代耽美同人小说的创作者，其中具有代表性的作家及其作品分别是：桑桑《非常猎兔守则》、SKY《东京绝爱物语》、流川家的黑猫《战国枫红》、艾川《有多耀眼就有多危险》、艾菲儿《左岸流年》、JUJU《东京很远》。❶ 这些作品有一个基本的共同点——由于是同人小说，创作者在尽力保持原作人物的性格甚至生活环境。因此，创作者将故事的发生地点设置在自己并不熟悉的日本，导致某些情节突兀以及带有强烈的日本动漫色彩。后来，早期耽美同人小说的创作者逐渐意识到这一点，开始

---

❶ 大陆失传已久的 99 年耽美开山之作《世纪末，最后的流星雨》［EB/OL］．［2020-08-08］．http://bbs.tianya.cn/post-funinfo-185189-1.shtml.

积极寻求向原创耽美小说转型。

第二阶段的 2003—2008 年，是中国原创耽美小说的发展勃兴阶段。耽美同人小说由于基于原作成熟的构成元素，令同人作者更易完成创作，同时锻炼了作者对耽美故事的架构能力。部分优秀的耽美同人作者开始转型为原创耽美小说的创作者。除"桑桑学院"外，另一个耽美文化的重要阵地露西弗俱乐部也孕育出了一批中国早期的原创耽美小说的代表性作者，例如风弄、月幽、APPLE、慕容、嫣子危等。其中的一些作者至今仍在坚持耽美小说的写作，在耽美文化圈已拥有举足轻重的地位。此外，综合性文学网站作为网络耽美社群的重要集聚地之一，其成立也是这一阶段推动中国原创耽美小说发展的重要因素。综合性文学网站与耽美专门网站相比的最大特色在于其兼容并包，收入的网络类型小说种类繁多，从都市、武侠到穿越、游戏等。这使得耽美小说的作者在晋江文学城等综合性文学网站的博大文库中汲取了营养，将其他网络类型小说的特点融入耽美创作，开创出武侠耽美、穿越耽美等多个子类别，从而打破了原本受日本耽美小说影响而形成的都市校园的单一创作场景设定，同时剥除了浓厚的日式风格，开始形成中国原创耽美小说的本土化特色。这一时期不同子类别的中国原创耽美小说、代表作家及其作品有：武侠耽美，雏微《青梅怀袖，谁可与煮酒》；穿越耽美，葡萄《青莲纪事》；校园耽美，暗夜流光《十年》；架空历史耽美，嫣子危《流莺》；都市耽美，周而复始《晨曦》。与此同时，耽美同人小说并没有销声匿迹，同样在融合其他网络类型小说特点后，开创出穿越耽美同人和武侠耽美同人等多个杂糅的耽美同人小说的新类型。此外，耽美同人小说基于的原作，也开始从日本动漫扩大至中国的历史剧、武侠剧等领域。例如，乌衣祭的《网王穿越之我是伊武深司》，虽是以日本人气动漫作品《网球王子》为蓝本，但创作中糅合了网络穿越小说的元素；天子的《风流天下》系列则是著名的"猫鼠"武侠耽美同人作品，其中的"猫鼠"即 1994 年我国台湾地区影视剧《七侠五义》中的"御猫"展昭和"锦毛鼠"白玉堂。这一时期，耽美小说在兼收并蓄其他网络类型小说特色的基础上持续发展，原创作品的比例逐渐升高，奠定了中国原创耽美小说与同人小说共同发展的新局面。

　　第三阶段是 2008 年以后，中国原创耽美小说的类型分化得更加细致，作家及作品的数量激增，甚至出现了全职作家。2008 年，晋江文学城实施了付费阅读制度，保障了耽美小说签约作者的经济收入，也给中国耽美小说的发展带来了多方面的影响。首先是创作群体的不断壮大，以及全职作家的出现。创作耽美小说不再是作者出于单纯的兴趣，甚至可以成为谋生的手段。这极大地激发了耽美创作者的创作欲望，涌现出一大批高产型作家。其次是耽美小说的商业化趋势日益明显，类型划分更加精细。由于付费阅读机制的存在，读者选择作品的眼光变得更为挑剔，将多种流行文学元素引入耽美小说、进而丰富作品所涉及的类型维度，是耽美小说创作者在新环境下的创新。例如，由游戏改编的影视剧《仙剑奇侠传》带动了游戏制作与小说创作领域仙侠题材的流行，耽美小说中也分化出以修仙耽美和竞技耽美为主题的类型作品。另外，2012 年以前网络流传的"2012 世界末日"的娱乐性预言，也带动了耽美小说末日主题的创作，非天夜翔的《二零一三》是其中颇具人气的代表作品。由此可见，中国耽美小说的创作充分展现出对多种题材的包容性，也派生出多种子类型作品。

第二章 唯美幻象：网络耽美 小说的情爱叙事

自"文学即人学"的传统回归以来，情爱主题在文学创作与研究中备受关注，从严肃文学到网络快餐式文学，随处可见涉及两性情感话题。在消费时代感官张扬的背景下，文学中的情爱叙事是一个既老生常谈又历久弥新的关注热点。网络耽美小说区别于其他网络小说的最大特点就是打造了唯美的男性间的情爱故事，因此情爱描写可以说是耽美小说的底色。本章将从叙事学研究的方法出发，考察网络耽美小说中的情爱叙事的形式及其文化意义，探讨叙述者的立场及其背后动因，力求客观分析网络耽美小说中的情爱叙事形态。

第一节 错位之恋：对传统言情小说的解构与模仿

爱情是文学创作的母题之一，网络耽美小说从本质上来说也可看作言情小说的一种，其核心就在于对爱情的演绎。但是纵观中外文学史，无论是中国古代小说中才子佳人式的爱情，还是安徒生笔下王子与公主童话般的爱情，爱情的母题已经有了千姿百态的呈现。网络耽美小说在情爱主题展现上的独到之处，也便是网络耽美小说与传统言情小说最大的区别，即仅描写男性间的情爱。所以，网络耽美小说的同性恋情叙事可以说是对传统言情小说的乔装改扮，其中既有新瓶装旧酒式的模仿，也有彻底颠覆式的解构。

一、对传统言情作品的解构

在过去的研究中，耽美文化由于涉及男性间的情爱，学界将其判定为青年亚文化中的小众文化。热爱耽美文化的腐女也一度被认为是脱离社会群体、具有沟通障碍症的女性。然而随着耽美文化在我国的广泛传播，不仅网络耽美小说的数量呈现井喷态势，耽美网络剧、耽美广播剧等衍生产品也层出不穷，耽美文化已不再是一个低调的小众文化。作为耽美文化的主要承载介质，网络耽美小说是耽美文化发展的主要推动力量。有一项 2017 年的研究曾指出，在晋江文学城上，"耽美作品与男女言情类型作品的数量比例已达 1.78∶1，耽美类几乎是传统言情的两倍"。❶ 网络耽美小说不仅在数量上与传统言情小说相比具有碾压性的优势，在市场反应上也略胜一筹。有读者表示在阅读了耽美小说之后，不愿意再去阅读传统言情小说。❷ 实际上，网络耽美小说与传统言情小说之间有着千丝万缕的联系，一些耽美作家的创作历程是从创作言情小说起步的。例如作家大刀滟，其所创作的传统言情小说男主角各有特色，但是女性角色缺乏吸引力，但后来转向耽美文学创作，写出了《走错路》《安居乐业》等颇具人气的耽美作品。作者有了传统言情小说的写作经验后，在创作耽美小说时，有选择地保留了传统言情小说中对纯爱的追求部分，摒弃了部分落入俗套的剧情，通过解构与改写赋予网络耽美小说独特的魅力。

传统言情小说同样讴歌对爱情的执着追求，但是停留在传统模式中的爱情，童话般的故事结尾无外乎"王子和公主幸福地生活在一起"，它

---

❶ 郑海婷. 网络耽美小说的美学语法——兼与毛尖教授商榷 ［J］. 中共福建省委党校学报，2017（9）：115-120.

❷ 在知乎上有网友提问"为什么很多女生喜欢看 BL 小说？喜欢看两个男人搞基？"，网址如下：https://www.zhihu.com/question/23396196，有网友提出，阅读了耽美小说后，再阅读传统言情小说味同嚼蜡，从此只愿选择耽美小说阅读。

预设了读者对结婚生子情节的期待，从而令爱情更加大众化。例如《泡沫之夏》中一女二男的三角恋情的纠缠，最终以女主角尹夏沫和男主角欧辰步入婚姻殿堂而终结。在番外篇❶中，作者明晓溪特意安排了一家三口一起做年夜饭其乐融融的情节来展现男女主角的婚后生活。然而，其中有一段情节让人觉得男女主角来之不易的爱情，最终还是需要通过孩子来维持。尹夏沫以开玩笑的语气问欧辰，是否害怕她回到演艺圈碰到洛熙。欧辰却表示，她不会舍得两人的孩子橙橙。孩子作为两人爱情的结晶，似乎成为制约尹夏沫回到另一个男主角洛熙身边的筹码。作者的这种情节设置，使男女主人公的关系似乎无法单纯依靠爱情本身维持，因而令两人爱情的纯粹性大打折扣。但是大部分网络耽美小说（耽美小说中也有男男生子文，难说其中没有如上价值观）突破了传统言情小说固有的爱情模式，男性间情感的开展往往自然而然，较少带有目的性。同样是多角恋情，网络耽美小说的呈现方式却非常不同。以寒衣的《骗一个人》为例，小说中的"受"唐云峰是个面容俊美、气质优雅，如画中人般的美男子。为了显示他的男性魅力，作者在小说开篇设置了两个女性向其表白的情节。其中一个女性表白者成曦，是"攻"刘鸿飞的暗恋对象。为了不让自己爱的人受伤、让成曦彻底死心，唐云峰故意恶言相向拒绝成曦的表白。这一情节也为后文埋下伏笔。"攻"刘鸿飞被塑造成一个老实憨厚、四肢发达头脑简单的体育特长生，他与唐云峰从小一起长大，却不知道他所羡慕的品学兼优的唐云峰一直暗恋他。成曦表白遭拒后向闺蜜柯子竹哭诉，闺蜜替她打抱不平时也被唐云峰俊美的外貌俘获，为打听消息而接近其好友刘鸿飞。刘鸿飞在与柯子竹的朝夕相处中又对她心生好感。洞悉一切的唐云峰虽然忍受着隐藏爱意的煎熬，却极力促成刘鸿飞与柯子竹成为情侣。当室友孟新白质问他为什么要这么

---

❶ "番外篇"指的是小说正文完结后，作者又续写了一些情节，但是没有放入小说正文的故事，而是独立的篇目。

做时，唐云峰表示，正是因为自己爱他，才不希望扰乱他的人生，破坏他的幸福。唐云峰对刘鸿飞的爱是纯粹的，是一种只希望刘鸿飞得到幸福而不求任何回报的爱情。相比之下，一开始接近刘鸿飞就带有目的性的柯子竹便显得动机不纯，其爱情也带有试探的成分。作者采用抑此扬彼的方法，通过对比凸显爱情的奉献精神。此外，小说中强调了世俗对男性间情感设置的障碍，因此最后刘鸿飞终于明白自己的心意而向唐云峰表白的情节，便彰显了二人恋情的弥足珍贵。爱情如果能跨越世俗的眼光与性别的藩篱，还有什么是不能跨越的呢？这正体现了耽美爱好者心目中最为理想的毫无瑕疵的纯粹爱情。

跨越性别伦理的禁忌之爱的确非常适用于表现爱情的伟大，但是类似的主题在"同志"小说中也有体现。然而，与"同志"小说中的情侣要面对的社会歧视与心理压抑相比，网络耽美小说中爱情种子的萌发环境要明显宽松许多。阅读网络耽美小说的主要人群是女性，但是她们在现实生活中并不一定会关注同性恋者的生存状态，更多是想借由耽美小说满足对纯粹爱情的幻想。因此，为了保证男性间的爱情能够顺利开展，创作者打造了一个耽美的虚拟社会空间，把禁忌之爱设定在轻盈美好的氛围中，消除来自现实的紧张感。

在耽美世界里，无论处于何种社会环境，男性间的爱情在多数情况下都会得到周围的认可，甚至鼓励。首先是来自家人的理解。在网络耽美小说中，主人公在向家人坦白自身情感的过程中，也会遇到家人的反对，但是家人通常会在他们坚定相爱的决心面前妥协。同时主人公会积极采取一些手段来得到家人的认同。在鬼半京的《他们说我老公是坏人》中，印漓从小被景荣的母亲认为干儿子，两家人感情和睦。景荣向家人坦诚自己性取向的方法是，在卧室里放了记载自己对印漓心意的日记，以及有关"同性恋是病吗？""同性恋变态吗？"的书籍，让母亲在收拾房间的时候能够看到。同时他又表现出郁郁寡欢的状态，惹母亲心疼。母亲在翻阅网上有关同性恋的相关论文后意识到同性恋不是一种病，但是在这个社会里，它就是一种"病"，"病"不在同性恋者身上，而在旁人心里。为了两个孩子的幸福，母亲不仅认同了他们的爱情，甚至主动放弃抱孙子的想法。"儿子懂事、事业有成、家庭团圆、人人健康，还有什么不满足的？非得抱儿孙又怎样？孩子们如果不是打心眼觉得幸福，那日子过着还有什么意思呢。"❶ 一个网络耽美小说世界中典型的开明母亲形象被树立起来，这样的母亲是许多现实社会中仍然"在柜子里"的同性恋者所渴望的。此外，网络耽美小说中的"看客"似乎也对男性间的爱情保持宽容甚至鼓励的态度。在 monolife 的《是男人就决斗吧！》中，主人公祝子路与骆邵也的感情竟然是通过全班同学撮合而成。住同一寝室的两人因为一些误会被班里同学误认为是同性情侣，于是"全广告一班的同学们决定化身秘密小天使，守护本班产生的第一对同性情侣，除了推选两人成为班长、副班长以外，还为两人成立了专属的地下会员网站，提供其他成员了解两人最新的近况以及恋情走向"❷ 在作者的想象中，全班同学都变成他们的支持者，不仅轻易地接受了发生在身边的同性恋情，还为这段恋情推波助澜。耽美小说作者在作品中营造对男性间恋情极端宽容的环境，体现了对爱情纯粹性的追求。作者将在现实社会中处于边缘的男同性恋群体置于耽美世界的舞台的聚光灯下。耽美爱好者奉行的"真爱"是一种超越性别、甚至没有任何属性界限的"纯粹"爱情，就像日本著名耽美漫画《绝爱-1989》的经典台词所表述的那样：不管他是男是女，是猫也好是狗也好，是植物也好是机器也好，我一定会把他找出来，然后，绝对会爱上他！正是这种比大多数大众恋情更加炽热的爱情俘获了耽美读者的心。

由于网络耽美小说描绘的是两位男性主人公的情爱故事，对比传统

❶ 鬼半京.他们说我老公是坏人［EB/OL］.［2020-08-08］. http：//www.jjwxc.net/onebook.php？novelid=2521572&chapterid=89.

❷ monolife.是男人就决斗吧！［EB/OL］.［2020-08-08］. https：//www.bookbaob.com/views/201103/05/id_ XMTUwMzc4_ 3.html.

言情小说，两者对女性角色的处理也表现出极大不同。对女性角色的淡化甚至做出缺失处理是网络耽美小说的特点之一，也是研究者关注的焦点。刘芊玥提出，"女性读者在阅读耽美小说的过程中会把男主人公视为自己的欲望对象，从而产生代入心理。如果文本中的女性角色对主人公的感情造成威胁，会被读者视为情敌，产生竞争心态，降低阅读体验的舒适度。"❶ 笔者认为，女性角色的缺失不仅是因为妨碍读者在阅读过程中的代入体验，而且是因为厌烦了传统言情小说中女性角色总是要依靠男性才能获得完美人生的设定。传统言情小说中，女主人公的常见设置是涉世未深、善良且没有心机的"傻白甜"人物形象。而男主角则通常被塑造成能力卓群、帅气富有的"白马王子"。女主人公收获了来自"王子"的爱情就是故事的完美结局。等待王子的爱情救赎仿佛成为女性憧憬的改变命运的最佳方法。我国台湾地区偶像剧《流星花园》中，在阔少道明寺的爱情攻势下，女主角杉菜"麻雀变凤凰"就是这类救赎式爱情的经典范本。在该剧风靡全国后，不少言情小说作家对其进行模仿创作。例如《明若晓溪》，来自乡下的功夫女孩明晓溪在贵族学校实现爱情梦想双丰收的故事就是《流星花园》的翻版。不满足于传统言情小说中女性被爱情救赎的形象，创作者开始寻求女性形象突破的可能性，一部分作者走向了创作"女尊文"❷，专注于塑造强大、独立的女性形象。另一部分作者选择创作耽美小说，用男性角色来代替传统言情小说中相应的女性角色，通过对男性之间客观条件等同而形成的势均力敌的爱情的歌颂，表达女性对两性平等的渴望。在网络耽美小说中，两位男主人公不仅在感情上相互依偎，在事业上相互扶持、暗自较劲，甚至在性的表

---

❶ 刘芊玥. 作为实验性文化文本的耽美小说及其女性阅读空间［D］. 上海：复旦大学，2012：47.

❷ 这里提到的"女尊文"是指故事中女性社会地位高于男性社会地位的一类文学作品的统称。在这类小说中，女性不仅享有与男性平等的权利，甚至社会地位高于男性，女性角色的性格塑造也较为独立、霸气。

达方面，相较于传统言情小说的男女之间也更为坦诚。康斯坦斯·潘黎曾提出，两个男性的结合"是建立在激进平等的基础之上，而不是典型的言情文学程式中的那种支配与顺从的常规性爱。在这种典型的言情文学中，支配总是男性的角色，而顺从总是女性的角色"。● 时至今日，网络耽美小说中最受欢迎的人物关系类别依然是强"攻"强"受"的配对，它的背后透露出女性作者及读者对两性间平等关系的渴望，以及对传统言情小说中教化女性安稳于贤妻良母、甚至"圣母"形象的失望。耽美小说中两个男性相爱的设定，消弭了男女双方性别等级的观念，从这个角度看，网络耽美小说从一定程度上完成了对传统言情小说的解构。

二、对两性婚恋观的顺从

耽美小说虽然抒写的是男性间的爱情故事，但是其大部分创作者却是异性恋者的女性。艺术源于生活，所以小说中浪漫爱情的细节大多来源于创作者对两性婚恋观的认知。因此，耽美小说中的男性情爱叙事在很大程度上体现出对传统言情小说的模仿。在主要人物的形象塑造以及人物关系刻画上，都体现出对男女两性刻板印象的遵循和对两性婚恋观模式的顺从。

耽美小说对传统言情小说叙事的模仿首先体现在"攻"与"受"角色相对固定的人物设定方面。小说中的两位男性主人公中，一人承担"攻"的角色即爱情中的主动方，而"受"的角色则是被动方。尽管近年来网络耽美小说也出现了"互攻"的人物关系设定，即两个男主人公的属性既是"攻"也是"受"，但是攻受固定角色的设定依然是网络耽美小说人物塑造的主流。"攻"与"受"在性行为中所承担的固定角色，造成了两位男性主人公在性权力上的不对等，尤其"攻"对"受"的征服，是对传统言情小说中两性关系不对等的鲜明影射。风弄的《暴君》

● 陶东风. 粉丝文化读本 [M]. 北京：北京大学出版社，2009：270.

中有一段明显带有征服意味的描写：

> "今晚是我们的第一晚，必须给你立点规矩。"古策居高临下地看着自己要收服的对象，淡淡笑着，语气温柔，"说'我听话'。"
>
> "以后每次，你都要说出我想听的话。"古策咬着他的耳朵，"在我面前做英勇不屈的样子？先提醒你，我最善于对付英勇不屈的英雄好汉。"❶

古策意图通过"立规矩"来宣示对杜云轩的支配和占有，而"听话"等描写则凸显了两人地位的不对等，即两人的性关系模式是占有与被占有的关系。这种模式一旦被确定，终其文本也很难实现攻受之间性权力的平等。

既然网络耽美小说讲述的是男性间的爱情故事，那么真实的男同性恋者中，是否也存在明显的类似"攻"与"受"的划分方式呢？李银河曾对男同性恋者进行调查，结果显示同性恋者性关系中的角色分工并不显著。在性行为中主动者与被动者的角色并不是固定的，有调查对象表示，"两人是平等的。我也不吃亏，你也不吃亏。不能自己玩完别人，不愿让别人玩自己。也不会看不起愿作女性角色的人。"❷ 可见在真实的男同性恋者的交往中，性行为的主动方与被动方的固定角色划分并非绝对，在性权力上也没有高低之分。因此，可以说网络耽美小说中"攻"与"受"的角色划分并不是对真实男同性恋者的还原，而是对传统男女性行为的模仿。只有各自承担了固定性功能的两性性行为，才会有明确的性关系的角色分工。

网络耽美小说中"攻"与"受"外在形象的设定，也体现出明显的

---

❶ 风弄. 暴君 ［EB/OL］.［2020-08-08］. https：//www.bookbaob.com/views/201511/11/id_ XNDgxNTE3_ 10.html.

❷ 李银河. 同性恋亚文化 ［M］. 呼和浩特：内蒙古大学出版社，2009：182-183.

传统两性气质的差异。"攻"具有明显的男性气质，而"受"则具有明显的女性气质。在华莲所写的《男诱系列之一》中，有一段关于"受"的容貌描写：

> 白羽，见过他的人都知道，他很媚，不似女人的那种媚，是更甚女人的那种娇媚，宛转蛾眉，鼻子挺秀，映日绛唇，都把他精致的俏脸装点得恰到好处，杏面桃腮的肤色更是白里透红，那眸含秋水的眼睛，勾魂夺魄。❶

在这段描写中，"受"的容貌特点可以总结为一个字，就是"媚"。通常与这个字一起组成的词语在传统言情小说中均用于形容女性，例如"娇媚""妩媚"等，都带有强烈的女性气息。除了"媚"字以外，"宛转蛾眉""映日绛唇""杏面桃腮"等几组词语更是勾勒出一个娇俏妩媚的人物形象。如果单独抽出这几个形容词，绝大部分的读者毫无疑问会认为作者在塑造一个女性角色。在现实社会中，"娇媚"也通常被用于形容女性，所以娇媚的外表往往对应着女性特性。综上所述，"娇媚"在绝大多数的情况下是用于评价女性气质的，然而这个"受"是男性，所以在他的容貌塑造上更多被赋予了女性的气质特征。与之相对应，再来分析一下"攻"的容貌描写。首先是在飞机上通过空姐的视角看到的作为"攻"的骆泉的容貌：

> 这个男人太帅了，深邃的眼睛，浓密的眉毛，英挺的鼻子，性感的嘴唇，棱角分明的面容，整个儿五官搭配在一起，看起来又帅

---

❶ 华莲. 男诱系列之一 ［EB/OL］.［2020－08－08］. http：//www. paliberg. com/cbook＿21880/1.html.

又有味道，比起电视上的明星那是有过之而无不及啊。❶

然后是白羽通过电话向朋友转述的作为"攻"的骆泉的身材：

> 你要是亲眼看到他本人就不会这么说了，一米八五左右的身高，优美的肌肉线条，修长的双腿，有力的腹部，宽广的肩膀……哎呀，你别问了，我脸都红了。❷

从上述引文可以看出，作为"攻"的骆泉的外貌与身材无论是在女性还是男性眼中都具有十足魅力。在女性眼中，他的容貌特点同样可以被总结为"帅"，"深邃的眼睛""浓密的眉毛""棱角分明的面容"勾勒出的是一个五官立体、英挺帅气的角色形象。当然在现实生活中形容一个人帅气，其指向内容是很大的，不单是容貌，还包含言谈举止、穿衣打扮等各方面，是这个人给他人带来的整体感觉。一般来说，形容一个人帅气，指向男性的情况更多并被大众默认属于一种男性魅力，帅气的外表展示的是男性性别特性。不仅如此，在男性眼中，作为"攻"的骆泉给人留下的印象也展现出男性气质。让白羽念念不忘的是"优美的肌肉线条""有力的腹部""宽广的肩膀"等具有男性特征的部位，这也是对"受"构成吸引力的地方。综合来看，骆泉的容貌明显带有男性的气质特征。在这个例子中，从"攻"与"受"容貌描写的对照可以看出，他们分别具有鲜明的男性化与女性化的特征倾向。

由上可知，"攻"与"受"的容貌描写具有一定的模式化定型的倾向。对此，南开大学的宁可博士认为，其原因在于"攻"与"受"的关系套用的是刻板的传统恋情模式，"这种类型的两位男性角色明显采用主流性别制

---

❶❷　华莲. 男诱系列之一 ［EB/OL］.［2020-08-08］. http：//www.paliberg.com/cbook_ 21880/1.html.

度下的性别话语，来建构刻板的男女两性属性，'攻'具有刻板的男性气质，'受'具有刻板的女性气质。这样一来攻受双方的男性特质其实是遵循二元对立的两性属性模式建构起来的，并在对立性差异中凸显两性气质的价值并强化其刻板意义。"❶ 笔者认为，宁可虽然指出了"攻"与"受"的塑造模式分别是对男性与女性的模仿，但是尚未指出其背后的根源。

"攻"与"受"在容貌描写上带有一定倾向性的根源在于，网络耽美小说是女性恋爱幻想的具象投射。如果文本中的两个男性角色都是具有男性特质的同性伴侣，就无法代言传统情感性质的恋爱。因此，两位男性角色虽然在性别上是男性，但是在容貌、特征设定上必须具有传统两性特质的区别，从而满足女性对传统恋情的幻想。

既然"攻"与"受"的角色划分明显表现出对两性婚恋观模式的模仿，那么网络耽美小说中的纯爱追求也要顺从于两性婚恋观，这种顺从主要体现在两个方面。一是对爱情专一忠贞的要求。在耽美的世界里，充满许多类似"只要活着，就让我们在一起"、宣誓"永恒之爱"的台词。两个男主角彻底迷恋彼此的身体与心灵，而完全不将其他男性或女性当成可能激发情感的对象。为了验证这种爱情的排他性，作者通常会设定"攻"或者"受"原本仅将女性作为情感对象，却因为爱上那个"唯一的他"，而接受了同性恋人。这样的人物设定让此类角色不会对其他男性产生情感，又因为有了同性的亲密爱人而远离女性，进而只能在"攻"与"受"存在的浪漫世界里演绎此生唯一的爱情。有些网络耽美小说会在攻受主角之外再设置其他男性角色与"攻"或"受"发生感情纠葛，最后以"攻"和"受"坚贞不移的态度证明两人爱情的忠贞。例如，焦糖冬瓜的《失守》就符合这些设定。文中的"受"林跃是一位导

---

❶ 宁可. 中国耽美小说中的男性同社会关系与男性气质［D］. 天津：南开大学，2012：36.

演，"攻"宋霜是演员。林跃有过一段婚姻，并育有一女。他曾认为娶到前妻程静，算是这辈子最得意的事情。林跃原本将女性作为情感对象的人物形象先被确立。此外，小说中还出现了"受"的另一位男性追求者顾飞谦，他对林跃的爱情宣言被该书的书迷奉为经典台词：

> 我不是你，我当然不懂。因为我顾飞谦爱一个人就是爱一个人，其他人根本就不相干。他们呼天抢地头破血流我就要让他们称心如意？林跃，爱一个人本来就是一件心无旁骛视死如归的事。❶

身边有这样执着追求自己的"蓝颜知己"，林跃依然坚定地选择了宋霜。由于林跃是个万人迷似的"受"的形象，书中还有其他男性对其表现出好感，然而都敌不过宋霜"正牌攻"的地位，这也从侧面体现了作者对"攻"与"受"配对唯一性的捍卫。根据上述分析可见，"攻"与"受"忠贞专一的爱情配对，是对两性一夫一妻制婚恋观的模仿。实际上，在真实的同性恋群体中并非坚定地存在这么明确的一对一的关系。因此可以说，网络耽美小说中攻受排他性的爱情，既是创作者对美好爱情的幻想，也是对两性一夫一妻制婚恋观的遵循。

网络耽美小说顺从两性婚恋观的另一体现是对结婚生子的执着。尽管网络耽美小说聚焦的是男性间的情爱叙事，但是因创作者与阅读者群体以女性为主，其实质上反映的是女性对爱情的幻想与诉求。婚礼赋予了爱情庄重的仪式感，生子则满足了女性对"母性"情感体验的需求，因此两个男性结婚生子这个在现实中难以实现的情节，无论网络耽美小说设定的故事背景为何，均能于其中实现。网络耽美小说中结婚情节的设置主要分为两种类型，一种是虚构社会背景，将小说设定在承认同性

---

❶ 焦糖冬瓜. 失守［EB/OL］.［2020 – 08 – 08］. http：//my. jjwxc. net/backend/buynovel. php？novelid＝1915314&chapterid＝68.

婚姻的社会；另一种是遵从现实，将婚礼安排在世界上同性婚姻合法化的国家及地区，或者通过乔装改扮，让婚礼在掩人耳目的情况下举行。从创作层面分析，第一种方式对作者创作的挑战性更小，因此成为网络耽美小说的主流设定；第二种方式虽然更加考验作者的创作功力，但更受读者欢迎。已被改编成网络影视作品的《识汝不识丁》就属于后者。该作品是酥油饼创作的古风耽美小说，讲述的是目不识丁、胸无点墨的县令陶墨在满腹经纶、智勇无双的丞相公子顾射的帮扶下成为一个清正廉明的好官的故事。小说中顾射为了迎娶陶墨不仅三书六礼明媒正娶，还以举办展示自己书画的"丹砂宴"作掩护，要求所有宾客身着红袍乘坐红轿前来赴宴。这样一来，陶墨在婚礼当天就可以光明正大地穿着喜袍坐着花轿进入顾府。这瞒天过海之计足见顾射对陶墨的用情之深，也让读者感受到这场婚礼的来之不易，其庄重感与仪式感给读者留下深刻印象。女性读者或许对婚姻充满复杂的认知，但是鲜少对浪漫的婚礼有排斥感，尤其是未到法定婚龄的年轻女性在畅想婚礼场景时，可能会有许多唯美浪漫的幻想。根据已有论文的调查结果，耽美爱好者低龄化的现象越来越普遍，"年龄在 18 岁以下的比例在不断提高"❶ 有了年轻消费群体的支持，创作者也绞尽脑汁去刻画梦幻婚礼的细节，以满足读者对浪漫婚礼的期待。

网络耽美小说的"男男生子"设定是比较具有争议的情节。喜欢这种设定的读者认为，"总觉得有一个两人爱的结晶还是很幸福的!"❷ 而不喜欢的读者也提出了坚决反对的意见，"最雷生子文，剧情再精彩也不

---

❶ 张炜婷. 耽之于美——耽美文化与同人女群体的人类学研究［D］. 北京：中央民族大学，2013：11.

❷ 【小说整理】耽美生子文［EB/OL］.［2020-08-08］. https://tieba.baidu.com/p/4385776147? red_tag=1906006436.

看，什么是 BL，都生子了和女人有什么区别，巨雷。"❶ 尽管读者对生子情节的看法各异，但是网络耽美小说中存在多样化的生子情节是客观事实。其中比较常见的是设定"受"是双性人。例如，在天籁纸鸢的《十里红莲艳酒》中，作为"受"的重莲就是双性人，"他"先后为"攻"林宇凰诞下了雪芝、奉紫两个可爱的女儿。另一种设定是将小说的背景放置到虚构的未来，可以通过高科技实现同性繁殖。例如，在祎庭沫瞳的《星际天敌》中，乔晞和赫天两个男主角通过从体内抽取"基因原"的方式培育"人工孩子"。而最颠覆常理的设定是作者专门构建了一个只有男性没有女性的世界体系，然后规定某种类型的男性可以怀孕。例如，停息的《竹外桃花开》创造了一个由男性和"小哥"组成的南庆国。"小哥"就是承担生子任务的男人，主角夏牧原本是个将女性作为情感对象的男性，穿越到南庆国后成为小哥"小三"，最终和有着竹马情谊的蔡京云生了孩子。书中描述了孩子出生后"小三"体会到孕育生命的感动。"抱着自己孩子的那种新奇感觉，无疑是让他激动的。用手细细抚摸孩子的小脸，产时艰辛痛苦的经历在那一刻得到了最好的解脱，小三的心也仿佛变成了孩子的脸颊，瞬间柔软无比……"❷ 如果将这段描写转换到任何一本传统言情小说的女性产子的描述中，也是完全合理的。这说明作者在创作这段男性生子的感受时，完全套用的是女性做母亲时的感受。由此可分析网络耽美小说中有关男男生子的情节，实际上暗含着女性对母亲身份的期待。女性主义理论对"母亲身份"是这样解释的：母亲身份指女性做母亲的经历和社会对女性做母亲的社会建构。母亲身份是父

---

❶ "雷"是一种网络用语，其意为受到强烈的情感冲击，被震慑住了。【交流】大家怎么看耽美文中的生子呢？ ［EB/OL］.［2020-08-08］. http：//tieba.baidu.com/p/4549015317？pn=2.

❷ 停息. 竹外桃花开［EB/OL］.［2020-08-08］. http：//www.jjwxc.net/onebook.php？novelid=755093&chapterid=69.

权话语界定和控制女性的社会机制。❶ 读者接受了男男生子情节的设定，无疑是回归到了两性婚恋观的范畴中，遵循了传统社会对女性社会责任的规训。

第二节　异样之恋：以"爱"之名的性别权力美化

古今中外的文艺作品对情爱主题的演绎，最打动读者的大多是悲剧作品。鲁迅认为悲剧是将人生中有价值的东西毁灭给人看，这揭示了悲剧是由毁灭产生的，而在美好的事物被毁灭过程中所产生的虐心情感，正是读者不忍卒读，但又念念不忘的。无论是"梁山伯与祝英台"还是"罗密欧与朱丽叶"，他们消逝的生命换来了爱情的升华，用虐恋来表达爱情可贵的方式可以说是中外文学的互通点。耽美文学标榜以追求纯爱为目的，自然不会缺少虐恋这种绝佳的情爱主题表现方式。因此，网络耽美小说中有许多有关虐恋的情节。

一、"虐恋"主题

本节着眼于探讨网络耽美小说中的"虐恋"主题，首先要分析这一主题词的含义以及在网络耽美小说中的具体体现。虐恋一词已成为一个社会学的学术词语。李银河在《虐恋亚文化》中介绍了它的来源，"'虐恋'这个词英文为 sadomasochism，有时又简写为 SM、S-M、S/M 或 S&M，这一概念最早由艾宾（Richard von Krafft-Ebing，1840—1903）创造的……'虐恋'这一译法是我国老一辈社会学家潘光旦先生提出的。"❷ 李银河对于"虐恋"的定义是："它是一种将快感与痛感联系在

---

❶ 苏红军，柏棣. 西方后学语境中的女权主义 [M]. 桂林：广西师范大学出版社，2006.
❷ 李银河. 虐恋亚文化 [M]. 呼和浩特：内蒙古大学出版社，2009：1.

一起的性活动，或者说是一种通过痛感获得快感的性活动。"❶ 她曾赞赏潘光旦对"虐恋"一词的译法，因为"SM"从字面上理解只包含了受虐倾向与施虐倾向，加入一个"恋"字，便能够将施虐与受虐的行为与恋爱联系在一起。但是李银河对于"虐恋"的定义更偏向于局限在"性虐"含义上，实际上，性虐只是文学作品中表现虐恋的手段之一，虐恋所带来的痛感既包括身体层面，也包括精神层面，只要是在恋爱的过程中双方通过施虐与受虐获得了快感和满足的，都可以归入虐恋的范畴。传统言情小说对虐恋主题的表现更倾向于将身体上的性虐与精神上的虐爱相结合，用以衬托爱情的浓烈。

网络耽美小说的情爱叙事中，凸显"虐恋"色彩是创作者的常用手法之一。尽管目前网络耽美小说的"甜文"❷ 数量不断攀升，但是耽美文学在诞生之初是以同性之爱反抗社会主流的否定为主题，社会的压力成为主人公相爱的阻力，也是爱情悲剧的根源，奠定了作品灰色的主色调，让主人公之间因爱互虐的感情直击人心。

耽美文学对虐恋主题的呈现主要分为两个方面。一方面是在情感表现上体现两位主人公恋爱道路的曲折；另一方面是展现以爱之名的身体虐待。前者是中国原创耽美小说虐恋主题的主要呈现方式。蓝淋的《不可抗力》被认为是其中的经典作品，2016 年曾被改编成网络耽美电影。小说的男主人公舒念是个孤儿，从小就幻想会有"王子"来救走他。他没等到王子，倒是等到了一个脾气古怪的"饲主"。谢炎是富裕家庭的大少爷，谢家领养舒念是为了给谢炎找个陪读的玩伴，但是对于谢炎来说，舒念就是他的仆人，甚至是死去的名贵宠物狗的替身。谢炎经常命令舒念顺从地躺在自己腿上，像给狗顺毛一样地抚摸他的头发，这个游戏直

---

❶ 李银河. 虐恋亚文化 [M]. 呼和浩特：内蒙古大学出版社，2009：6.
❷ "甜文"指的是整体文本呈现的都是开心快乐的故事，几乎没有悲伤的情节，大多会有幸福圆满的结局。

到舒念 30 岁了仍在进行，这对于一个成年男子来说已经是一种羞辱。然而舒念感到的并非被当成狗的羞辱所带来的愤怒，而是在爱抚中强压内心的爱意所带来的痛苦。舒念虽然在朝夕相处中早已爱上谢炎，却不敢向他表白。除了两人身份悬殊之外，谢炎极度厌恶同性情感是主要原因。让原本仅将女性作为情感对象的男性爱上某一个男性是耽美小说中较为常见的情节设定，是为了显示爱情力量的强大能够超越一切。而将两个男主角之一设定为厌恶同性恋情的人，则是耽美"虐文"❶ 的标准配置，这造成了陷入单恋的一方压制感情的精神痛苦。并且这一设置预设了原本将女性作为情感对象的男性一方发现来自同性的爱意后定会坚定拒绝的结果。正如坚信自己不喜欢男性的谢炎在发现舒念的感情后，将他送到英国留学。在舒念离开后，谢炎意识到自己离不开他，潜意识里开始接受舒念的感情。但是谢炎出于家庭的阻力以及自身对同性恋的心结，与舒念几次分手与复合。最终，他们的感情没能迎来美好的未来。作者最初安排了舒念车祸死亡、谢炎在抱憾与对爱人的怀念中孤独终老的结局。或许因为这个结局太过悲情，在读者的要求下，蓝淋改写出另一种大团圆的结局。然而在这个结局中，舒念因车祸毁容致残。虽然他得以和谢炎在一起，却依然遭受巨大的身心创伤。两人真挚唯美的少年情谊最终发展成痛彻心扉的悲剧，这是典型的"虐文"。

这部小说之所以成为经典，是因为它包含了耽美小说中虐恋主题呈现的几种常用叙事策略：一方为试图开展同性恋情者，而另一方原本将女性作为情感对象；双方在地位上有尊卑，不对等；有来自家庭的巨大阻力；结局为悲剧，等等。但是总结分析造成谢炎与舒念爱情悲剧的根源，在于舒念身上背负了喜欢同性的原罪，从中不难看出作者似乎有"恐惧同性恋"的心理。由于同性恋者的身份造成主人公恋爱道路坎坷，

---

❶ "虐文"与"甜文"的意思相对，是指文本呈现的是主人公之间互相造成情感或者身体伤害的故事，有较多令读者感觉悲伤的情节。

是网络耽美小说与传统言情小说虐恋故事最大的不同。吊诡的是以书写男性同性情爱故事为主要内容的耽美小说，其中的一些主人公却不敢正视自己的性取向，映射出有些创作者带有"恐惧同性恋"的倾向。日本研究者沟口彰子总结了带有"恐惧同性恋"心理的耽美作品所具有的共同文本公式：首先是两位男主人公（暂以 A、B 代称）都被设定为原本将女性作为情感对象的角色，刚开始 A 一定会犹豫"像我这样的人不可能谈同性恋爱"，却逐渐承认自己对 B 的感情中带有爱情。另外，B 由于原本也将女性作为情感对象，所以对同性间的爱可能带有排斥、厌恶。但是 B 慢慢理解了 A 对他的爱是真诚、纯粹而崇高的，所以 B 回应、接纳了来自 A 的同性之爱。但是两人坚持自己绝大多数情况下仍然将女性作为情感对象，只是现在爱上的那个人恰巧是同性。❶ 对男同性恋身份的强烈排斥感成为主人公恋爱的障碍，也是构筑虐恋情节的重要环节。既然耽美小说的主人公透露出对同性恋身份的不认同，作者又为何要选择创作男性间的同性恋爱故事呢？笔者认为，这是因为耽美小说建构的是女性幻想中的理想恋爱，作者操纵笔下的主人公演绎的是世俗社会较难接受的"禁忌之恋"，男性间跌宕起伏的恋爱情节设置是一种为故事带来巨大冲突的创作方式。这种来自性别的障碍或许比罗密欧与朱丽叶的家族仇恨更难以逾越，因此主人公在突破重重障碍过程中虐心虐身的情节，以及最终"有情人终成眷属"的不易，都让这份爱情显得弥足珍贵。这也正是耽美小说虐恋情爱模式的特色。

　　与"虐心"的情节相比，"虐身"的情节更接近于"虐恋"一词在社会学上的含义。对主人公身体的虐即性虐情节的设置，同样是耽美小说打动读者的重要特色。日本社会心理学家山冈重行曾通过实验的方式得出"腐女喜欢那些让主人公感到苦痛的，带有施虐色彩的作品"❷ 的

---

❶　［日］溝口彰子. BL 進化論［M］. 東京：太田出版，2015：63.

❷　［日］山岡重行. 腐女子の心理学：彼女たちはなぜBL〈男性同性愛〉を好むのか?［M］. 東京：福村出版，2016：176.

结论。山冈教授以日本东京首都圈私立大学的学生作为调查对象，在问卷中提出了"觉得怎样的情节最打动你，请用关键词概括"的问题，结果发现，出现频率较高的关键词是：调教、女装、主从等。这些词语的共通性是都与性虐有一定的关联性。山冈教授分析，之所以出现这些关键词，原因是日本腐女群体认为自己喜欢的角色被残酷对待的场面更能体现故事的悲剧性色彩，施加虐待的角色是在一种过剩的、使人痴狂的爱情驱使下去暴力蹂躏他所爱的人。这种扭曲但浓烈的爱情才是日本腐女心中的纯爱物语。无独有偶，在中国同样存在一些腐女喜欢阅读带有性虐情节的耽美小说。玉隐的《忘欢》是涉及性虐的经典作品。它篇幅虽短，却在发布的当年引发了耽美文化圈的论战：批判该作品的读者认为，其中描写的性虐内容过于残忍，有过度博取眼球之嫌；喜欢该作品的读者则辩驳称"以爱之名"的性虐体现的是异常浓烈的爱情。书中讲述了曾经贵为澜国皇子的昭华，因才华锋芒毕露而为父皇和兄长所忌，被陷害下狱遭受酷刑与强暴，丧失记忆并被送给前来攻打澜国的赤国将领段凌霄。昭华被重新起名为"欢"，意思是被主人肆意玩弄就是作为奴隶的快乐。"欢"的名字为小说中性虐给人物带来的痛苦增添了一层暧昧的色彩。在小说的结尾处，欢几经周折回到澜国，同为澜国皇族却沦为土匪的君天下成为他的新主人。他知晓欢的真实身份，也替欢实现解放奴隶一统天下创建自由和平国度的理想。然而他唯独没有解除欢的奴隶身份，仍然以爱的名义继续禁锢他。小说中设定君天下是爱欢的，当欢的前主人梁非提出要欢作陪时，君天下立即拒绝并认真地回答，"纵使我失去天下，也不能失去他。"但是君天下没有停止对欢的折磨。这种做法是君天下表达其炽热爱意的畸形方式，即想让欢从身体到灵魂都只属于他一个人。这种虐身虐心的情节是耽美小说中很常用的表现方式。

二、权力的规训

虐恋情节并非耽美小说首创，也并非耽美小说独有。琼瑶风靡一时的言情小说中亦有不少因爱生恨的苦情戏码，那么网络耽美小说中的虐恋主题有什么特色呢？要解答这一问题，便不能局限于网络耽美小说本身，而应该从极大地影响了耽美小说风格的日本唯美派文学中找寻答案。

日本的唯美派文学是在西方唯美主义思潮传入日本后，受其影响而产生的。日本唯美派文学20世纪初在日本开始流行，代表人物有谷崎润一郎、永井荷风等作家。该文学流派强调陶醉于官能之美，并追求其文学意义。谷崎润一郎的每部作品几乎都是在表达这种病态美学和耽溺于美的精神。虐恋情节是谷崎润一郎创作时关注的重点，他笔下的虐恋故事哪怕只有寥寥数语，也暗藏着令人沉溺窒息的美与爱。《春琴抄》就是其中的典型作品。大阪的道修町有一位遗世独立的女琴师春琴，尽管9岁时因病失明，却琴艺高超。虽开馆授课，但因倔强任性的脾气吓跑不少学琴弟子。唯一对春琴不离不弃的，便是自幼为她引路的仆人佐助。他视圣洁的春琴宛若观音，并拜她为师。孤傲乖戾的春琴教学时十分苛刻，近乎虐待，使佐助受尽折磨，然而佐助非但没有离开春琴，反而更加沉迷对老师的爱慕，两人甚至有了私生子。后来春琴遭受命运的打击：纨绔子弟利太郎追求春琴遭到拒绝后恼羞成怒，陷害春琴并毁了她美丽的容貌。高傲的春琴不允许佐助看到她丑陋的容颜，而佐助为了让春琴的美永远停留在自己的脑海里，竟用针刺瞎双眼，他认为只有这样才能和春琴永远生活在一起。春琴与佐助之间是主仆、是师徒、亦是夫妻的错综复杂的关系，为这种畸形的爱情提供了合理性。佐助对春琴的爱情带有献身意味，春琴对他的虐待恰是其快乐的源泉。他死心塌地地成为春琴的奴隶，并在受虐中获得精神上的满足。在《春琴抄》中，佐助有如下一段自白：

> 我自失明以来，从未体味过这样的感情，相反，心里却觉得这个世界好像变成了极乐净土，仿佛只有我和春琴师傅两个人活着，居住在莲台之上。……尤其是师傅弹奏三弦的美妙琴音，也是在我失

明之后才品味到的。……因此即使老天爷说再让我重见光明，我也会拒绝的。师傅和我，只因双目失明，才享受到明眼人得不到的幸福。❶

从这段自白可以看出，佐助非但未提到失明的痛苦，还将失明后的感受形容得极具美感。由此可见，佐助对春琴的感情在其受虐的心态中得到升华。这种甘愿受辱并沉溺其中的爱情观虽然扭曲，但只要解读出"爱"是连接施虐者与受虐者身心的桥梁，就掌握了打开谷崎润一郎营造的"美丽世界"的钥匙。而躲在爱的名义下对心爱之人施加身心的"虐"，也正是网络耽美小说继承日本唯美派文学之处。

虽然都是"以爱之名"的虐恋，但是网络耽美小说根据受虐者是否心甘情愿接受被虐而发展出两种不同的类型。如果受虐者自愿接受施虐者的性虐，那么常见的叙事模式就是将双方设定为主人与奴隶的"调教文"，即性虐成为双方同时达到高潮的方式，并为读者带来强烈的感官刺激。关于女性读者阅读性虐片段的体验，会在下一节进行分析，在此先不赘述。施虐者因为害怕失去爱人而让对方受尽委屈、尝尽痛苦，则是网络耽美小说虐恋叙事的主要模式。例如，在蛇蝎点点的《胜者为王》中，外科医生左轶用手铐与铁链将陈晟锁住，用尽一切性虐手段"调教"他的同时，用医学知识保护他的身体。作者为何安排这些虐心虐身的情节呢？笔者认为有两层内涵。

一层是为读者带来感官刺激与快感体验，用虐的方式表达越痛苦越刺激的心理。在这层内涵中，虐恋式的网络耽美小说是将阅读体验商业化的产品，尤其是性虐场景的描写是一种在纯爱主题遮蔽下对男性的身体消费。让·波德里亚在《消费社会》中将身体称为"最美的消

---

❶ ［日］谷崎润一郎. 恶魔［M］. 于雷，林青华，林少华，译. 北京：中国文联出版社，2000：272.

费品"。他认为"在消费的全套装备中，有一种比其他一切都更美丽、更珍贵、更光彩夺目的物品——它比负载了全部内涵的汽车还要负载了更沉重的内涵。这便是身体"。❶ 这段文字清楚地指出"身体消费"在消费社会中的重要性。苏红军也指出消费文化与身体的关系：消费社会中的文化是身体文化，消费文化中的经济是身体经济，而消费社会中的美学是身体美学。❷ 在消费时代，身体成为最璀璨夺目的"商品"。网络耽美小说中对身体施加的虐待迎合了读者的施虐性幻想，成为其快感的主要来源，而作品审美停留在感官刺激的层面，给读者带来刺激的心理感受。

　　另一层内涵则折射出两性关系中的权力规训。在网络耽美小说的虐恋模式中，一些受虐者并不是主动寻求性虐调教而被虐。这就使得耽美小说主人公之间的施虐与受虐关系，与社会学意义上的"虐恋"含义有本质不同。根据李银河的解释，虐恋双方的"参与者是自愿的。这就是真正的暴力及其施暴者、受害者与虐恋关系的根本区别之所在"。❸ 由此可见，社会学概念中的"虐恋"活动是一种在双方互相信任、事先约定基础上开展的、具有娱乐身心目的的游戏。受虐者也可以在这种游戏中掌握制定规则的权力。"在大多数情况下，总是由接受者（有受虐倾向者）而不是由施予者（有施虐倾向者）来安排和控制活动的内容和程度。"❹ 而且最重要的是，施虐者与受虐者随时可以身份互换，这体现了双方权力的平等。然而在网络耽美小说的虐恋模式中，大量存在施虐方单方面施加暴力的情节。无论是《忘欢》中的君天下，还是《恶魔的牢笼》中的肖烬严，他们都为这种性虐披上"爱"的外衣，如同高高在上

---

❶ ［法］让·波德里亚. 消费社会［M］. 刘成富，全志钢，译. 南京：南京大学出版社，2000：139.

❷ 苏红军，柏棣. 西方后学语境中的女权主义［M］. 桂林：广西师范大学出版社，2006.

❸ 李银河. 虐恋亚文化［M］. 呼和浩特：内蒙古大学出版社，2009：11.

❹ 李银河. 虐恋亚文化［M］. 呼和浩特：内蒙古大学出版社，2009：14.

的奴隶主，奴役着被其施加性暴力的对象。然而，这显然不是让受虐方感到愉悦的"虐恋"行为，因为在这种关系中受虐者被剥夺了选择与逃离的自由，沦为彻头彻尾的奴隶，所以此时的施虐者与受虐者的权力格局是固定的。施虐者对受虐者的全方位掌控与其说是出于爱情，倒不如说是独占欲的体现。

第三节　欲望宣泄：凝视客体的转换与身体消费

凝视作为汉语词汇的意思是指神情专注、聚精会神地看。但是在西方文艺理论与文化研究领域中，凝视（Gaze）已经成为一个学术用语以及理论工具。在该含义下，凝视不再是单纯的观看行为，其中涉及凝视者与欲望客体之间的权力关系。近年来，凝视理论不仅在哲学与社会学领域得到广泛运用，在文学领域也能发挥其效力。本节将简要梳理凝视理论的发展历程，从凝视者与欲望客体转换的角度解读网络耽美小说，进而阐明耽美小说的情爱叙事为女性读者提供凝视、窥私男性角色与消费客体化的男性身体从而宣泄欲望的渠道。

一、"凝视"男性身体

丹尼·卡瓦拉罗在《文化理论关键词》中，对"凝视"一词有如下解释：凝视的概念描述了一种与眼睛和视觉有关的权力形式。当我们凝视某人或某事时，我们并不是简单地"在看"。它同时在探查和控制。它洞察并将身体客体化。卡瓦拉罗提出"凝视"的本质在于使用眼睛观看时视觉中存在的权力机制，这种观看不是单纯生理上的，而是注入社会学意义的。拉康则对凝视时主体与客体的关系作出界定。拉康认为："在视觉领域，凝视是外部的。我被观看，也就是说，我是一个图像……正是通过凝视，我进入了光，我接受的正是来自凝视的影响。因此可以说，凝视是一种工具，通过它，光被具体化了……我被摄—影（photo-graphed）了。"❶ 在拉康看来，主体由于他者的凝视而获得认证，成为他者的欲望客体，被他者的欲望所俘获。当确立了凝视者与欲望客体的关系后，"凝视"作为文化研究的分析工具进入了电影学研究者的视野。著名电影研究者劳拉·穆尔维提出，好莱坞故事片中的女性角色一般在两个相关的层面被男性的凝视控制。一是男性主人公通过他的凝视把女主人公客体化。二是男性观众会认同电影中的男主人公，并用他自己的凝视把女主人公塑造成一个被动的对象。❷ 穆尔维发现，男性对女性角色的凝视会将女主人公客体化的规律，同样适用于对文学作品的解读。文学作品的阅读也是通过眼睛去欣赏作品，并在读者脑海中产生画面化的想象。传统文学中不乏为男性读者提供绝佳观看体验的女性客体，但在网络耽美小说中，女性读者却从传统的欲望客体的角色转换为凝视者，毫无顾忌地去观看和消费客体化的男性身体，在凝视中达到欲望的满足。

　　在中国传统的由男性主导的社会中，男性一直处于凝视者的地位，掌握着凝视的权力，对女性身体进行男性视角的欲望消费。一夫多妻制就是将女性定位成一种可以供男性享用的性消费品。时至今日，针对女性的身体消费依然是热点话题。其典型事例便是2003年在网络上引起轩然大波的"木子美现象"。作家木子美在公开出版的《遗情书》中堂而皇之地披露自己的性隐私。该书也被视为其性爱日记，从而令其下半身写作成名。"木子美现象"能够成为当年的社会热点并且至今令人记忆犹新，正说明窥私仍然是满足人性欲望的一种方式，而一些女性也正是瞄准窥私心理，利用自己的身体隐私大做文章，博取眼球捞得名利。而窥私的过程同样是凝视的一种变体。在网络耽美小说中，女性对男性的

---

　　❶ 吴琼. 视觉文化的奇观——视觉文化总论［M］. 北京：中国人民大学出版社，2005：47.

　　❷ ［英］丹尼·卡瓦拉罗. 文化理论关键词［M］. 张卫东，等译. 南京：江苏人民出版社，2013.

窥私同样源于满足性欲望的心理。

女性主义文学理论家玛丽·安·多恩曾在"关于女性观众的理论"中提到女性想要实现对男性主体的凝视需要观看中介的帮忙。❶ 根据这一理论，首先需要分析的是网络耽美小说是如何承担起观看中介任务的。观看中介的作用是使观众与被观看的对象保持一定的距离，这种距离带来的安全感可以使观众没有精神负担地实现感官愉悦。女性在传统言情小说中看到女性角色形象时不仅无法形成这种距离感，反而会有强烈的认同感。女性读者可能会选择完全地认同书中的女性角色，将自己代入角色所经历的情节中，或是彻底地否认女性角色，妒忌书中的"她"收获的圆满爱情。无论选择哪种视角看待传统言情小说中的女性形象，都无法令女性读者产生窥私的快感，因为那些作品中的女性本身便是被消费的对象。然而，当女性读者在观看网络耽美小说中的男性形象时，性别的差异所产生的距离感则可以淡化对角色的认同感。女性读者可以在不受束缚的、由具象化文本产生的视觉空间里，随意欣赏客体化的男性身体，享受由其带来的感官愉悦。在网络耽美小说中，男性角色的身体被尽情展现，任由读者观赏。例如，在彻夜流香的《下一站天王》中，作者对作为"攻"的田园的身体，充满了溢美之词。

　　田园利索地从床上爬起来，赤裸着身体大踏步走进浴室去冲洗，李泊然则疲惫地闭上了眼睛。田园洗好之后，也还是这么赤裸着出来，丝毫不避忌自己一丝不挂，大大方方地让李泊然欣赏。

　　李泊然不得不说现在田园的身材确实 Perfect，他很早之前就发现了田园的身体结构很好，所以刻意地训练他的身体，而显然在田园离开自己的那些时间里，他依然很努力，今天才能让这副躯体漂

---

❶ ［美］佩吉·麦克拉肯. 女权主义理论读本［M］. 艾晓明，等译. 桂林：广西师范大学出版社，2007.

亮得像一件艺术品。❶

在这段描写中，作者表面上是让田园接受来自"受"李泊然对身体的审视，实际上是为了让读者获得观看男性身体的快感。而且，女性读者还能够获得双倍的享受。因为在想象这段情节的画面时，女性读者并不需要将自身代入李泊然的角色去观看，可以以上帝视角凝视田园身体的同时，感受李泊然欣赏这具美丽躯体时的热切眼神。这种双倍快感很难在阅读传统言情小说中获得，而在所有非第一人称的耽美小说中均可实现。

不仅耽美小说的读者在阅读过程中得到"窥私欲"的满足，作者同样在创作中得到欲望的满足。耽美小说的作者大部分是女性，她们在创作男性之间性行为的情节时抱有何种心理？这非常值得分析。国内知名耽美作家淮上在 2012 年通过网络访问的方式接受网友路人乙采访时表示，"H（性行为——笔者注）是剧情进展的关键"。她的观点代表了一部分注重剧情质量的耽美作家的态度。将性行为当作主人公感情发展的重要推动力量，这种设定在中国当代作家的作品中十分常见。例如，在莫言的《红高粱》中，戴凤莲与余占鳌生命力的迸发就是通过在高粱地里"野合"完成的。上文分析，女性在社会中长期作为身体消费的对象，其将幻想两性性行为作为发泄性欲的渠道是受到自身视角限制的，但是当她们将这种幻想投射到男性间的情事之中时，便可以将受到压制的欲望完全释放出来，甚至走向另一种带有"狂欢化"意味的极端。因此可以说，作为这类耽美小说的创作者与阅读者的女性，在潜意识里已经开始消费男性的身体，在窥私中得到快感的极大满足。

尽管许多女性读者已通过阅读网络耽美小说完成凝视者与欲望客体

---

❶ 彻夜流香. 下一站天王 ［EB/OL］.［2020-08-08］. http：//www.jjwxc.net/onebook.php？novelid=990439&chapterid=15.

身份的转换，但她们不满足于遮遮掩掩的"窥私"状态，还要大胆书写对男性身体征服体验的构想。许多人认同张爱玲在《色戒》里"到女人心里的路要通过阴道"的观点，可见有一种普遍的看法是，"性"是女人被男人"征服"的关键。因此，当认同该观点的女性思考如何"征服"男性时，同样绕不开"性"。对于许多耽美爱好者而言，化身男性的同时通过性的手段去征服另一个男性，才真正完成对男性身体征服的构想。所以，在网络耽美小说中，以"攻"的视角写就的作品，便可看作其表达了一种女性以男性的身份去征服其他男性的幻想。月凉天渊的《Gay For Pay?》就展现了这种幻想。小说的"攻"周亮是一个男性成人情色片演员，但也是一个仅将女性作为情感对象的男性，因此他在拍摄中与男性演员的情色行为完全是因为工作，丝毫不涉及爱情。在这样纯粹的工作任务设定下，书中所描写的拍摄过程，更像是作者在单纯地体验将男性客体化的同时征服男性的快感。

耽美小说作为一种创作者与阅读者都以女性为主的文学样式，打破了传统文学中以男性凝视女性为主的权力关系，通过创作实践建立女性对客体化男性的凝视。由上文的具体事例分析可知，当女性与男性完成凝视者与欲望客体的转换后，女性对男性的凝视更加大胆。从压抑中释放的女性在网络耽美小说中得到视觉解放，男性的身体作为欲望客体展现在女性凝视者面前，被女性窥视、品评甚至征服。在网络耽美小说中掌握话语权的女性，在凝视中找到欲望发泄的出口，甚至走向对男性身体的消费狂欢。

二、身体消费与性别焦虑

倘若深入挖掘网络耽美小说中出现对男性身体消费现象的背后原因，则可发现或许源自女性自身的性别焦虑。性别焦虑症是一个心理学范畴的术语，是指心理上无法认同生理性别，并由此产生焦虑、烦躁等感受。不过，本书在论证分析中所引用的女性性别焦虑，并不是强调其"性别认同障碍"的含义。腐女群体并非在现实生活中迷惑自己生理性别或者性取向的人群。恰恰相反，腐女群体经常宣称是坚定的异性恋者。作为异性恋者却沉迷男性间的恋爱故事，究其原因，或许与大多数腐女心中作为女性的自卑感以及想要成为男性的欲望有关，而这种来自女性身份的焦虑，才是本部分论述的性别焦虑的核心含义。

弗洛伊德提出的"女性阉割情结"认为，女孩幻想自己曾有男性生殖器官，后被阉割而留有余悸，即所谓的"阴茎嫉妒情结"。尽管女权主义者抨击弗洛伊德的阉割理论内置了男权文化系统——凯特·米利特批判这套理论充斥大量的男性偏见和厌女情绪推断，❶ 但是在笔者看来，弗洛伊德所揭示的女性对男性身份的向往，与大多数的腐女心态十分契合。网络耽美小说中大量充斥对男性身体的夸张描写，同样揭示出腐女对自身性能力的定位。在传统性别观念中，女性在性方面基本处于被动地位；但在创作耽美小说的过程中，女性有机会重新设定自己在性方面的掌控力。于是，一些受传统性别观念影响的腐女在这样一个充满诱惑力的机会面前，不吝将最卓尔不群的性能力赋予自己所选择代入的男性角色。

网络耽美小说中呈现的女性性别焦虑还体现在作者对女性角色的处理方式。网络耽美小说中的女性形象存在被弱化与被丑化的现象，反映了腐女虽身为女性却厌弃女性的矛盾心态。漠视女性、贬低女性的现象在中国封建社会普遍存在。在中国传统文学作品中，男性通常被视为家国命运的主宰，而女性只是男性的附属品。然而颇具讽刺意味的是，当家国出现危机时，女性却被指责为祸国殃民的红颜祸水。《水浒传》中描写武松虐杀潘金莲的血腥场面被解读为快意之举；重情重义的宋江是因阎婆惜的一再相逼才走上杀人逃亡、落草为寇的不归路。即使在中国当代文学中，相似的情节同样存在。《白鹿原》中老实木讷的黑娃是因为田

---

❶ [美] 凯特·米利特. 性的政治 [M]. 钟良明，译. 北京：社会科学文献出版社，1999：279.

小娥的引诱才与家庭决裂，甚至当上土匪。可见大多数男性作家在塑造女性形象时依然带有偏见。但是网络耽美小说的主要创作群体是女性，女性作家笔下的女性形象同样存在被弱化、被丑化的现象，其情节及背后的原因值得深思。

首先是女性角色被弱化的情况。一些网络耽美小说中女性角色的存在感低下，甚至沦为"攻"与"受"产子的工具。在网络耽美小说中有不少关于"代孕"的情节设置，由于"攻"或"受"出于继承家业或是顺应父母必须延续后代的需求，在两个男性本身并不能生子的设定下❶，代孕是最适合的解决方法。而作为代孕母亲的女性角色，一般在完成生子的任务后就从文本中消失了。在绍兴十一的《宋帝江山》中，赵瑗身为王爷时，与王妃郭氏只在新婚之夜有过一次同房，之后王妃便怀上了孩子。王妃怀孕期间，赵瑗因忙于公务冷落妻子，导致王妃始终闷闷不乐，身怀六甲却身体每况愈下，生下孩子之后没出月子就病逝了。从王妃进府到去世的这段时间，除了新婚之夜各怀心事的草率洞房之外，作者对两人的互动交流再没有任何刻画。可以说郭氏的形象已单薄到沦为产子工具，其完成产子任务后便匆匆从文本退场。王妃郭氏已经被弱化到不构成完整角色的程度，其存在的意义仅是帮助赵瑗延续皇家血脉，并且让萧山与赵瑗的同性爱情跨越无法繁衍后代的障碍。

网络耽美小说中弱化女性形象的极端方式是让女性角色彻底消失，甚至作者通过建构一个只有男性的世界避免女性的出现。在以穿越异世为主题的耽美作品中，便大量存在只有男性的环境。作者会设定主角因发生车祸、意外死亡等缘由而穿越或重生到异世界，在"男儿国"完成产子的任务。于是，女性角色在此类作品中被彻底剥夺了存在的可能。对于网络耽美小说中出现女性角色缺席的现象，有研究者表明其目的在

---

❶ 本书第二章第一节曾谈到网络耽美小说中的男性生子情节。在有些网络耽美小说中存在两个男性可以繁衍后代的情节设定，而有些并没有。

于避免女性中心主义的影响。赵媛认为，"对文本中女性存在的抹杀与创作群体的女性性别十分矛盾，创作者选择这种性别不在场的方式并非完全站在女性的对立面，而是将女性隔离于描绘的文本空间。女性的绝对离场保证了文本中的性别关系不会落入到女性中心主义的视野里，体现了执笔者的中立。"❶ 对于这一观点，笔者并非全然认同。笔者比较认同一些耽美小说的作者之所以创作没有女性角色的作品，是为了将女性从文本中隔绝开来；但是笔者并不认为耽美小说中如果有女性角色在场，作品便会落入女性中心主义的视野。笔者认为，作者在文本中隔绝女性的主要原因是为了满足两种心理，一是独占性，二是方便代入。绝大部分的女性阅读耽美小说是为了享受作品中近乎完美的男性给自己带来的身心愉悦，倘若作品中只存在男性角色，她们便可以独占所喜爱的男性角色。一旦这些男性角色的身边出现能与之感情互动的女性角色，女性读者便可能产生妒忌心理。所以，为了保护所谓的爱的纯粹性，或许她们宁愿接受自己喜爱的男性角色从始至终都只爱男人。另外，一些女性读者在阅读耽美小说时为了得到成为男性的体验，会将自己代入"攻"或者"受"的角色。当文本中只有男性存在时，选择代入对象要方便得多，即无论如何选择都能让其暂时搁置现实中的生理性别。所以，倘若文本中存在分量较重的女性角色，这些女性读者的立场便会变得艰难：假如依然选择代入男性身份，那么就要与文本中的女性角色发生情感纠葛，这并不容易接受；假如选择代入女性角色，自己就成了男性间纯爱的破坏者；假如选择不代入任何角色、以局外人的视角阅读文本，小说中存在被设定为男性间情感第三者的女性角色，则非常影响阅读心情。因此，网络耽美小说中女性角色的存在不仅尴尬，而且得不到作者的重视，甚至作者在不重视对女性人物刻画的同时，还故意丑化女性角色。

其次是女性角色被丑化的现象。丑化耽美小说中女性角色的主要方

---

❶ 赵媛. 耽美同人群体的性别文化研究［D］. 苏州：苏州大学，2014：44.

式是，设定并抨击两性间因功利性目的而结成的情感关系，进而反衬同性之间纯洁爱情的伟大。被丑化的女性角色通常被设定为"攻"或"受"的女友、妻子，她们为了破坏"攻"与"受"的感情，用尽卑鄙手段，而她们纠缠"攻"或"受"主要是为了金钱等个人利益。例如，在非天夜翔的《王子病的春天》中，"攻"谭睿康的妻子黎菁出身贫寒，为了嫁给谭睿康，将自己包装成一个老实本分的人，但是对金钱的渴望让她在婚后露出本性。在一次与闺蜜的通话中，黎菁不仅暴露自己为了钱财而出嫁的目的，甚至毫不避讳地说还看上了谭睿康身家上亿的叔叔。如此这般，一个毫无羞耻之心、贪图荣华富贵的女性形象跃然纸上。谭睿康破产后，黎菁不仅迅速做好离婚准备，找到下一个结婚对象，而且以公开谭睿康与赵遥远的同性感情作为要挟，以期离婚时获得更多的财产分配。作者在情感设定上将黎菁的处心积虑与赵遥远的全心全意进行对比，从侧面衬托作品中同性爱情的纯粹。无独有偶，在传统言情小说中也存在丑化女性角色的现象，但由于传统言情小说表现的是男女主角的情感，所以被丑化的女性角色往往为女配角，其目的也十分明显，"恶毒心机女配角"的存在是为了凸显"白莲花般圣洁的女主角"的善良。网络耽美小说丑化女配角的手法，与传统言情小说有一定相似性。由于网络耽美小说中不存在女主角，因此运用同样的创作手法塑造女配角后，却没有一个与之相对的、形象正面的女主角，从而造成网络耽美小说中女性形象被整体贬低的现象。另外，根据笔者的阅读体验，网络耽美小说中女配角是"攻"的前妻、女友以及其追求者的概率要高于"受"。这意味着网络耽美小说塑造女配角的手法与传统言情小说一脉相承，创作者按照传统言情小说的模式，将"受"（作者的分身）代入女主角的身份里，与女配角形成对立关系。这或许也是女性作者会主动站在女性立场的彼端刻意丑化耽美小说中女性角色的原因。

此外，网络耽美小说中弱化或者丑化女性角色的现象，也与女性的凝视视角有关。根据凝视理论，阅读耽美作品对女性读者而言，是从被看的欲望客体地位逃离的绝佳机会。如果作品中女性角色缺失，便更能使她们放松身心地去凝视"理想的男性"。那是因为女性角色的存在会时刻提醒这些女性读者，耽美小说不过是一个虚构的梦境。这样一来，她们欣赏纯粹男性之美的愉悦度便被降低，所以宁可接受不出现女性角色。

网络耽美小说满足了女性读者站在凝视者的立场将男性作为欲望客体观看的心理，颠覆了传统观念中女性被放置在被观看对象的地位，给女性读者提供了消费男性身体、自由表达情爱欲望的空间。不仅如此，女性观看男性的视角也是耽美小说情爱叙事区别于传统言情小说叙事的核心特色。这一特色展现了女性的欲望需求、对理想中男性形象的想象以及通过男性间恋爱关系的建构来塑造一个奉行爱情至上主义的世界。

第三章 历史想象：网络耽美 小说的历史叙事

中国上下五千年的历史留下了汗牛充栋的历史典籍，这些珍贵的史料为文学的历史想象提供了肥沃的土壤。然而由于为尊者讳或是史书散佚等原因，史籍所记载的历史人物及其事件并不全面，这为文学的想象留下很大的空间。中国古往今来的文人墨客对历史题材的偏爱有目共睹，古有咏史诗，今有历史题材的人物传记、小说等。无独有偶，网络小说的创作中同样兴起历史书写的热潮，网络耽美小说也不例外，其以特有的方式解构历史，以瑰丽的想象为历史叙事提供了一种崭新的方式。

第一节 历史架空：情感叙事的历史场景建构

中国当代小说的创作者对历史题材的偏爱持续良久。从中华人民共和国成立后的"十七年文学"的革命历史题材小说，到 20 世纪 80 年代中后期的新历史小说，中国当代文学对历史的叙述方式虽然有很大区别，但是对于述说历史的热情一直没有消退。在网络耽美小说领域，这股热潮在穿越耽美小说、历史题材耽美小说中也有直接体现。一般来说，网络耽美小说叙述历史的方式是以瑰丽的想象贴近真实历史，以建构历史场景的手法为男性间的情感故事铺垫背景。

一、情感化叙事的历史背景墙

依托历史而创作的网络耽美小说几乎涉及中国历史上的所有朝代。中国历朝历代的王公贵族、风流名士都成为创作者幻想的对象，与以往的穿越小说相比，穿越耽美小说对历史人物进行了更为离奇的想象。桐华的《步步惊心》热卖后，涌现了一批主人公穿越到康熙年间的"清穿"小说。那些由现代穿越过去的女主人公，无一例外地会纠缠于与"四阿哥胤禛"及"八阿哥胤禩"的情感之中，这一情况被读者戏称为"四爷八爷很忙"。而到了网络耽美小说创作者的笔下，胤禛与胤禩之间也能生发缠绵悱恻的爱情故事。梦溪石的《山河日月》就是知名度较高的"四八文"，可见网络耽美小说的历史叙事有着更为强烈的想象色彩。真实的历史人物与历史事件只是耽美小说创作者个人情感化叙事的历史背景墙，即网络耽美小说根据历史典籍还原的时代人物与社会环境，不过是为创作者提供了故事框架，而具体的故事情节早已在作者的想象中脱离了历史的真实。

网络耽美小说历史叙事的方法采用了文艺学中的"借用"方法，用历史的外壳包裹个人情感抒发的内核。"借用"作为理论方法最早是由德国学者捷奥多尔·本法伊提出。本法伊发现从文学作品中可以提取出抽象的情节公式，从而完成借用转移。鲍列夫则进一步指出"借用"是艺术作品相互影响的一种类型，"借用，即将一个艺术体系中的因素（情节线、人物性格、结构等）移入另一个艺术体系之中。在这种情况下，新作品可以看出原体系的痕迹。然而借用的因素与新的情调、与被难以觉察地改变了的艺术节奏以及形象的新的处理熔铸在一起。"❶网络耽美小说将典籍所载的历史人物形象与性格、历史事件等移入男性间情爱叙事

---

❶ ［苏］鲍列夫. 美学［M］. 乔修业，常谢枫，译. 北京：中国文联出版公司，1986：330.

的体系，是"借用"的典型应用。历史题材的网络耽美小说的故事情节与人物形象，有一定真实历史的缩影。创作者在"借用"历史的基础上，又融入个人的想象对历史进行大胆的建构，赋予历史人物新的形象，甚至这些栩栩如生的形象让读者不禁产生与真实历史混淆的错觉。

楚云暮的《一世为臣》是将"借用"历史的方法演绎得较为成功的小说。首先，作者并没有让作品像绝大多数的耽美小说那样，以简单的数字标识作为章节的题目，而是采用对仗工整的传统章回体标题构成作品目录，从而增加了小说的历史韵味和文学气息。该作品选取历史上的和珅、福康安作为主人公。"和珅"在出场时是一位容貌脱俗的秀色少年，虽是幼年父母双亡的没落八旗子弟，却不甘认命，立志要大展宏图、出人头地。"福康安"则是富察家的三子，先天的富贵和后天的才华让他有掌控一切的自信和骄傲。两个主人公的出身背景都与史实相符。"和珅"与"福康安"相识在意气风发的少年之时，互相敬佩并心生爱慕，终在金川战役生死相许。金川战役成就了历史上福康安早期的重要军功，其因为战绩卓然被乾隆皇帝赐予"嘉勇巴图鲁"称号。书中同样浓墨重彩地书写了金川战役，不过更强化"和珅"与"福康安"的少年热血形象。书中"福康安"毅然投身金川战役，而"和珅"也受到激励，想到如果有机会能驰骋沙场，即使马革裹尸亦不敢辞。楚云暮让读者见到了一个愿报效国家而抛头颅洒热血的"和珅"，与近年来被影视剧定型的肥头大耳的贪官"和珅"大相径庭。少年"和珅"的形象既让读者观之可亲，又促使人们反思，文艺创作中历史人物的样貌是否存在更多被挖掘的可能。最难能可贵的是，《一世为臣》将正史的记载、野史的传说完美地融合后，巧妙地构成人物的经历，用"草蛇灰线"的铺垫推动人物情感的发展。比如，历史上和珅最后被嘉庆帝定下的二十大罪状的第四条，是私将出宫女子娶为次妻。楚云暮运用这一记载，在文中埋下伏笔，安排了一段让人唏嘘的感情。小说中"嘉庆帝（永琰）"在尚未登基时也是"和珅"的爱慕者，而名唤苏卿怜的女刺客是情报机构红袖招的领头人。尽管"和珅"曾救苏卿怜于危难之时，她却被尚为皇子的"永琰"带回府中，后来又成为宫妃。苏卿怜因触犯宫禁而逃出宫外，再次被"和珅"收留并成为其妾室。"永琰"因而醋意大发，出于得不到就毁灭的扭曲感情，最终给"和珅"定下二十大罪状。实际上真实的历史记载中，和珅偷娶被遣散出宫的女子是江南进贡的美女，楚云暮在借用历史事件的基础上对这件事进行大胆想象，构成小说中感情发展的线索。

以真实历史为背景的网络耽美小说，除了古风耽美小说以外，还有穿越耽美小说。上文提到穿越耽美小说与以往的穿越小说相比，对历史进行了更为大胆的想象，除此之外，还表现出不同的历史态度与爱情观。以男性为主角的传统穿越小说中，现代人运用超强的现代知识储备与预知未来的能力开创基业，进而改变历史，体现了传统男性意识下对历史的征服欲，即小说中的主人公按照"已知的历史"去推动"未知的历史"的发展。为了让情节开展得更为顺利，作者通常会给主人公赋予一些强悍的生存技能。基于此以及现代的思维，主人公被塑造成万能型人才。作者打造主角光环是为了帮助主人公在穿越后能顺利完成建功立业的任务。被称为历史穿越小说鼻祖的《寻秦记》，正是这样一部以男性作为穿越主角的代表作品。来自21世纪的特种部队战士项少龙，因为一次时空实验的失败而穿越到战国时代，他首先想到的就是寻找秦始皇并取得他的信任，这是他能够安然存活于战国乱世的唯一办法。项少龙运用自己的聪明才智斡旋于各国权贵之间，并将自己的义子小盘伪装成"嬴政"。他利用自己对未来的"先知"能力，成功襄助"嬴政"剿除异己、统　六国。在战场的浴血奋战和官场的运筹帷幄中，主人公项少龙实现了自我价值，同时读者通过阅读《寻秦记》也满足了自己征服历史的想象。作者黄易对除奸吕不韦、一统六国等历史事件的借用，都是为成就主人公的英雄之梦而做的铺垫。同样以男性为主角的穿越耽美小说，虽然也大多为主人公建功立业、改变历史的结局，但作者的创作目的并不是塑造一个伟大的英雄，而是讴歌两位男性主角在爱情中为共同理想而奋斗的崇高境界。征服世界的欲望与野心被"执子之手，共创基业"的刻骨感情柔化，更符合耽美读者的阅读需求。

绍兴十一的《宋帝江山》讲述了军事人才萧山穿越到南宋初年的故事。当萧山看到奸臣当道、软弱无力的腐败朝廷时，一心想改变这种状况。书中的另一位主角"赵瑗"的原型是历史上的宋孝宗。据史籍记载，赵瑗是宋高宗赵构的养子，因高宗赐十位美女考验其心性而其丝毫不为所动，最终被确立为皇太子。小说借用赵瑗不为美色所动的记载，为其安排了一段超越君臣伦常的旷世之恋。后期成为将军的萧山与皇帝"赵瑗"联手斗垮奸臣，合力重定政权。因为彼此的信任，即使萧山功高震主，"赵瑗"也从未与其心生嫌隙，始终支持萧山带兵出征，为"乾淳之治"打下坚实基础。小说中体现的爱情是一种以双方共同理想和奋斗目标为前提、以共同承担家国天下责任为己任、互相尊重并信任的情感。注入这种爱情观的穿越耽美小说，在宏大的历史叙事之上，增添了细腻的情感描写，改写历史的目的与主人公的情感发展相辅相成，通过虚构的情节编织唯美浪漫的爱情故事，使得历史题材的网络耽美小说回归"耽之于美"的情感化叙事的既定氛围之中。

二、从解构历史到消费历史

网络耽美小说以借用历史的方式进行个人情感化叙事的主要表现是：首先对历史人物与历史事件进行解构，其次用男性间的情感串联人物关系，用情感化因素重新阐释历史事件发生的背后原因。例如，《江东双璧》中"孙策"与"周瑜"分别娶大小二乔结为连襟，是为了掩饰两人之间超越君臣伦常的情感。对于耽美读者而言，阅读被定型的历史人物得到重新塑造以及君臣之恋等挑战伦常的恋爱故事，能带来突破禁忌的快感与刺激。

网络耽美小说历史叙事的特征是利用情感化叙事的方式来消费历史，这也是网络耽美小说与其他历史小说创作的最大不同。纵观中国现当代文学史，以历史题材进行创作的小说，或多或少都采用了借用历史大背景、改善虚构历史的苍白的方法。鲁迅的《故事新编》就是一次古今杂糅、讽喻现实的成功实践，《理水》中将艰苦实干的大禹与崇尚空谈的"大员""学者"作比较，古人古事与今人今事置于同一时空之中。❶ 鲁迅解构历史的目的在于借古讽今，与中国古代诗歌的抒情方式一脉相承。而同是借用历史，在 20 世纪 80 年代中后期，中国文坛涌现的一批新历史小说对历史的解构则完全是颠覆式的，创作者的目的在于借"民间历史"的叙事展现个性化的历史解读与体验，以"对抗正统历史的宏大叙事"。❷ 无论是陈忠实《白鹿原》的民族秘史，还是莫言《红高粱》的土匪抗日，都是以民间底层的小人物视角去讲述被宏大历史叙事所遮蔽的生存本相。新历史小说关注的主题是对人性的挖掘与呈现。例如，尤凤伟的《小灯》以另类的历史设定展现出人性中的嗜血暴力。在被异化的政治权力的支持下，河口村民对地主进行血腥残酷的镇压，而挑起村民斗争意志的则是对地主万贯家财的占有欲。被物质利益诱惑煽动的盲目村民与权力的持有者一拍即合，开展了一场轰轰烈烈的"改革"。《小灯》以颠覆性的历史叙事，悄然揭示政治斗争的残酷性与嗜血人性之恶。作者对弱势者、惨败者、不幸者给予深切同情，作品对历史的消解足以让持有正统历史叙事观的读者瞠目结舌。新历史小说颠覆了神圣叙事，以私人化、个性化的写作解构并重构历史。

网络耽美小说的历史叙事同样是一种私人化的叙事，然而与新历史小说解构宏大历史叙事的目的不同，其创作者是以消费历史的态度去完成对至高无上的"纯粹"情感的表达。历史题材的网络耽美小说与真实历史之间并不存在探究关系，它对历史事件的文学想象更多的是来自作者主观化的臆想。在消费文化语境下，历史成为宣泄情欲的背

---

❶ 陶春军. 解构历史：新历史小说与穿越小说 [J]. 广西社会科学，2010（5）：89-94.

❷ 赵梦颖. 新历史小说叙事的限度与可能 [J]. 云南社会科学，2008（3）：153-156.

景墙，挣脱了"信史"约束的历史小说与娱乐性的消费元素充分融合，以戏说与狂欢取代传统历史书写的厚重与庄严。正如南帆所说，宏大庄严的"历史"已经变成了日常生活的"消费"，这里并不是历史权威的恢复，而是在"文学和政治曾经赢得的空间进驻了一个新的主角——消费"。❶ 网络耽美小说中的历史叙事就是以消费历史的方式来抒发个人的情感欲望。

网络耽美小说消费历史的主要表现体现在两个方面。一方面是为迎合男性间的情爱主题而重构历史人物形象。历史人物文学形象的重构是指对历史典籍中人物形象的多个侧面进行提取，通过润色、打磨以及重新排列组合的方式，赋予人物鲜活的文学艺术形象。网络耽美小说中历史人物形象的打造则是围绕情感叙事展开。例如，历史上的李煜是多愁善感的亡国之君，史料记载中他的性格宽厚仁慈。在一寒呵的笔下，"李煜"则成为《南唐旧梦：山河永寂》中氤氲江南所孕育的性情柔顺、眉目如画的男子；铁骨铮铮的硬汉"赵匡胤"因为迷恋"李煜"与众不同的华美气质，千方百计地想要得到他。小说将"赵匡胤"发动战争、吞灭南唐的原因解释为了得到"李煜"的冲动；小说的最后，"赵光义"胁迫"赵匡胤"，让他在江山社稷与"李煜"之间做出选择，尽管"赵匡胤"选择留下传位诏书，但最终还是被"赵光义"以毒酒谋害。一寒呵将历史上的"烛影斧声之谜"幻想为"赵匡胤"为爱牺牲的情节。如果说书中的"李煜"形象与历史上的南唐后主有几分相似，那么重情重义、不爱江山爱"李煜"的"赵匡胤"，与历史上记载的对李煜的使者说出"卧榻之侧，岂容他人鼾睡乎"的宋太祖简直判若两人。作者将赵匡胤的人物形象进行重构的内在原因，就是为了服务书中刻画"李煜"与"赵匡胤"缠绵爱情的主题。由此可见，网络耽美小说创作者所塑造的历史人物与传统文学或是历史记载都相去甚远。作者笔下的人物完全

---

❶ 南帆. 消费历史 [J]. 当代作家评论，2001（2）：4-12.

是其想象中的形象，是站在同性情爱叙事视角对历史人物进行的变形。于是，围绕这一人物发生的历史事件与历史场景，也都根据作者的想象被重新设计。尽管网络耽美小说中出现了历朝历代从王公贵族到文人墨客的各色历史人物，但是小说中虚构的他们都有一个共同特点，就是对所爱之人用情至深。为了体现这一特点，创作者不惜设置与历史完全相反的人物关系。所谓自古皇家无父子，何况叔与侄。燕王朱棣发动靖难之役从自己的亲侄儿建文帝朱允炆手中夺取皇位，但是关于朱允炆的下落却成为历史谜团，也为后世的文学创作者留下许多文学想象的空间。在想忘今生的《帝王思》中，"朱棣"夺取"朱允炆"的天下后，却被他在焚天烈焰中的一笑掳掠，不能自控地爱上了柔弱的"朱允炆"，从此便是 20 多年的痴情绝爱。"朱棣"爱得疯狂、情深无悔；"朱允炆"逃无可逃、难恨亦难爱。小说中"朱棣"与"朱允炆"的凄美之恋完全颠覆了历史人物真实的关系，这种奇异的想象给读者耳目一新的阅读体验。不过笔者认为，强行将历史中完全对立的人物组成同性情侣是在过度消费历史。历史的真实性与严肃性在小说中被随意破坏，在大喜大悲的戏剧冲突下，历史事件的发生形同儿戏。创作者在肆意地臆造史实的同时，可能会造成沉迷其中的读者对历史人物产生错误的解读以及消解其对待历史的端正态度，甚至有可能出现南帆所指出的情形，"故事不过是故事，没有必要斤斤计较。于是，人们就在哈哈大笑或者惊险刺激之中得到了某种心理的餍足，从而彻底地忘掉了不幸的'历史'"。❶ 因此可以说，网络耽美小说为了契合男性间情爱的主题而对历史人物强行配对的方式，很容易落入过度消费历史的窠臼之中。

网络耽美小说消费历史的另一方面表现在借由历史的背景，张扬个人的情爱欲望。欲望化叙事一向是历史题材小说的重要表现方式。新历史小说强调"一切历史都是欲望的历史"，因此欲望成为小说叙述的重心

---

❶ 南帆. 消费历史［J］. 当代作家评论，2001（2）：4-12.

和推动情节进展的核心，更是人物命运、历史发展的动因。例如，在余华的写作中，"暴力和欲望就是其重构历史叙事的核心语码"❶，而在网络耽美小说的历史叙事中，欲望的表达同样是其重要组成部分，并且由于男性间情爱故事的框架，网络耽美小说中的欲望表达更集中于情爱欲望。奥古斯特·倍倍尔曾说过："在人的所有自然需要中，继饮食的需要之后，最强烈的就是性的需要了。延续种属的需要是'生命意志'的最高表现。"❷ 由此可见，性冲动是人类生命欲望的一种本能体现，而历史的变迁也与每个生命个体本能欲望之间有着深刻关联。然而在网络耽美小说中，尽管历史人物的情欲与历史事件的发展交织在一起，但是情欲叙事主要承担的功能是为作者与读者提供想象的心理满足。例如，楚云暮的《一世为臣》描写了"和珅"与"乾隆"错综复杂的关系与情欲心理。其中的一些描写是根据历史故事进行的想象及加工。历史上，和珅在乾隆一朝身兼要职，是乾隆皇帝的宠臣。关于和珅得宠的原因曾有野史记载：尚为皇子的乾隆因与雍正妃子嬉闹导致该妃子被太后处死，而后来成为皇帝的乾隆见到和珅时发现，其长相酷似当年被处死的妃子，便认定和珅是该妃子的转世，因此格外疼惜。这个故事虽然离奇，但是印证了《英使谒见乾隆纪实》中对和珅"相貌不凡……是皇帝唯一宠信的人"的记载。《一世为臣》中借用妃子轮回转世的野史故事，铺垫了小说中"乾隆"对"和珅"的特殊感情：

　　乾隆平日的压抑忍耐谦和君子如风卷残云退个一干二净，一把扯开和珅半敞的衣襟，赤红着眼看他脖上的红痕宛然，强忍自己的欲念如炽，"朕知道你心里怕什么——只要朕一声令下，宫里没人敢

---

❶ 叶立文. 颠覆历史理性——余华小说的启蒙叙事［J］. 小说评论，2002（4）：40-45.

❷ ［保］瓦西列夫. 情爱论［M］. 赵永穆，范国恩，陈行慧，译. 上海：上海三联书店，1984：18.

透出一丝话来——朕即天下！除我之外，没人守得住你护得了你！"……和珅闭上眼，直忍了须臾，忽然猛地推开乾隆，连滚带爬地摔下床，在乾隆交融着错愕与情欲的目光中，跪下叩头不止："臣万死不敢奉诏！"❶

这段描写对野史中乾隆皇帝疼惜和珅的传闻进行了更加香艳的想象。用"和珅"脖子上暗红的胎记印证妃子死前脖子上的勒痕，使得"乾隆"见到这红痕悔恨愧疚，想用更浓烈的爱弥补曾经失去的瑰宝——无论转世而来的妃子今生是男是女，他只想将当年被熄灭的情欲之火再度燃起。

网络耽美小说创作者通过"借用历史"的方法完成个人情感化的叙事，其内核是对历史的消费，真实的历史在男性间情爱的耽美故事中被彻底架空，成为衬托故事的背景板。网络耽美小说的创作者把历史元素进行组合拼贴，营造出一个想象中的历史情境，并且邀请读者以旁观者的身份进入这个似真实假的历史情境之中，在满足读者对历史的好奇与想象的同时，令其感受作者对超越时代桎梏的真情真爱的向往。然而与新历史小说着眼于反思历史、挖掘人性、努力凸显真实的创作意图相比，历史题材的网络耽美小说对历史的呈现要轻淡许多，创作者的意图主要集中在打造更受读者欢迎的情感故事。这也令网络耽美小说的创作者为了迎合读者市场，为了最大限度地满足读者的猎奇心理，在创作中随意取用各种正史、野史甚至涉及相关历史人物的传说，继而导致真实的历史人物关系被随意扭曲的现象。

---

❶ 楚云暮. 一世为臣 [EB/OL]. [2020-08-08]. http：//www.yoten.net/xiaoshuo/read.htm？id=112554.

第二节　寄情家国：禁忌之恋的升华通道

古往今来不少文人墨客都提笔抒发过家国情怀，诗圣杜甫的"安得广厦千万间，大庇天下寒士俱欢颜"体现了其忧国忧民的赤子之心与家国情怀。家国情怀主题的书写在传统文学中占据举足轻重的地位，而网络耽美小说的创作者也非常巧妙地将男性间恋情与家国情怀捆绑在一起，借用家国情怀的宏大叙事赋予禁忌之恋合理性，使之得到升华。

一、家国情怀的主题书写

有学者这样定义"家国情怀"的内涵，"所谓的'家国情怀'，是主体对共同体的一种认同，并促使其发展的思想和理念。其基本内涵包括家国同构、共同体意识和仁爱之情。"❶ 由此可见，家国情怀是每一个体对所在的国家与民族的深情大爱，是对国家富强的向往和对人民美好生活的追求。这种深层次的文化心理是对自己国家高度的认同感、归属感、责任感和使命感的体现。中国儒家传统文化强调"修身、齐家、治国、平天下"，因此家与国在儒家理念中是密不可分的一个整体。覆巢之下，焉有完卵，没有强大的国家，何来幸福的小家。中国历朝历代的有志之士都在文学作品中表达了自己的家国情怀，岳飞《满江红》中"待从头，收拾旧山河，朝天阙"的万丈豪情，文天祥《过零丁洋》中"人生自古谁无死，留取丹心照汗青"的通练豁达，都对家国情怀做出诠释。在中国现当代文学史上，鲁迅通过"五四"启蒙运动发出的"呐喊"体现了知识分子的济世情怀，当代先锋作家群体对历史的关照与体察也反映出家国天下的宏大叙事。在网络文学领域同样存在家国情怀主题的作品，

---

❶ 杨清虎. 家国情怀的内涵与现代价值［J］. 中共桂林市委党校学报，2016（2）：73–76.

尽管其在思想深度上屡遭诟病，但不可否认的是，网络文学也为读者提供了一条感受家国情怀的途径。

网络耽美小说中同样存在家国情怀的书写。在对历史的追溯以及对未来的想象中，耽美小说的创作者构建了一个个存在于小说中的国家，并借由这一设定完成家国情怀的寄情。例如，梦溪石的《天下》带领读者梦回明代。小说以嘉靖、隆庆、万历三朝真实历史为背景，给读者建构了一个暗潮汹涌的时代。主人公赵肃虽是由现代穿越而来，但难能可贵的是作者并没有安排他拥有脱离现实的现代技能，甚至没有给他一个含着金钥匙出生的贵族身份，现代人的记忆只是让其具备预知历史发生轨迹的能力。作为一个食不果腹的寒门庶子，他同样要靠十年寒窗苦读才能进入仕途。赵肃通过读书改变命运，一步一个脚印成为"大明首辅"。他在万历皇帝"朱翊钧"4岁时与其相遇，为了避免其成为史书记载的28年不上朝的怠政皇帝，赵肃呕心沥血地培养"朱翊钧"，教导他什么是帝王的有所为有所不为，握着他的手教他写字，在下棋游戏中让他熟悉帝国的官僚体系、军事的排兵布阵，在"朱翊钧"登基为帝后倾其所能地辅佐。赵肃做到了宋代大儒张载所说的"读书人为天地立心，为生民立命，为往圣继绝学，为万世开太平"。他对心中光明的坚守，使他看尽朝野黑暗后仍愿倾力去改变，这份家国情怀堪称读书人的典范。以历史为背景的网络耽美小说中，如何让男性同性的感情变得合理一直是作者挖空心思去考虑的问题，梦溪石对赵肃与"朱翊钧"感情线的处理也十分出彩。两人并不是天生的同性恋者，但在十余年的相处中，渐渐把对方放到心里。书中贵为皇帝的"朱翊钧"向身为首辅的赵肃表白时有这样一段对话：

> 赵肃喉头滚动，声音也已沙哑："臣是个老男人，没有姿色，陛下何以……"
>
> "朕爱你一心为国，殚精竭虑，朕爱你温文儒雅，对敌从容，朕

爱你与他人周旋，谈笑间让对方拜倒，朕还爱你陈述国事时意气风发的样子……这些，可够?" ❶

作者为两人设置了共同奋斗让国家强盛的理想，这也成为他们彼此心灵相通产生感情的原因。同时，他们又在人前恪守礼数，丝毫没有乱君臣伦常的行为，"朱翊钧" 不想让赵肃成为世人眼中的佞臣，而赵肃则想让万历皇帝的声名万古流芳。两人将感情深埋心底，各司其职为国家富强而殚精竭虑。同性恋情借由家国天下的理想完成了华丽的蜕变。

《天下》的大获成功开创了臣子辅佐皇帝成就王道帝业的网络耽美小说模式，但因套用真实历史背景的小说创作对作者的历史知识功底要求颇高，不少创作者转而以架空历史的背景构建相似的情节。例如，竹下寺中一老翁的《帝策臣轨》同样讲述君与臣的相知与相守，寒门弟子出将入相协助皇帝笑看朝堂风云，成就百年帝业。虽然历史背景是虚构的，但作者以家国情怀升华同性之爱的创作方法与《天下》如出一辙。当然家国情怀并不只是皇帝与大臣兼济天下的理念，顾炎武曾说："天下兴亡，匹夫有责。" 当历史到了救国存亡之时，每一位爱国者救亡图存的努力都展现出强烈的家国情怀。

近代中国饱受外国列强殖民侵略的历史是中国人心中不忍揭开的疮疤，每个中华儿女都恨不能穿越时空，去改写这段屈辱的落后挨打的历史。塑造国家民族形象是网络小说对中华民族伟大复兴梦想的回应。网络耽美小说中也应运而生了一批弥补历史遗憾，重构中华民族悲怆记忆的小说。在这类小说中，主人公之间的爱情生成于救亡图存的行动中，爱情的力量不仅可以改变个人命运，甚至关乎 "国家" 兴亡。来自远方的《谨言》是将背景设定在民国时期的半架空文。主人公生活的世界是

---

❶ 梦溪石. 天下 ［EB/OL］. ［2020-08-08］. http：//www.jjwxc.net/onebook.php? novelid = 1231454&chapterid = 104.

与中国历史上的民国时期平行的时空，在这个时空里同样存在虎视眈眈的各国列强，却没有真实的民国历史人物。作者这样设定是为了方便主角以穿越者的身份改写历史。这部小说讲述了从现代穿越到民国时期的李谨言因为神棍的一句批语成为楼逍少帅的第四位"夫人"。进入楼家后，他因知晓现代肥皂的制法开办楼氏制皂厂，由于质量远超同时期的国货和洋货，产品配方一度引来"日本人"的觊觎。尝到甜头的李谨言继续"发明"新的药品等以振兴实业，而楼逍则以军人的铁腕集结各路军阀，一致对外，赶跑侵略者。在《谨言》的文学世界中，两人联手不仅拯救民族于危亡，甚至避免"中国"卷入"二战"的灾祸，一举改变了"中国"落后挨打的近代史。这部小说因穿越者李谨言拥有过多技能而受到读者"乱开金手指"（作者过于偏爱角色，赋予其过剩超能力或过好机遇）的批评。的确，主人公李谨言不仅能制造肥皂、发现青霉素，就连"华夏坦克"都是在他的主持下设计改造的。即使是穿越设定，也难以解释一个普通的现代人何以掌握诸多复杂甚至过于专业的现代技术。不过，这些完全不顾逻辑与历史事实的情节设计依然能获得读者喜爱，其原因或许能从读者的感想中窥视一二。以下是笔者摘选的颇具代表性的读者感想：

> 关于那段屈辱的历史，每每读来皆诛心呕血，既有这么一个"机会"大肆狂想一番，当然怎么痛快怎么来了，哪管什么科学不科学！❶

> 通过这种轻松小说的方式，至少让我学到了很多东西，不是教科书上的那种历史知识，也没高尚到陶冶情操什么的，而是对于那

---

❶ 中华少年，顶天立地当自强［EB/OL］.［2018-03-12］. http://www.jjwxc.net/comment.php? novelid=1792618&commentid=163926&page=1.

个时代人物的敬佩，粗略地了解了那个在真正历史上破碎的年代，了解到不同种类身份的人共同的爱国情怀，明白了如今生活的难能可贵，生活在这个太平时代也是一种幸福，可能被学习或者工作压得喘不过气来，但至少没有战火侵袭。❶

清政府统治下的中国因闭关锁国错失发展机会，而腐朽堕落的晚清政府难以抵抗列强入侵，导致黎民百姓陷入水深火热，也令近代中国沦为半殖民地半封建国家，甚至丧失部分国土的主权。从读者的感想中可以看出，其中包含一种因对中国近代史怀有屈辱感而期待改写历史的心态。作者来自远方正是利用这一心态，让带有现代知识和意识的穿越者李谨言通过借鉴现实中的历史经验改写历史，同时巧妙安排一对同性恋人一起承担力挽历史狂澜的任务。在高尚的品德与忧国忧民的家国情怀背景下，两人并肩作战时战友兼爱人的情义，令读者敬佩且感动。

二、同性情感的升华通道

如果说网络耽美小说中追溯历史的家国情怀书写突出了爱国热情，那么幻想未来的耽美小说则将对国家民族的热爱扩大到对全人类的大爱。这类作品在拯救人类和世界的背景下，将同性恋情与人类的生死存亡交织在一起。

网络耽美小说中有一种被称为"耽美末日文"或"末世文"的专门分类。该类作品的主要故事特点可以概括为：一种灾难席卷全球，令世界陷入宛如末日降临的困境，而身负异能的主人公为了拯救人类和世界，开始强强联手共同战斗。主人公之间的感情在极端环境下更能彰显其珍

---

❶【2013 年 12 月推文】《谨言》作者：来自远方（即便不是极品好文，但绝对不算所谓的烂文）［EB/OL］.［2018-03-12］. http：//www.txtnovel.net/thread-2586987-1-1. html.

贵，所以这类网络耽美小说广受读者喜爱。焦糖冬瓜的《绝处逢生》、非天夜翔的《二零一三》便是其中的代表作，而且都曾名列晋江文学城的耽美小说推荐排行榜。《二零一三》在出版时将名字更改为《末日曙光》，小说中呈现的唯美与温情正如末日的曙光一样，在绝望中留有一线生机。小说背景设定在架空的未来世界，彼时某种不明病毒突然出现，人一旦感染就会失去神智并迅速死去成为僵尸。可僵尸仍能行走，还会四处游荡攻击活人同时传播病毒。未来世界的退伍特种兵蒙烽与机械系研究生男友刘砚，以军人加机械师的组合抵御僵尸的进攻。从故事的主线设计来看，这部小说与其他打僵尸的"末日文"套路别无二致，但《二零一三》的高明之处在于将细腻的感情发展与宏大的拯救人类的背景缠绕，一同融入故事建构之中，自然地呈现出主人公的家国情怀。书中有两处感情的铺展彰显主人公蒙烽的使命感。第一处是蒙烽要被派驻前线抵抗僵尸入侵时，为了让刘砚安心留在安全的大后方，不惜选择与他分手，只身奔赴前线。蒙烽做出这样的选择，内心的痛苦可想而知。正如书中描写他的心中有一座天平，"天平的一边承载着他的爱情，而另一边则承载着为了令这段爱情走得更远，不得不有所割舍的痛苦。"❶ 蒙烽保护爱人的方式就是用血肉筑成前线坚固的壁垒，体现了这一角色将个人情感升华为家国大爱。第二处在小说的结尾处，僵尸濒临终极形态的进化，一旦成功将吞噬整个地球，这时必须有人将疫苗注入控制僵尸病毒弦的血液核心与僵尸同归于尽。这样才能破坏病毒，阻止世界毁灭的灾难。蒙烽决定赴死牺牲，把生的希望留给战友。刘砚虽然心如刀绞，但仍然选择将疫苗递到他手上，并与恋人一同执行注射疫苗的任务慷慨赴死。蒙烽视死如归的精神体现了高尚的家国情怀，同时刘砚理解并陪伴爱人殉难的行为则凸显爱情的真挚。在为人类生存而战的激昂信念烘

❶ 非天夜翔. 二零一三［EB/OL］.［2020-08-08］. http：//www.jjwxc.net/onebook. php？novelid=1205245&chapterid=30.

托下，作品中同性之间战友兼爱人的感情显得弥足珍贵。

网络耽美小说创作者对家国情怀主题的书写从历史与未来的不同向度充分展示了文学想象力，同时引起读者对民族国家使命感的认同和对人性的关怀，对丰富网络耽美小说内涵具有建设性意义。总的来说，"耽美末世文"将耽美创作与家国情怀的宏大叙事完美结合后，具有以下两方面的价值。

一方面的价值是改变了读者对耽美小说局限于情爱主题的认知。由于大部分网络耽美小说是由不具同性性取向的女性作者创作，作品对男性同性恋情的幻想色彩较为浓重，而且经常过度刻画浪漫恋爱细节或虐心虐身的极端虐恋情节，容易给读者造成内容空洞的阅读感受，从而经常被诟病为脱离真实生活和日常经验的幻想作品。而且从故事构成来看，很多耽美小说不过是以同性情感的设定套用传统言情小说的常见情感冲突模式，故事内容缺乏新意。加之目前网络耽美小说的创作数量呈指数型增长，作品质量良莠不齐，读者便形成了网络耽美小说主题狭隘、格调不高的印象。究其原因，主要是大多数的网络耽美小说本身带有一种"小时代美学"❶ 的气质：人物具有美丽的外表、高贵的身份，享受着奢华的物质，在浅表而琐碎的日常里过着声色犬马的生活。但是，文学作品凸显"大时代"的宏大叙事才是进入主流文化的核心叙事策略。因此，作为大众文化组成部分的网络耽美小说也顺应时代呼声，将家国情怀的宏大叙事融入情爱主题，丰富耽美小说的主题呈现。

另一方面的价值是将家国情怀融入耽美文化推崇的男性间理想的爱情，升华爱情主题的同时，满足读者对家国宏大情怀的阅读期待。这种

---

❶ "小时代美学"是文娟在论文《后物欲时代华莱坞电影的家国想象——以〈战狼〉为考察对象》（刊载于《东南传播》2017 年第 8 期）中提出。该词是从作为当下时代特征的"小时代"一语衍变而来，指的是当今大众关于"什么是美"的一种思潮或行为倾向，即大众在"商品拜物教"宰制之下形成的一种美学观念。其内核为以浅表化、原子化、世俗化和娱乐化为生活指南和人生哲学，嘲讽、解构并抛弃崇高、深刻和宏大的思想观念及行为规范，同时以凡俗日常、消费和个体感受至上。

网络耽美小说中家国情怀与理想爱情的相互交融，存在一种互为依存的关系。个人对家国的责任和对爱人的忠贞，经由带着英雄光环却身份平凡的两位主角的情感经历得以糅合共生。此外，主人公人生价值的实现也是家国情怀宏大叙事下的特色。无论是《天下》中险些命丧嫡母之手的寒门庶子赵肃，还是《二零一三》中以开网店、卖保险度日的蒙烽，主人公出场时都处于人生的低谷，但他们如同一颗颗蒙尘的明珠，在家国乃至人类需要时，便能迸发出璀璨光芒。由于网络耽美小说普遍体量较大，作者可以做到充分刻画主人公的成长与个人价值的实现过程，更易使读者产生代入感，进而激发读者的澎湃家国之情。而且主人公夸张奇特的人生经历，更能为读者带来酣畅淋漓的阅读体验。

但是书写家国情怀的网络耽美小说大多在创作上存在一些缺陷，尤其是以改写历史为故事背景的小说。许多作者的文学功底尚浅，所以在创作中容易因用力过猛而过度消费历史，甚至有些极力鼓吹国家对外扩张，带有激进民族主义的意味。例如，在《谨言》小说的后半部分，穿越的主人公不仅改写了历史，扭转了世界的总体格局，还将现实中近代中国的沉重记忆轻盈抹去，陷入近代"中国"成为世界霸主的狂热想象。尽管作者这样的历史书写原本可能是为了表达对国家民族强盛的希冀，满足读者对改写历史的期待，但丧失了最根本的对历史应有的尊重。现实中真正怀有家国情怀、前赴后继的仁人志士的历史经历被轻易抹杀，取而代之的是称雄世界的幻想及其带来的阅读快感。由此值得警惕的是，以晚清、民国为背景改写历史的"爽文"❶频现的背后，可能是个人欲望和激进民族主义借由家国宏大叙事外壳做出的无节制张扬，此时的家国情怀便成为叙事技巧中的障眼法，是令读者肾上腺素飙升的强力针。

综上所述，家国情怀的书写可以提升网络耽美小说的创作格局，是

❶ "爽文"是网络小说中的一种叙事类型作品，特点是主人公拥有多重技能，能够顺利克服重重困难，一路通关升级，让读者在阅读中得到爽快的体验。该说法最初源于起点中文网。

一种升华文学主题的创作技法，但是以历史为背景的创作，仍需要作者摒弃过于商业化的戏说态度，对历史抱以敬畏之心。

第三节　身份重构：跨时空的"出走"与"自我疗救"

"出走"主题是"五四"新文学的重要创作母题之一。受启蒙文化影响的青年人冲破家族的藩篱愤然离家出走的身影，构成了"五四"新文学作家笔下反抗传统礼教的重要力量。当代的网络耽美小说创作中同样存在主人公"出走"的现象，而且相比"离家出走"，他们的出走是更为极端的跨越时空的"出走"。他们在"出走"的过程中抛弃或搁置原有的身份，在真实历史或架空历史的时空中重构出一个全新的身份。如果说"五四"时期青年人的离家出走是对旧的家庭伦理枷锁压制的反抗，那么网络耽美小说的跨时空"出走"与主人公身份重构，则体现了当下青年人在现有生活下的失意，想要回到历史的时空中去追寻梦想，实现"自我疗救"。

一、网络耽美小说中的跨时空"出走"

文学史传统中的"出走"主题在"五四"新文化运动时期兴起，在当时封建专制的背景下，青年人反抗"吃人"礼教而离家出走的行为，经由鲁迅、巴金等著名作家的文学加工，从社会热潮现象上升为宏大的启蒙话语，进一步成为中国现代文学的重要主题。"五四"以来的新文学中有众多的"出走者"形象，例如，鲁迅《伤逝》中的子君，巴金《激流三部曲》中的高觉慧、高淑英，胡适《终身大事》中的田亚梅，丁玲《我在霞村的时候》中的刘贞贞等。综观这些人物形象可以总结出一条规律，男性角色是为冲破家庭的牢笼或是因为家族衰败而"出走"，女性角色则是为了摆脱家长对婚姻的干预而"出走"。两者有个共同的矛头所指，即封建礼教对男性"父为子纲"、女性"三从四德"的约束。正如巴金激昂地怒吼：　"我要向一个垂死的制度叫出我的 J'accuse（我控诉）。"❶ 这种矛盾本质上源于"五四"精神所倡导的个体自由与旧的家庭伦理制度约束之间的冲突。

　　"五四"时期易卜生的《玩偶之家》被译介到中国，引起了学界的广泛关注。出走的娜拉成为女性独立意识觉醒的先驱者，被奉为女性解放的象征。于是，中国现代作家模仿娜拉形象，创作出一批"出走"的女性角色，这些作品中实现了觉醒的女性角色不仅得到当时读者的认可，也成为"五四"精神内核的一部分，推动中国女性主义话语的开展。耽美小说因创作者与阅读者群体多为女性且讲述男性间的情爱故事，而被大多数研究者认为其是一种"破旧立新的性别实验"❷，一种"女性主义实践"❸，体现了女性两性平等的精神诉求。从这一点上看，网络耽美小说与"五四"新文学传统一脉相承，因此分析中国现代文学中"出走"的女性形象，有助于理解耽美小说中角色跨时空"出走"的深层原因。

　　中国现代文学中女性角色的"出走"，几乎都与家庭对婚姻的干涉有关。鲁迅的《伤逝》中子君反叛封建家庭，无视周围人的闲言冷语与涓生自由恋爱。胡适的《终身大事》中，田亚梅的母亲搬出算命先生说两人八字不合的理由企图棒打鸳鸯，为了争取婚姻自主，田亚梅愤然离家出走。胡适的这部作品被公认明显受到了易卜生的影响，但他巧妙地将已婚女性娜拉的出走替换成未婚女性田亚梅的反叛，因此虽然同样是对既定婚姻的反抗，其指向性却发生了从夫权到父权的转变。这种转变与当时反封建的社会文化语境相关。当时的青年人渴望的是逃离封建家长给他们规划好的道路，其中包括由父母之命、媒妁之言定下的包办婚姻。

---

❶　巴金. 巴金全集：第 1 卷［M］. 北京：人民文学出版社，1986：442.

❷　肖映萱. "女性向"网络文学的性别实验——以耽美小说为例［J］. 中国现代文学研究丛刊，2016（8）：39-46.

❸　朱丽丽，赵婷婷. 想象的政治："耽美"迷群体的文本书写与性别实践［J］. 江苏社会科学，2015（6）：202-208.

而当"出走"叙事与反封建的主题紧密相连时,启蒙话语迅速将其吸收,"出走"成为青年人用实际行动向传统封建礼教抗争的方式。当女性的离家出走均与追求婚姻自由相关时,出走行为的意义就被一致解读为对封建家长制的反抗,从而丧失出走行为本身的复杂指向。实际上,无论是"五四"新文学中"出走"的角色形象,还是启蒙运动后响应号召以"出走"作为反抗手段的新青年,其核心的诉求都是对既定生活的逃离。他们离家出走的目的是去新的地方,以一个全新的身份开启一种崭新的生活,进而不受家族约束,自由地追求自己的理想。例如《青春之歌》中的林道静,她为抗婚离家出走,企图到社会上寻找新的出路,但是在残酷的现实面前,她只能以死抗争。当她受到卢嘉川的革命教育,将身份转变为一个无产阶级的革命者后,拥有了崭新的灵魂,最终经受住了革命的考验,实现了自己的人生价值。可以说,身份的改变对于林道静来说不亚于获得二次生命,从原先彷徨于痛苦婚约的小资产阶级的知识青年,变成了能经历严酷革命风雨的革命者。

"五四"新文学中的"出走"叙事传统在网络耽美小说中也有体现。网络耽美小说中的"出走"主题是通过主人公对现有身份的置换来实现的,只不过"出走"方式已不再是单纯的离家,而是跨越时空去寻找灵魂安置的场所。主人公往往因为发生了某些意外,进入历史的时空或是虚构的平行空间,在那里获得一个新的身份,而后借由这一身份带来的权力地位或是灵魂穿越时带来的先知能力开创宏图伟业。这些在现实社会中并不起眼的小人物,在完成跨时空"出走"的身份重构后,实现了人生的价值。因此,网络耽美小说中的跨时空"出走"有着多样性的表现方式。

网络耽美小说跨时空出走的第一种表现方式是回归历史的时空、彻底更换身份的"出走"。此时,作者会选择借用一些著名的历史人物来替换主人公原有的身份。例如,我想吃肉的《伴君》便选择了汉武帝时期的佞臣韩嫣来安放主角"出走"的灵魂。汉武帝与韩嫣是西汉历史上一对著名的同性恋人，虽说汉代皇帝多喜好养男宠，但君王毫不避讳地高调宠信男宠，汉武帝当属第一人。然而这份宠爱也为韩嫣招来杀身之祸。江都王向皇太后进言，使其见罪于太后。最终太后抓住韩嫣与宫女秽乱的把柄将其赐死，连汉武帝的求情也未能挽回他的性命。韩嫣跌宕起伏的一生以及汉武帝对他无以复加的宠爱本身就是网络耽美小说的绝佳素材，例如《一笑嫣然倾浮生》《往事如嫣，痛彻心扉》等作品，从标题就可以看出是以韩嫣为原型的网络耽美小说。但是与这些直接以西汉为故事发生背景、着力于还原历史上的韩嫣形象不同，《伴君》中的"韩嫣"虽然有着历史人物的身份，内在的灵魂却是由新世纪穿越而来，因此这部小说更符合现代人借用历史人物的身份去重新阐述历史的真相，甚至极力改变历史的套路。这部小说打着"为韩嫣正名"的旗号，在历史的时空中大展身手。历史上的韩嫣并非一个只会以色侍人的男宠，他小时候是汉武帝的伴读。皇帝想要讨伐匈奴，韩嫣就先学习胡人的兵器阵法向皇帝建言献策，可见韩嫣不仅是个美男子，也是个才子。《伴君》中穿越而来的"韩嫣"更是被彻底淡化了男宠的身份，成为"汉武帝"的谋士。他在朝堂上进退有度，虽不刻意争权夺势却也长袖善舞。书中的他提出百家争鸣的方案，得以避免相持不下的儒家与黄老之学的纷争，而且基于穿越而来的设定，作者甚至安排他发明了造纸术、印刷术。同时作为耽美小说，作者也不忘刻画"韩嫣"与"汉武帝"缠绵悱恻的爱情。小说中，"韩嫣"做出这些功绩令君王更加倾心，温柔体贴的他像一朵"解语花"为皇帝分忧解难。可以说，《伴君》中"韩嫣"的人物形象塑造既有感性与包容的一面，又有坚韧与事业心，从而可以满足施展个人能力和编织爱情故事的双重需求。兼顾事业与爱情的人物设定也成为网络耽美小说对穿越历史、重构身份的主人公比较主流的表现方式。因为作品中跨时空"出走"前的现代灵魂，在现实社会中的事业或者爱情总有一方不太如意，所以作者想要借助灵魂的"出走"，让他们彻底做一次"人生赢家"的幻梦。而且，《伴君》对于主人公穿越前的身份几乎只字未提的处理，更证明了灵魂的跨时空"出走"只是为了做一场白日梦。主人公原有的身份在穿越后更容易沉醉于新身份带来的崇高地位。

除彻底置换原有身份外，作者虽切换主人公的生存环境，但在重构身份的过程中依然令其带有原有身份的职业技能，是网络耽美小说跨时空"出走"的第二种表现方式。这些人物设定的共同点是，他们在现代社会的工作状况并没有给他们带来认同感，然而更换时空背景之后，他们却能发挥职业所长，产生意想不到的效果。例如，在绿野千鹤的《鲜满宫堂》中，苏誉原本只是一个普通的海鲜大酒店的主厨，擅长处理各类海鲜。当他灵魂穿越到架空的大安朝、附着在不受宠的侯门庶子身上时，杀鱼技能成为他安身立命的根本。因为是架空设置，大安朝的皇帝竟是由猫所变，苏誉因擅长烹饪海鲜大餐而被召入宫中，负责皇帝的饮食。皇帝对他由依赖产生了感情，最后还立苏誉为男皇后。为何从事着同样的工作，主人公"出走"前后的人生境遇却大不相同呢？要跨越时空去寻找实现自己工作价值的场所，正说明一种在现实生活中理想失落的苦涩心态。小说中主人公在现实世界的平淡无奇与架空世界的志得意满形成强烈对比，可以说这渗透出作者借创作表达对现实失意的心情以及渴望实现理想价值的心态。

网络耽美小说跨时空"出走"的第三种表现方式是一种最为颠覆的方式，一种连性别都改变的"出走"，即女性跨越时空成为男性的模式。关于"女变男"并与男人展开恋情的穿越小说是否能被归类到耽美小说中，在耽美爱好者群体以及研究界存在广泛争议。李玉萍在其专著《网络穿越小说概论》中提出，在"女穿男"模式的作品中，葡萄的《青莲记事》和流玥的《凤霸天下》应当被归为穿越耽美文的肇始。[1] 而胡雪姣则在硕士学位论文中反驳了这一观点。胡雪姣认为"女变男"的穿越小说虽然在特征上接近耽美小说，但是女性来到异时空后尽管生理变成

---

[1] 李玉萍. 网络穿越小说概论 [M]. 天津：南开大学出版社，2011.

男性，而心理仍然是女性，"往往难以接受和适应新的性别角色，在生活习惯和行为举止上也保持着女性特质，从而也难以接受异性恋而变成同性恋，从而引来一群有着同性恋倾向的男性的爱慕与追求。"❶ 所以，胡雪姣判定"女变男"穿越小说并不是耽美小说。笔者认为之所以出现这种争议，是因为"女变男"的穿越小说出现较早，可以说是早期穿越元素与耽美元素相互融合的产物。以《青莲纪事》为例，该小说由作者葡萄于 2005 年发布在晋江文学城网站，而这一年份也正是穿越小说逐步演变为女性言情小说的关键时间节点——被喻为清穿宫廷小说经典文本的《步步惊心》于该时期出版，继而带动了穿越小说的热潮。于是，网络耽美小说作者受此热潮影响，将穿越元素引入耽美作品，涌现出一批穿越耽美小说。时至今日，穿越耽美小说已经成为耽美小说下一个非常重要的类别。然而，早期作品的"女变男"的设置，仍然让它面临认知上的尴尬。笔者认为，该类小说应当被放置到早期耽美小说的发展历程中观照。"女变男"的设置是出于耽美小说发展的需要，因为耽美小说的阅读群体一直以女性为主，所以当时出现这种设置，无疑体现了作者试图贴近女性读者的目的，其直接的代入感能刺激读者的阅读兴趣，同时减弱禁忌之恋带来的抵触心理。

再来看看《青莲纪事》是如何安排女主角跨时空"出走"的。该小说讲述了现代女性翘楚在飞机失事后灵魂穿越到架空的大圭朝，并附着在奸臣张青莲身上的故事。张青莲本是先帝男宠，凭借皇帝的宠爱祸乱朝纲，在皇帝去世后更是挟小皇帝以令诸臣，在朝堂为所欲为。他豢养多名男宠，因看上姚锦梓的美貌将其软禁。女主人公翘楚正是在张青莲与姚锦梓同床而卧时穿越进张青莲的身体。在各方势力互相倾轧的大圭朝，拥有张青莲身份的翘楚走得步步惊心。但是"她"以现代人的智慧

---

❶ 胡雪姣. 时空·历史·性别——新世纪穿越小说的三重想象 [D]. 济南：山东师范大学，2016：51.

巧妙地化解重重困难，以宠臣的身份辅佐皇帝使大圭朝更加富强，让张青莲从人人唾弃的奸臣成为有口皆碑的国之栋梁。与此同时，姚锦梓在与张青莲的朝夕相处中发现了灵魂转变的秘密，并且爱上了男儿身女儿心的张青莲。最终，当小皇帝长大亲政之后，张青莲向皇帝辞官，放弃了一人之下万人之上的权力与地位，与爱人一同归隐江湖。"女变男"式的灵魂"出走"造就了小说主人公兼具男性的身体与女性的灵魂，拥有了两性的力量却也模糊了性别意识。这使得主人公在传统的价值观中，既可以立于朝堂之上左右乾坤，又可以用感性与温柔去俘获心上人的爱意。在这样的情感书写中，主人公跨越了生理性别，使爱情的产生不再受生理性别束缚，一定程度上与耽美小说推崇的爱情纯粹度相合。不过，此类小说中的女性人物在成为男性后才获得爱情与事业的双丰收，从侧面反射出一种现代女性在家庭与事业难以兼顾的矛盾下的焦虑。传统性别秩序要求女性把更多的精力放置在照顾家庭上，同时需要女性承担起支持社会运转的岗位服务。"女穿男"这类轻松的耽美小说或许正可以让那些在工作与家庭之间疲于奔命的女性读者做一场逃离现实的爱情幻梦。既然身体已经疲惫不堪，何妨让灵魂来一次"出走"的冒险。

二、网络耽美小说"出走"叙事的新内涵

网络耽美小说中的跨时空"出走"显示了穿越耽美小说对文学想象力的张扬，以真实历史为背景的小说也在一定程度上引起了读者对相关历史的兴趣，对促进历史反思具有建设性的意义。网络耽美小说的"出走"主题书写承接"五四"以来的新文学传统，在追寻个体生命价值的实现上谱写了新篇章。如果要分析这种新型的"出走"模式的特点，还需与文学史中的"出走"叙事进行对比，找寻新时代的"出走"书写的新的特质与内涵。

"五四"时期新文学中的"出走"叙事，与网络耽美小说的跨时空"出走"模式最大的区别在于对待身份认同的态度，前者是积极寻求文化

身份认同，后者是凭借"出走"达成现实身份迷失，并且在历史的时空中重构身份，完成"自我疗救"。"五四"新文学中"出走"现象的书写与新旧文化的交替密切相关，"出走"是青年人进行文化选择的结果。既然"出走"的表意是离家出走，那么则需要厘清"家"的意象在"五四"时期的含义。新文化运动开展之后，反对封建文化压迫的启蒙思想开始在青年人群体中流行。以封建文化为基础的传统伦理关系成为中国封建文化的典型代表。在封建家族结构中，家庭成员要抹杀自己的个性和欲望，扮演封建伦理定位中的角色。所以，当启蒙运动呼唤青年人发现"人的意义"、张扬新时代的青年人的个性时，以封建父权为首的家族权威便成为捆绑青年的一道枷锁。因此，在新文学的"出走"叙事中，"家"的形象被彻底剥去了温情脉脉的一面，放大了腐朽专制的一面。这种抑此扬彼的方式使得"出走"行为被高尚化。此时的家庭伦理是一种旧式的道德文化，而新文化运动中的"新"就是要与旧的封建文化区分开来，建构新思想新理念新主张，所以"出走"的行为可以理解为对旧文化的批判，以实际行动支持新文化运动的开展。因此，新文学创作者笔下的"出走"的人物形象都具有明确的文化归属，他们认同自我新青年的身份，为了追求生命的自由与个体价值的理想而冲破旧文化的牢笼，毅然决然地站到新文化归属的领地内。恰如林道静在除夕夜参加革命青年的聚会时，听到卢嘉川大谈革命形势时的内心独白，"这些话，不知怎的，好像甘雨落在干枯的禾苗上，她空虚的、窒息的心田立刻把它们吸收了。她心里开始激荡起一股从未有过的热情。她渴望和这些人融合在一起，她想参加到人群里面谈一谈。"❶ 林道静渴望融入青年人群体的心理正是其身份认同的主观体现。

在网络耽美小说中，"出走者"无法找到明确的身份认同，反而或有意或被迫舍弃了"出走"前的身份，跨越时空去完成身份的重构。在网

---

❶ 杨沫. 青春之歌［M］. 北京：人民文学出版社，1961：113.

络耽美小说的"出走"书写中,"出走"的行为已不再是单纯的逃离家庭的桎梏,而是逃离现有的身份与失意的生存状态。例如,在吴沉水的《公子晋阳》中,林凛因心爱的女人嫁给他人,在婚礼当天心脏病发作而穿越到架空的大启天朝皇帝的侄子晋阳公子身上。他在穿越之初发现原来的晋阳公子是个以虐待少女为乐的衣冠禽兽时,也曾站在现代人的立场批判这种野蛮残暴的行为,强调自身的现代性而排斥新的身份。但随后他又很快适应了贵族身份与绝世风姿带来的荣华富贵和优越感,并在全新的时空中找寻真爱,彻底搁置了现代时空中的身份。纵观诸多穿越耽美小说,主人公"出走"前后的身份通常存在强烈反差,"出走"前的主人公基本都是不被人注意的小人物,其生活或是陷于困顿,或是奔波于柴米油盐。对此最直接的体现是,小说设定了即使他们突然"出走",也不会对原有的生活圈造成震荡。例如,《青莲纪事》中记录了主人公翘楚的一段心境:

> 那个时空已经少掉我一天了,运作当然会很好;好在我的父母已经过世;老板当然会惋惜少了我这个人才,可是很快会找到人顶我的位子;那些爱过我,喜欢过我,欣赏过我,怨恨过我,曾经被我在他们生命里留下过痕迹的人们,大概会黯然若失一下;认识我的人,会说这么出色的女人,年纪轻轻就这么能干,居然就这样飞机失事死了,人生无常啊……
>
> 到最后,也不过如此而已……❶

可见翘楚在原来的时空里消失也会很快被人遗忘,这证明了她原本的身份是无足轻重的。所以,来到新的时空更换身份成为权倾天下的宠

---

❶ 葡萄. 青莲纪事[EB/OL]. [2020-08-08]. https://www.kanshutan.com/files/article/html/3/3631/338924.html.

臣张青莲后，她便迅速接受了新身份，并开始享用权力带来的满足感。作者在小说的开头直白地表明了身份重构的重要性：

> 无论如何，有一点很重要，那就是你的空降地点和你扮演的角色。如果你一过去就是皇帝，那么即使你在现实社会里是个卖盗版光碟的，要完成征服世界或美女的任务难度都不大，至少第二项不难。❶

这段话折射了创作者对身份认同的迷失心态，以及青年人无法找到自我价值认同的失意心态。在跨时空的"出走"后，在另一个时空里，重构了身份后的"我"能获得社会地位、个人情感等多层次的满足：在现实中籍籍无名的小人物能一朝拥有皇亲国戚的高贵身份；在现实中陷落的梦想与爱情，能在全新的时空里演绎得更加唯美浪漫。这些因素都促使创作者操纵笔下的人物完成跨时空的"出走"，抛去原有的身份，投入新的身份带来的情感体悟。所以可以说，小说中的人物是在代替现实生活中的作者与读者去实现想做而难以做到的事情。实现建功立业的梦想与收获美满爱情的双丰收，正是对一些现代人的心理疏解：在疲于奔命的现实中无法实现的梦想，可以通过阅读得到补偿。"出走"到或真实或虚构的历史时空里，仅凭借司空见惯的现代常识就可以获得世人的仰慕，并能开创一番伟业——这无疑对于将自身带入主人公的创作者及读者而言，是一种极具诱惑力的"自我疗救"方式。

---

❶ 葡萄. 青莲纪事 [EB/OL]. [2020-08-08]. https：//www.kanshutan.com/files/article/html/3/3631/338916.html.

第四章　现实镜像：网络耽美小说的现实叙事

网络耽美小说的虚构性已被诸多研究者提及，耽美虽然描绘的是男同性恋，但是一种经过理想化和美化的男同性恋。❶ 耽美"异托邦"的建构为耽美爱好者提供了逃离现实的空间，让同性情爱之花在想象力的温室中被精心培育。耽美小说与"同志"文学有一定的区别，"同志"文学面向的读者群体主要是同性恋群体，内容更加偏重现实、朴素的氛围，而耽美小说则承载了更多的浪漫唯美的想象。当然，耽美作品并非全然"在一片轻盈和美好中滑行"❷，在同性情爱书写的背景下，禁忌之恋带来的困苦、心理的孤独以及人物的成长是网络耽美小说在现实层面的表达。这些真实的烦恼与困惑也能引发读者内心的共鸣，毕竟现实生活中也存在因爱而生的苦恼。

第一节　孤独絮语：为边缘处境下的孤独者造像

网络耽美小说建构的是男性间的情爱叙事，是一场创作者与读者耽于爱情之纯粹的幻想之旅，不过有些也涉及对当下男同性恋者生存状况的描写。在一些将故事发生背景放置在现实社会的网络耽美小说中，作

---

❶　王铮. 同人的世界：对一种网络小众文化的研究 [M]. 北京：新华出版社，2008.
❷　刘芊玥. 幻想和改写：一种类同性恋文本的实验性书写 [J]. 理论界，2014 (3)：159-161.

者对男同性恋者的心理状态的刻画较为贴近现实，对男同性恋者内心孤独感的表现，构成了这部分作品的孤独主题。

一、边缘处境下的孤独者

随着社会大众对同性恋群体了解的深入，同性恋已不再被当成心理疾病，但是同性恋群体依然被视为边缘人群。根据一项心理学研究表明，同性恋者相较于不具有同性性取向的人而言，更容易遇到心理问题：男同性恋者在躯体化症状、强迫症状、人际关系敏感、社会适应障碍、敌对、焦虑、恐怖、偏执等方面的得分均高于那些不具有同性性取向的男性。❶ 由于人际关系的敏感使得同性恋群体在融入社会的过程中容易产生适应障碍，再加上他们之中有人缺乏与大众社会建立关系的信心和社交技能，所以更容易感到孤独。❷ 网络耽美小说中，对男同性恋群体的内心孤独感的描写主要分为三个层面：一是在确认自己同性性取向之时，由性取向认同困境所带来的没有归属感的孤独；二是在知悉自身是同性恋者的前提下，不敢暴露自己的感情，压抑情感的孤独；三是同性情侣无法获得家人的理解与社会的支持，被主流社会以"有色眼光"看待的无处安身的孤独。

一些网络耽美小说中有一个耐人寻味的现象，即"攻"或者"受"在小说中刚出场时经常被设定为"直男"❸。作者这样设定的目的或许是为了证明爱情可以超越一切，但这也给小说中的人物带来了自己是否要与同性发展感情的内心挣扎。挣扎过程中造成的性取向认同的困境是主

---

❶　高淑艳，贾晓明. 近 15 年来国内同性恋的研究概况 [J]. 中国健康心理学杂志，2008（4）：461-463.

❷　胡静初，胡纪泽，萧嘉慰. 男同性恋者的孤独感、自尊和依恋 [J]. 中国心理卫生杂志，2013（12）：930-936.

❸　"直男"的意思是指只对女性产生爱情和性欲的男性，也就是不具有同性性取向的男性。因为在英国常用 bent（弯曲的）作为同性恋的代称，而用 straight（笔直的）为相对含义，直男的说法由此而来。

人公孤独感的来源之一。由于原本的"直男"设定，耽美小说中的主人公在遇到自己爱恋的同性之前，理所当然地把自己归入不具有同性性取向的群体中。随着故事的发展，两位男性主角的情感互动不断增强，"攻"或"受"发现自己不自觉地对同性产生依恋心理，因而产生情感困惑。另外，绝大部分的耽美作品中都有一句含义相似的流行语——我并不是喜欢男人，只是喜欢上的人刚好是男人而已。所以，有些主人公即使确认了对同性的情感，也不把自己归入同性恋者。加之基于现实的小说世界依旧对同性恋者持有偏见，更使得主人公不愿将自己归到同性恋群体之中，不能完成性取向认同，继而产生无所适从的孤独感。暗夜流光的《十年》是网络耽美小说中备受推崇的经典作品，作者以主人公高郁的第一人称的口吻，十分细腻地展现了一段同性情感的发展过程，以及主人公内心的惶惑与恐惧。小说中，高郁与李唯森是高中同班同学，青春期的情感萌动使得两人还曾为了争夺一个女孩的青睐大打出手。后来因为父母的离异，高郁对女性产生了畏惧感以及不信任感，其与女性的初恋也草草收场。促成他孤独命运的转折点是一个旷课的夜晚，李唯森被自己暗恋两年的女孩拒绝后，邀请他一同喝酒买醉，决意和过去告别。这让当时同样告别了最重要的人的高郁觉得他们是同一类人，从此渐渐对李唯森产生了超越友情的情感上的依恋。当高郁发现自己对同性心动时，内心非常震惊，他不敢接受自己对同性产生情感的事实。书中有一段关于高郁逃避同性性取向认同的原因描写：

　　可是，每当看到书里或电视剧上模糊地提到我这种人时无一例外的极端丑化，我身体的深处都会有被尖针戳刺的感觉。像女人的男人、恶心的代名词、最肮脏下流的事……就是人们对我这种人的评价，到底为什么呢？其实我知道他们的理由，却仍然忍不住在心底大叫："为什么？为什么！"

　　当然，不会有人回答我，我也没有勇气在任何人面前真的这么问，我还不想被世界抛弃，让一切保持那个假象吧，可以两肋插刀、上山下海……因为我们是好友，我们是兄弟，好像没有什么大的差别，唯有某句话语、某种眼神必须隐藏于阴暗地域，直至生命终结。❶

对同性萌发的恋爱情感促使高郁去搜寻与同性恋者相关的社会信息，然而社会上对同性恋群体的偏见对其造成打击，他不想成为"被刻意丑化"的同性恋群体的一员。因为不想被主流世界"抛弃"，所以选择逃避同性性取向。高郁选择要与李唯森保持兄弟情分的假象，是一种对内心情感的伪装和隐藏，这样的做法无疑将自己置身无尽的孤独，也令自己炽热的爱意永远得不到回应。高郁在性取向认同的过程中，对自己的变化作出消极判断，导致心理学上被称为"自我不和谐"的状态。"自我不和谐可伴发心理问题，如焦虑、抑郁及内心痛苦。"❷ 这种让高郁感到十分痛苦又无法疏解的状态，使其产生了没有归属的孤独感。

另一些网络耽美小说中，即使主人公完成了对同性性取向的认同，依然无法大胆地表达自己的爱意，还要忍受压抑情感的孤独。耽美小说的创作者往往比较喜欢创作出真爱能够超越一切的情节，因此在耽美小说中存在大量的一方是同性恋者，而另一方是"直男"的设定。当一个同性恋者确定自己爱上了一名不具有同性性取向的人时，必要经历一段痛苦挣扎的情感压抑期。直到那位爱慕对象回应其爱意，愿意接受同性情感时，耽美小说中唯美的爱情故事才能继续开展下去。二一三二的《七食堂二号窗》中，作为"受"的韩子陆在出场时就已明确了自己是同性恋者。他本是大学食堂的厨师，因为一碗牛肉面与大学生江唯产生

---

❶ 暗夜流光. 十年 ［EB/OL］. ［2018-03-12］. http：//www.jjwxc.net/onebook.php? novelid=379903&chapterid=1.

❷ 白璐，徐震雷，汤海明. 社会性别规范与男同性恋者性身份认同 ［J］. 中国性科学，2013（3）：78-83.

误会又最终和解。在两人的相处过程中，韩子陆因为江唯认真的性格而对其产生好感。可惜这是一份让韩子陆看不到任何希望的感情，他认为即使"直男"愿意接受同性感情，这段感情也无法长久维持。其实他十分渴望爱情，但是他心中感情和理智的天平两端摇摆，进行着一场消磨耐心的角逐。在两人共赴云南旅游的途中，韩子陆因一个冲动的吻暴露了自己的爱意。为了避免对江唯造成困扰，他选择提前返回北京，主动与江唯断了联系，以强迫自己结束念想。在这部小说中，"受"韩子陆一方面渴望爱情，另一方面又对自己与江唯的爱情不抱信心，因此宁愿选择退回到自己孤独的世界里。李银河曾通过调查得出"男同性恋者常因找对象困难产生强烈的孤独感"❶的结论，韩子陆的内心焦虑正契合了这一观点。作为性少数群体的男同性恋者，由于其被边缘化的地位，更希望寻找情感上的依托和安慰。然而他们同时对维持同性之间亲密关系的持久性充满怀疑，更容易产生孤独感。

这些网络耽美小说着力表现的男同性恋群体是社会中的边缘群体，由于社会的偏见与家人的不理解令一部分人只得隐瞒性取向，总是戴着假面具孤独地生活。例如，在非天夜翔的《北城天街》中，林泽是一位网站的娱乐记者，在该网站的娱乐频道打拼两年，每天风雨无阻地跑采访，令娱乐频道的点击量稳步上涨成为整个网站的"流量担当"。就在林泽憧憬着要上任频道主编时，新上任的总监却将其调任到完全没有升职前途的"图库"频道。后来经过多方打听得知，总监是因有人告密而知晓林泽的性取向，出于对同性恋者的厌恶进行了打压。最终林泽只能选择辞职，否则在歧视同性恋者的职场永无出头之日。

来自家庭的压力也是此类网络耽美小说中男同性恋者孤独感形成的主要原因之一。在《七食堂二号窗》中，韩子陆的养父得知他的性取向

---

❶ 胡静初，胡纪泽，萧嘉慰.男同性恋者的孤独感、自尊和依恋 [J].中国心理卫生杂志，2013（12）：934.

后，觉得自己愧对其生父，选择喝农药自杀。虽然被救回，但令得知原因的韩子陆十分内疚。一边是家人的不理解，一边是爱人的一片真心，在爱的夹缝中无处求生的韩子陆想要跳楼离开这个让他压抑到绝望的世界。网络耽美小说中的主人公因为自己同性性取向而难以在家人面前展现真实的自己，所以会倾向于向同性恋人寻求情感上的支持和安慰。而当家人发现其同性性取向时，主人公将面临爱情与亲情难两全的局面，从而产生深切的焦虑感和孤独感。因此，受保守价值观的影响，一些偏向于表现现实的网络耽美小说中的男同性恋者，更倾向于向家人隐瞒自己的真实性取向，害怕家人一旦得知会做出类似喝农药自杀这些激进的反应。而心理学研究表明"过多的自我隐瞒又容易体会到更高的孤独感"❶，所以一些网络耽美小说中的主人公便展现出程度极深的孤独。

二、创作者的孤独絮语

其实，这类网络耽美小说的创作者通过自己手中的笔为边缘处境下的"孤独者"造像，感受到这份孤独感的既是其笔下的人物，也是创作者自己。作者书写孤独的目的之一也是想借此抒发青年不被理解的孤独。从这一角度来看，这类网络耽美小说也可理解为传达了创作者的孤独絮语。

根据现有研究，耽美爱好者群体的组成以年轻女性为主。有研究者总结了其年龄跨度的特点，"同人女的年龄层跨度很大，但基本集中在15—25 岁，占了总数的60%以上。热衷丁纯文学类的同人女和热衷于明星同人的粉丝群年龄分布基本相似，随年龄增长人数开始增多，20 岁左右是其最高峰，之后持续下降。40%的成员在 15 岁以前就开始接触'耽

---

❶ 余苗梓，李董平，王才康，等. 大学生孤独感与自我隐瞒、自我表露、应对方式和社会支持的关系 [J]. 中国心理卫生杂志，2007（11）：747-750.

美',但 10 岁以前或者 22 岁以后再进入这个圈子的几率很小。"❶ 从统计数据可以看出,有相当一部分耽美爱好者在最初接触耽美文化时,还处于叛逆的青春期。孤独感有时是青春闭锁性心理的源生物。❷ 处于青春期的人群一般会有"青春期闭锁心理",在这一时期他们很难轻易向外界敞开心扉,像是给稚嫩的心穿上厚重的铠甲,开始向往独立,并且变得在意他人的评价。内心藏起小秘密的他们甚至对自己的家人也会有所保留,心灵变得敏感孤僻,有强烈的孤独感。这种闭锁心理产生的原因是他们青春期活跃的想法得不到家人或师长的理解与认同,因而产生焦虑的思想、烦躁的情绪,进一步导致行为上的封闭。青春期人群本身具有非常强大的想象力和冲动的叛逆心理,当他们丰富的内心世界不被认同时,内心会出现一种自负的孤独感。他们不屑与周围人交流,但又渴望与"知己"建立情感的交流来排解心中的孤独感,而网络世界恰恰为他们提供了一个理想渠道。

网络世界的自由与宽广赋予了青春期人群充分展现自己活跃思想的舞台。网络世界给他们创造了可以无忧无虑做白日梦的游戏空间。弗洛伊德认为,"长大了的孩子在他停止游戏时,他只是抛弃了与真实事物的联系;他现在用幻想来代替游戏。他在空中建筑城堡,创造出叫作白日梦的东西来。我相信大多数人在他们的一生中是不时地创造着幻想的"。❸ 在游戏般的幻想中,青春期人群放松了紧绷的精神,张扬了青春的个性。更重要的是,在网络世界中,他们能找到久违的认同感,因为喜欢同一种文化而聚集在一起的"同好"彼此之间的交流十分密切。有时,他们之间在线上交流的活跃度与亲密度甚至超过现实生活中朋友间的交往。他们共同维护着网络社群,也将它当作排遣生活中的压力与孤

---

❶ 阮瑶娜."同人女"群体的伦理困境研究 [D]. 杭州:浙江大学,2008:15.

❷ 葛仁霞,等. 青春期情感与社会交往教育 [M]. 北京:军事医学科学出版社,2002.

❸ [奥] 弗洛伊德. 弗洛伊德论美文选 [M]. 张唤民,陈伟奇,译. 上海:知识出版社,1987:30.

寂情绪的情感出口。

网络耽美社群是耽美爱好者进行耽美小说发布、交流和互动的场域。他们在这个独特的场域构建自己的话语体系，遵守社群共同的约束规则。但是网络耽美社群与其他的网络小说社群，例如新武侠小说、传统言情小说等相比，具有封闭的特点，尤其是早期的耽美网站，更是像一个专门为耽美爱好者打造的伊甸园般的精神孤岛。以露西弗俱乐部为例，该网站采取会员制度，想要注册成为会员必须回答多个与耽美文化相关的专业问题，例如某些著名耽美小说的作者是谁等。这些问题的设置将耽美爱好者从广大网民中筛选出来，标记上耽美爱好者的身份后，才被允许进入这一网络社群，而抱着窥视目的的参观者则被隔绝在外。该网站的这一做法保证了用户群的纯粹度，实际上也维护了该网络社区的稳定性，让社区成员能获得归属感与认同感，从而消解其因另类爱好所带来的孤独感。

耽美文化这种青年亚文化，与同性恋群体分别处于文化与社会群体的边缘。从某种意义上来说，耽美爱好者与同性恋群体都存在难以被现实社会理解的孤独感，所以在孤独感的体验上两者是相通的。这也能够解释为什么网络耽美小说的创作者能够感受到类似现实中男同性恋者的孤独，并将其述诸笔端。关于耽美爱好者和真实的同性恋者之间的关系是中外学界关注的焦点。一方面有些耽美小说是参考了真实世界的男同性恋的相处模式而写成的恋爱故事，男同性恋者是这些耽美小说表象构造的引述来源。因此，耽美爱好者普遍对男同性恋群体充满探索与窥私的欲望。另一方面，男同性恋群体在窥私的眼光下感到不甚舒适，而且腐女的过度想象让他们被大众误解。日本学界曾经发生过男同性恋者与耽美作品创作的论战（在日本被称为"YAOI论战"）。佐藤雅树在杂志《CHOISIR》上发表了题为《YAOI全部去死》的文章，指出"YAOI（耽美——笔者注）作品把男同性恋的性爱商品化，为同性恋者贴上刻板印象标签，逼其顺从于异性恋社会体系下的规范，这本身就是明显的歧视男同性恋者表现"❶，同样的论调也存在于中国的同性恋群体中。一些耽美作品之所以会引起男同性恋者的反感，其原因是一些耽美小说中描绘的男同性恋者生存状态确实与现实社会相差甚远，而且萌发出专门的同性情侣粉丝团在网络上为特定的同性情侣的恋情造势。这些背离现实的表现都让男同性恋者觉得自己成为被消费的对象，有些过度夸张的性描写更是让男同性恋群体被贴上"私生活混乱"的标签。的确有不少耽美小说存在夸张的、超脱现实的描写，这些作品的存在更令现实中的同性恋者感到孤独，继而让涉及现实的耽美小说显得更加难能可贵。

体现孤独主题的网络耽美小说反映了现实中男同性恋群体的社会边缘化问题。也有男同性恋者提出，"同人女们对 Gay 群体的认可和支持。这当然也是进步的一个标志。有那么多女性朋友能认可爱无性别之分，这让我们感动，让我们感觉到温暖。"❷ 虽然"同志"文学对同性恋者生存状态的反映更加真实，例如《孽子》中白先勇表现出了对游走于社会边缘的同性恋群体的关怀，但是网络耽美小说由于其创作总量的庞大以及传播面的广泛，能够吸引更多的人关注这个社会边缘群体的孤独，也有助于令一些人早日摘下对同性恋者的有色眼镜，能更加宽容地对待他们。从这一点上来说，网络耽美小说的孤独书写存在现实意义。

在主流社会中，同性恋者与耽美爱好者都属于"另类"的群体，而正是由于缺乏被理解和被认可的安全感，才使得这两个群体都处于孤独而抱团取暖的状态。他们对群体的归属感都十分强烈，在同类人的群体中才更能找到舒适的状态。一些网络耽美小说对同性恋者孤独心理的关注，也反映出创作者内心深处的情感及一种在孤独感上的共鸣。青春期人群常常面临一种无处述说的孤独感，但网络世界能化解令他们焦虑的

---

❶ ［日］佐藤雅樹. クィア・スダィース'96［M］. 東京：七つ森書館，1996：161.

❷ 张炜婷. 耽之于美——耽美文化与同人女群体的人类学研究［D］. 北京：中央民族大学，2013：28.

孤独。网络耽美社区成为他们寻求精神寄托的场所，与"同好"的沟通交流成为排解孤独的好方法。这种敏感心灵的孤独痛楚并非中国的青春期人群所独有，日本学者千野拓政曾指出日本同样存在这样的现象，"由于日本经济的持续低迷，当下的青少年对自己的前景没有希望，不得不感到无聊、孤独或闭塞感。轻小说❶突出 character，给他们提供更亲切的世界。而且，他们在网上找出有同样爱好的粉丝们，通过共同体里面的聊天分享喜怒哀乐，从中能获得找到自己的位置的感觉，这样的圈子可能让他们感到现实感和充实感，以及跟人或社会接轨的感觉。"❷ 耽美文化之所以能够从日本流传到中国以及世界各地，最终成为一种全球性的青年亚文化，与其"疗救孤独"的功能密不可分。理解网络耽美小说中的孤独主题也是解答其流行原因的关键因素。

第二节　成长映照：迷离青春的镜像与叛逆的激情

本节主要论述耽美现实叙事中的"成长"主题书写。"所谓小说的'成长'主题，也就是通过叙事来建立主人公在经历'时间'之后终于形成了自足的人格精神结构，即'主体'（生成）过程的话语设置。"❸ 由于网络耽美小说从创作者到消费群体都是以青春期人群为主，因此关注成长是小说中较为常见的主题。创作者对迷离青春的成长书写映照出自身成长经历，其中洋溢的叛逆激情引发读者的情感共鸣。

---

❶　"轻小说"是指可轻松阅读的小说，是一种娱乐性文学商品。其涵盖的范围较广。在日本，耽美小说也是轻小说的一种。

❷　［日］千野拓政. 东亚诸城市的亚文化与青少年的心理——动漫、轻小说、cosplay 以及村上春树［J］. 东吴学术，2014（4）：42-60.

❸　樊国宾. 主体的生成：50 年成长小说研究［M］. 北京：中国戏剧出版社，2003：2.

一、纯爱故事中主人公的成长轨迹

本节攫取的研究对象主要是网络耽美小说中以现实社会为背景的、聚焦成长历程的小说。这类小说传达作者在现实社会中的成长体验，贴近读者生活与成长经历，其中的真实感引起读者的强烈共鸣。这类网络耽美小说的创作者用自己独特的成长叙事方式，编织出主人公在耽美的纯爱氛围里成长的故事。作品不仅体现出耽美爱好者在成长中的欲望诉求，也反映出消费文化语境下青春期人群的成长轨迹。美国心理学家亚伯拉罕·哈罗德·马斯洛指出，人的生存动机有生理需要、安全需要、归属和爱的需要、自尊需要、自我实现需要等。❶ 这些需要被概括为"马斯洛需求层次理论"，指出个体成长的内在契机是各种需求，而成长的终极意义是提升生命的价值。年轻的网络耽美小说创作者通过作品中的成长叙事，传达出当下年轻人对归宿感与爱的需求，以及自尊和实现自我价值的需求。

网络耽美小说中的成长叙事根据作品的基调可以分为两个类型：一类是浓烈的爱情与明媚的忧愁交织的温情成长；另一类是对抗与叛逆共存的青春的阵痛。"爱"与"忧愁"是网络耽美小说成长主题必不可少的内容。之所以被称为"明媚的忧愁"是因为小说所涉及的成长过程中的烦恼，颇有些"为赋新词强说愁"的意味。那些"忧愁"是伴随着陷入胶着状态的爱情而产生的。温情成长题材作品中的爱情可以说是主人公成长的主线和动力，而主人公生活的其他侧面也都融入其中。E. M. 福斯特在《小说面面观》中曾提出扁平人物与圆形人物理论：扁平人物也就是17世纪所谓的"气质类型"，有时也称为类型人物，有时也叫漫画人物。其最纯粹的形式是基于某种单一的观念或品质塑造而成的；当其

❶ ［美］亚伯拉罕·哈罗德·马斯洛. 动机与人格［M］. 马良诚，等译. 西安：陕西师范大学出版社，2010.

中包含的要素超过一种时，我们得到的就是一条趋向圆形的弧线了。❶ 简而言之，扁平人物是仅能用一种性格特征来概括的，而圆形人物在性格展现上更加多维立体，具有复杂性。依据这一理论，笔者将网络耽美小说的成长主题呈现分为扁平化叙事与立体化叙事两种形态。前者只着眼于表现青春成长过程中的恋爱体验，主要人物性格单一，缺乏对成长本身意义的深度探索，甚至极力铺陈媚俗的刺激性描写，这反映出作品受到较为明显的消费文化的影响。耽美小说中男性间的情感故事本就带有禁忌、神秘的特质，但是随着社会风气的不断开放，现实中名人、明星真实的同性恋情不断被纳入公众视野，同性恋情本身带来的禁忌感正在被逐步降低。蓝淋的《兄友弟攻》正是如此，小说中双重的突破禁忌的快感让读者无暇顾及故事本身是否值得质疑：兄弟俩的成长过程被故意刻画成弟弟对哥哥不断萌发爱情的过程，血缘亲情的纽带被歪曲成兄弟俩亲密无间的情感基础。蓝淋用了大量的篇幅刻画了其间的性行为，并称之为"成人礼"。这已经完全颠覆了成长的内涵。这种将个体的成长与情欲的满足画上等号的表现方式，体现出作者在创作上的乏力及一味迎合消费文化的媚俗。

另一类网络耽美小说中立体化的成长叙事虽然同样以主人公的恋情发展为主要线索，但写作态度更为真诚，其立意也非博人眼球。这类作品除爱情经历外，同时涉及主人公成长历程中的生理与心理的变化，力图多角度展现主人公完成性取向认同的复杂过程。青春期人群的外在表现是身体的发育和成熟。伴随着年龄的增长，这些外在表现也意味着"性""身体"等敏感的话题逐渐开始在青春期人群内浮现，为他们的心理带来巨大波动。对于青春期人群中的同性恋者而言，同性之间可否有超越友谊的情感、面对同性的身体可否会感受到性的吸引等情况，可能成为他们最初遇到的有关性意识的问题。在非天夜翔的《王子病的春天》

---

❶ ［英］E.M.福斯特.小说面面观［M］.冯涛，译.北京：人民文学出版社，2009.

中，赵遥远在高三的时候发现了同桌齐辉宇是同性恋者的秘密，并撞见他浏览同性色情网站。但是网站上的图片对赵遥远也造成了强烈性刺激，并且引起了生理反应：

> 遥远想到齐辉宇的那个论坛和交友，就半天平静不下来，心中波澜起伏，刚才看到电脑上的图片里，一个男的抱着另一个男的……遥远的心里简直翻了天。
>
> 更难以置信的是他竟然隐约有点兴奋。
>
> ……
>
> 遥远的心跳得十分剧烈，自己也是"同志"吗？不会吧……遥远想起当初和牛奶妹谈恋爱的时候，那种感觉似乎一去不复还了。他曾经只觉得牛奶妹很可爱，想牵牵她的手，但没有过多的冲动……这么说来……遥远自己都不敢再想下去了。❶

这是赵遥远第一次意识到自己对同性间的性行为会产生性兴奋，但当他注意到自己生理的变化时，随即感到惊奇和恐惧。他迫使自己回忆那段无疾而终的初恋，似乎只是为了逃避对同性性取向的认同。他的恐惧感源于自我意识的萌发与被他人注视的焦虑。心理学者指出这种现象在青春期人群中具有普遍性，因为"青少年正处于自我中心发展的关键期，他们在人际交往中更加关注亲密他人对自己的看法"。❷ 在小说中，赵遥远发觉自己的同性性取向后，内心非常慌张。例如，当他与长相帅气的师兄交谈时，"他竟然有点紧张，完全没听进去师兄在说什么。他对自己的念头十分难以理解，自己怎么会紧张？居然对长得好看的同性紧

---

❶ 非天夜翔. 王子病的春天 [EB/OL]. [2020-08-08]. http://www.jjwxc.net/onebook.php? novelid=1445601&chapterid=24.

❷ 杨鹏飞，宋玉红，连帅磊，等. 假想观众对青少年疏离感的影响：社交焦虑的中介作用 [J]. 中国临床心理学杂志，2018（1）：74-77.

张？完了。"❶ 他十分害怕被师兄发现自己的异常，与师兄匆忙告别。在他看来，师兄就属于"假想的观众"，随时可能发现他性取向的秘密。赵遥远已经意识到在与同性接触时，自己的心理开始发生变化的事实。

在青春期的成长发育过程中，青春期人群的身体会经历逐渐成熟的过程，然而心理的成熟程度却跟不上身体成熟的速度。因此，在传统文学的青春叙事中，关注青春期人群的心理变化是一个非常常见的主题。一部分网络耽美小说同样关注了主人公成长过程中的心理变化，换言之就是表现人物在故事中不断成熟的过程。在夜弦辰歌的《静水深音》中，主人公景泽是一个家境富裕的公子哥，他虽然出场时就已确定了同性性取向，但是找"男朋友"的态度一直是以贪恋美色为前提的亵玩心态。他性情火爆，在遭到追求对象拒绝时，会一把将赠予其的玫瑰花踩在脚下。来自穷苦家庭的哑人大学生曲静深想去捡起那捧玫瑰花时，却被景泽踩住手，两人也因此相识。曲静深因为一次意外失去了父母，自己也成了哑人，但是他性情温和，对世界饱含着爱。景泽一开始只是抱着与哑人相处十分有趣的想法而在曲静深身后做起了"跟屁虫"，却在两人深入交往的过程中被其善良和爱心感化，脾气都变得温和许多。故事中，景泽不仅体会到爱情的伟大，甚至愿意为了与曲静深长相厮守去争取家人的同意；曲静深也在景泽的帮助下重新学会了说话。虽然景泽的恋爱经历丰富，但真正教他学会如何爱人，并让他走向成熟的只有曲静深。可以说，《静水深音》中温情成长的叙事所要突出的重点是爱的力量使人成熟。在学习"爱"这门博大精深的课程时，主人公的人生观与价值观也逐渐成熟。在这类网络耽美小说中，无论是生理上的改变还是心理上的成熟都反映出主人公的成长，而糅合了浪漫和忧伤的爱情则成为成长的必修课。

---

❶　非天夜翔. 王子病的春天 ［EB/OL］. ［2020-08-08］. http：//www. jjwxc. net/onebook. php？ novelid = 1445601&chapterid = 28.

二、叛逆的激情与成长的青春阵痛

网络耽美小说中除了温情成长的叙事以外，述说主人公叛逆的激情以及成长带来的青春阵痛则是另一类值得分析的叙事。关于书写残酷青春，已有不少研究者将其作为标签贴在了 "80 后" 青春文学上面。与充斥着辍学、失恋、强奸、堕胎甚至死亡的残酷青春小说相比，网络耽美小说成长叙事中的青春阵痛并没有拘泥于塑造带来情感痛楚的极端事件，多数小说将造成痛苦的根源安置在原生家庭上，而主人公的对抗与叛逆无疑是针对家庭以及出身背景等元素带来的宿命感。

"原生家庭" 即父母的家庭，儿子或女儿并没有组成新的家庭，这样的家庭泛指原生家庭。❶ 学者郑青攻指出，"经由异性恋婚姻组成的家庭，透过文化与家庭教育的认知的传递，便将家庭成员的性取向假定为异性恋，而当某成员出现同性恋这一异质取向时，通常不易为其他成员所接受进而引发激烈家庭冲突。"❷ 因此，一些原生家庭对子女同性性取向及行为的过激干预，构成了同性性取向人群在青春成长过程中的伤痛。御小凡的《竹马纪事》讲述了叶成和顾少帆从小学到大学毕业的成长历程。叶成的父亲溺爱再婚后出生的小儿子而忽视了对大儿子叶成的关爱，使得叶成感受不到家庭的温暖，所以格外珍惜与顾少帆从小到大的情分。小说中两人的感情是慢慢发展的：从小学时的兄弟情，到初中时的懵懂，再到高中时的表明心迹。然而叶成的父亲得知此事后，暴怒地咒骂同性恋者是 "变态"，限制叶成的自由，随时监督他与任何男性的来往。这让叶成的自尊受到了伤害，"就好像自己是个随时会犯病的病人，能和随便一个男生发生什么一样。"❸ 于是，他对父亲萌生恨意，在考上大学后彻

❶❷ 覃楚涵. 同志 "出柜" 议题的媒体呈现及其对同志原生家庭的认知影响 [D]. 深圳：深圳大学，2017：14.

❸ 御小凡. 竹马纪事 [EB/OL]. [2020 – 08 – 08]. https：//wap. jjwxc. net/book2/ 1761828/67.

底脱离了家庭。考察叶成这个人物形象后发现，他的情感伤痛基本上是由原生家庭带来的。原生家庭的成员关系复杂，父亲的离婚再娶、继母的无视造成了其父爱与母爱的双重缺失。在这种情况下，叶成将情感依恋转移到对自己处处呵护的顾少帆身上，可是父亲斥责其爱情关系为"畸恋"，令忍无可忍的叶成做出脱离家庭的彻底反叛之举。这部小说从一定程度上也折射出家庭关系对青春期人群成长的重要影响，一些类似叶成这样的孤独青年，缺失来自原生家庭的关爱，因此急切地想要寻找情感的依托。这也印证了一些年轻的耽美爱好者的生活方式：在网络世界与"同好"深入交流是一种排遣孤独的好方法。

　　此外，原生家庭的影响还体现在对青春期人群性格的形成上。一些在爱情关系中表现得过于卑微的主人公，其自卑的心理也与其家庭情况有着密切联系。青春期人群倘若在成长过程中较少获得父母的关爱，便可能因缺乏安全感而呈现出脆弱的心理状态。冠盖满京华的《唇诺》开篇详细叙述了主人公黑诺从出生到遇见爱人施言的成长过程。黑诺出生前已有5个哥哥，父母一心希望生一个女孩，所以黑诺的出生不但令父亲失望，母亲也因难产大出血去世。父亲将母亲的离去归因在黑诺身上。当继母的双胞胎儿子出生后，黑诺在家中便成了透明人，得不到丝毫关爱。作者设置的黑诺的成长背景，其实是为下文他与施言的爱情纠葛做铺垫。施言对黑诺的爱情从懵懂的撩拨开始，他轻易地告白又提出分手的行为，对自尊心极强又极度自卑的黑诺造成了终生的心理阴影。尽管后来施言幡然醒悟用尽手段将黑诺再次拥入怀中，但是黑诺因深重的不安全感，对可能失去施言的感情而陷入极度恐慌，最终提出分手。黑诺之所以放弃自己的爱情是因为他惧怕失去后变本加厉的孤单与痛苦。正是因为他在成长过程中缺少原生家庭关爱，所以独立孤僻，把他人都隔绝在自己的生活之外，进而画地为牢，在自己的内心竖起一排牢牢的篱笆。

　　一些网络耽美小说中，原生家庭的影响不仅决定了青春期人群性格的形成，甚至影响其将来的命运。无论如何努力都摆脱不了原生家庭给自己限定的人生格局，是这些人物在成长中体悟到的又一种痛楚。巫哲的《撒野》塑造了两个想要打破原生家庭桎梏的少年。故事的背景地是东北萧条破败的小县城，顾飞有个酗酒的父亲和有些神经质的母亲。儿童时期，醉酒后的父亲突然发狂将妹妹扔在地上，导致妹妹创伤后应激障碍，患上自闭症。妹妹变得只与顾飞沟通。这样的家庭情况压制了顾飞要去"外面的世界"看看的梦想，他能做的就只有无奈与顺从。当顾飞送别考上大学离开家乡的蒋丞后，落寞地想到以自己的条件这辈子都只能待在这座小县城中，难以摆脱家庭的影响：

现在这里已经成为负担，虽然不愿意承认，他从小长大到现在，很多东西都是他的负担，他视为生活一部分的很多很多，都是他的负担。

拽着他，牢牢不可动摇。

他闭着眼睛，关上耳朵，看不见听不到，他可以就顺着脚下的这条路一直走下去。❶

这段心理描写非常准确地抓住了顾飞无力摆脱原生家庭影响的颓丧感。尽管顾飞的家庭背景设定中的一些情节带有作者为了烘托效果而做出夸张处理之嫌，但是他想要展翅高飞却被生生折断翅膀的痛苦，也能引起一些读者的共鸣。随着年龄的增长，一些人或许越来越能感觉到家庭在成长时期留下的不良影响对成年生活所带来的内心桎梏，甚至家庭在成长时期带来的影响，可能伴随一生。当然在小说的世界中，作者并没有剥夺顾飞实现梦想的可能，而是安排蒋丞成为他的拯救者：不仅治

---

❶ 巫哲. 撒野 [EB/OL]. [2020-08-08]. http：//www.jjwxc.net/onebook.php? novelid=2956313&chapterid=113.

好了妹妹的自闭症，还带他离开了那座北方小城。笔者认为，小说之所以安排了大团圆的结局，是因为作者意识到创作还担负着短暂"疗伤"的功能，让读者可以在小说中寻找到打破僵局的希望。这也正是网络耽美小说成长叙事的魅力所在。在文学表达上，网络耽美小说成长叙事并没有气势恢宏的历史背景，而是回归当下社会或是历史潮流中一个非常普通的时间片段，让主人公在司空见惯的平凡环境中表达喜怒哀乐，而作者则以细腻的文笔勾勒出主人公的心理，逐步打动读者。

校园耽美文❶、竹马耽美文❷等关注主人公成长的小说之所以会长盛不衰地受到读者的喜爱，与读者的年龄分布有相当密切的联系。从某种意义上来说，小说中人物的一些性格塑造与生活经历构成了读者本人青春的镜像。网络耽美小说的读者群体年龄主要分布在 15—25 岁，世界卫生组织（WHO）规定青春期为 10—20 岁。根据这个年龄分层，读者是正在经历青春期或刚刚度过青春期的群体，而那些正处于第二性征显现时期的读者开始对生理的变化变得敏感，对性的方面也产生了好奇与急于探究的心理。对女性而言，这种好奇心通常被隐蔽地藏起。于是，她们将羞于启齿的好奇转而在描写同龄男性间情事的小说中释放。与此同时，网络耽美小说对爱情力量的推崇又契合了她们对美好爱情的憧憬，期待未来可以收获与小说中同样浪漫的爱情。对准备踏入社会的读者而言，网络耽美小说中主人公的叛逆激情或可能是其叛逆青春的缩影，或实现了其未体验过的颠覆性人生。对当下的青年来说，他们的成长环境相较于父辈更加丰富也更具压力。一方面，社会的飞速发展创造了大量的物质财富，为他们提供了前所未有的充分展现自我的平台；另一方面，日益激烈的社会竞争给他们带来了巨大的压力。值得注意的是，在网络耽美小说的成长叙事中，原生家庭的形象通常不太正面，幸福和谐的家庭环境并不多

---

❶　"校园耽美文"指的是以校园作为故事的发生地，出场主人公均为学生的耽美小说。

❷　"竹马耽美文"指的是描写两位主人公从小一起长大的耽美小说。

见，而家庭成员关系复杂或是直接淡化父母存在痕迹的家庭更为常见。淡化父母的存在或许是作者为了减少小说中对禁忌之恋的阻力。青春期人群面对分崩离析的亲情时，更易激起张扬自我的激情，他们渴望更多地展现自己以博得他人的关注，进而填补失去的亲情造成的情感空洞。所以，这类读者在小说中寻找着自己的代言人，以期获得内心的一丝慰藉，这也体现出网络耽美小说成长叙事对青春的"疗伤"作用。

第三节　现实逃避：耽美"异托邦"建构的虚拟空间

耽美小说中男性间的情爱故事因其浪漫纯爱、充满唯美而脱离实际的幻想且不似"同志"文学充满现实中同性恋者内心的挣扎和苦痛等特点，被诸多研究者认为是一个由女性营造的男性间恋爱的"乌托邦"。另外，耽美爱好者创作并阅读耽美小说的行为，有时也体现了其对现实压力的逃离，这与研究者的"创造乌托邦"的观点不谋而合。但笔者认为，一方面，耽美小说创作中跨时空"出走"的历史叙事以及架空历史的想象空间的建构，的确可以看作耽美爱好者建构的逃离现实的"乌托邦"；然而另一方面，耽美小说中的现实叙事则应看作耽美爱好者在现实社会背景下构筑的"异度空间"，即通过虚拟现实的方式让读者享受耽美世界纯粹之爱的美好，从而完成"改造现实"的目的。这就是耽美小说的"异托邦"的建构。

一、耽美"异托邦"的特征

福柯在题为《另类空间》的演讲中阐释了"异托邦"的概念。❶福柯

---

❶　本书中涉及的"异托邦"概念源于福柯在 1967 年 3 月 14 日建筑研究会上的讲演，法语题目为"Des espaces autres"。此文也被译作《关于他者的空间》或《另一空间》，法译英的译名常为"Of Other Space"。本书参考的中文版由王喆法翻译，发表于 2006 年第 6 期《世界哲学》第 52-57 页。本书中有关"异托邦"的概念阐释皆引自该文。

首先从解释什么是"乌托邦"入手，分析"乌托邦是没有真实场所的地方""是同社会的真实空间保持直接或颠倒类似的总的关系的地方""是完美的社会本身或是社会的反面"。福柯认为乌托邦"从根本上说是一些不真实的空间"。由此可见，福柯所理解的"乌托邦"是没有真实场所的，而是否具有真实位置的场所也是福柯认为区别"乌托邦"与"异托邦"概念的关键：

> 在所有的文化，所有的文明中可能也有真实的场所……一种的确实现了的乌托邦。在这些乌托邦中，真正的场所，所有能够在文化内部被找到的其他真正的场所是被表现出来的，有争议的，同时又是被颠倒的。这种场所在所有场所以外，即使实际上有可能指出它们的位置。因为这些场所与它们所反映的，所谈论的所有场所完全不同，所以与乌托邦对比，我称它们为异托邦。❶

简单而言，福柯认为"乌托邦"无论与现实社会形成何种关系，它始终不是一个真实存在的空间，而作为真实场所中被实现了的"乌托邦"就是"异托邦"。"场所"一词是"异托邦"理论中的核心概念，因为"异托邦"的空间是在各个场所的相互关联中获得的，"我们都处于一个权力知识的网络之中，因而在这个纷繁复杂的关系网络之中确定位置就显得至关重要。"❷ 根据福柯的观点，"异托邦"是由存在于现实社会中的一个个场所构成的互相影响并呈网络状延伸的空间形式，而当代的网络社群十分契合这一特征。一个个网络耽美社群给耽美爱好者建构了不同于传统爱情规范的异度空间，并通过网状连接的方式组成了一个耽美圈。在圈中活跃着的大多是在现实社会中感到种种压力的都市人，他们

---

❶　[法] 福柯. 另类空间 [J]. 王喆法，译. 世界哲学，2006（6）：54.

❷　马汉广. 福柯的异托邦思想与后现代文学的空间艺术 [J]. 文艺理论研究，2011（6）：100-106.

对现实中被捆绑了多方利益互相博弈的爱情感到失望，从而选择沉浸在异度空间虚拟出的纯粹爱情关系之中，并将其当作真实的世界去融入并接受。

福柯提出"异托邦"共有六大特征，这些特征同样能在耽美小说以及耽美文化现象上得到对应。第一，"世界上可能不存在一个不构成异托邦的文化"。❶ 也就是说，文化的多样性决定了世界上多种文化的共存，而"异托邦"就是文化多元化的体现。以目前主要传播媒介的划分，耽美文化可以归属网络文化，是中国当代文化现象中不可忽视的一部分。正是中国海纳百川、兼容并包的当代文化，培育了当下年轻人在文学创作上的多样性，为耽美"异托邦"的发展提供了宽松的网络环境。

第二，在"社会的历史中，这个社会能够以 ·种迥然不同的方式使存在的和不断存在的异托邦发挥作用"。❷ 每一个社会的历史阶段都对应了一个"异托邦"，时代烙印就是相对应的"异托邦"的特征。耽美"异托邦"能在当下的中国社会存在自有其时代原因。社会的发展使得大众对同性性取向的认知已经逐步完成从犯罪到心理疾病再到包容多元性取向的转变，网络世界对现实身份的隐蔽性使得越来越多的同性恋者敢于公开自己的性取向，甚至在网络上分享与同性情侣相处的生活点滴。中国社会对同性性取向的逐步宽容为耽美文化提供了滋养的土壤。

第三，"异托邦有权力将几个相互间不能并存的空间和场地并置为一个真实的地方。"❸福柯以戏剧舞台、花园、动物园等为例，说明"异托邦"可以将互无关联的地点和事件串联在一起。网络耽美小说的类别繁多，根据其中设定的时代背景和人物身份的不同可分为武侠耽美小说、校园耽美小说、玄幻耽美小说等。天马行空的想象与各种网络小说的流行元素都在同性情爱的主题下被拼接在一起，甚至打破时空的界限，穿

---

❶ [法] 福柯. 另类空间 [J]. 王喆法，译. 世界哲学，2006（6）：54.
❷❸ [法] 福柯. 另类空间 [J]. 王喆法，译. 世界哲学，2006（6）：55.

越历史去构筑耽美"异托邦"。

第四，"异托邦同时间的片断相结合，也就是说为了完全对称，异托邦为把何物称为'异托时'开辟了道路。"❶ 这里出现的"异托时"的概念可以理解为时间上的"异托邦"，即将时间切割成碎片，将碎片化的时间堆积在一处也就形成了"异托时"。网络耽美小说由于作品数量庞大，其小说时间背景的设定可以说涵盖了中国历史上任何一个朝代。这些浩如烟海的小说累积起来构成了一座耽美"图书馆"，把不同时代不同类型的文本封闭在一个场所内，满足各个阶层的耽美爱好者的阅读兴趣。

第五，"异托邦总是必须有一个打开和关闭的系统，这个系统既将异托邦隔离开来，又使异托邦变得可以进入其中。"❷ "异托邦"是个既开放又关闭的系统，这句话看似矛盾，却能在网络耽美社群的运营模式中得到体现。以露西弗俱乐部为例，作为耽美爱好者的聚集地之一，它本身的开放性毋庸置疑。但是它同时仅对真正的耽美爱好者开放，在注册会员时用有关耽美文化的专业性问题，将耽美圈外人隔绝在外，以保证圈内人在这个纯净的网络社区中畅所欲言。

第六，"异托邦有创造一个幻象空间的作用……或者相反，创造另一个空间，另一个真实的，与我们的空间同样完美，同样细致，同样安排得很好的空间……是补偿异托邦。"❸ 这也是"异托邦"的最后一个特征，即它的补偿性。耽美"异托邦"的存在对耽美爱好者而言同样是一种心理补偿。它以现实世界的运行方式为模板，以打破传统情感观念权威的态度去建构同性之间的人物关系，生产着区别于现实社会的纯爱情感，营造一种纯粹极致的情感氛围。耽美"异托邦"打造的幻象空间更能吸引在真实社会的游戏中失意的读者，让他们可以暂时地在浪漫的幻想中享用至臻至纯的情感所带来的感动，可以使他们暂时摆脱现实生活所带

---

❶❷ ［法］福柯. 另类空间［J］. 王喆法，译. 世界哲学，2006（6）：56.
❸ ［法］福柯. 另类空间［J］. 王喆法，译. 世界哲学，2006（6）：57.

来的压力和沮丧，获得极大的心理补偿。

根据上文的分析可以认为，网络耽美小说以及网络耽美社群为耽美爱好者提供了一个"异度空间"，这个空间既是存在于现实社会的真实场域，又在其中建构了与现实社会不同的情感幻象，因此可以被称为耽美"异托邦"。从宏观视角观照网络耽美小说的创作可以看出，虽然耽美作家多选用穿越历史、架空时代背景等虚化现实的方式来降低建构耽美"异托邦"的难度，但是无论作者安排主人公"出走"到哪一个时空，其社会构建依然遵循着耽美世界的法则，所以并未脱出耽美"异托邦"的范围。因此，探寻创作者如何打造耽美"异托邦"中的虚拟社会，是研究者解开耽美通行法则的关键钥匙。在前文的研究中，笔者已经以现实社会为背景的网络耽美小说为例，阐述了耽美小说是如何借助现实社会的架构，打造耽美"异托邦"的社会规范。作者以手中的笔去创造一个文学世界，从某种意义上来说，作者便拥有了为笔下世界重新"立规矩"的能力。耽美小说的创作者不吝将诸多优势资源赋予笔下的人物，具有权力的身份与社会地位成为对绝大多数小说主人公的标准配置。这种设定使得耽美"异托邦"中展现的社会与读者的真实生活产生了距离。这样一来，作者既获得了大展拳脚的想象空间，也不必担心读者对其脱离现实社会的大胆想象而加以指责。

网络耽美小说中存在大量的"黑道文"和"娱乐圈文"，即将主人公的职业身份设定为"黑道大哥"或是"大明星"。其中比较有代表性的人物是风弄《暴君》中的"黑帮大哥"古策，以及彻夜流香《下一站天王》中的"亚洲天王"田园。无论是黑帮还是娱乐圈都是绝大多数读者在日常生活中难以接触到的职业环境。对于读者而言，这两个职业环境本身就带有"异托邦"的色彩：它们既存在于他们所生存的时空之中，又是一个相对封闭的，常人难以进入的场域。所以，将想象的空间安置在黑帮或娱乐圈中，更容易展示出一种虚拟的"真实感"。此外，人物具有的权力身份为其提供了抵抗小说中主流权威的能量。这也体现了耽美

"异托邦"中的一种规则，淡化处理男性同性间爱恋遭遇的社会压力，或者即使遭遇也能轻松化解，甚至在小说中设置为同性爱情"摇旗呐喊"的旁观者。例如，在绿野千鹤的《皇上别闹》中，虞棠和宋箫是一对从虚构的历史朝代大虞朝穿越到小说中设定的"现代世界"的同性恋人。他们在穿越前的身份分别是皇帝和男皇后，来到现代后的虞棠依然是百年世家豪门的继承人，宋箫则是星海娱乐的总裁之子。两人共同策划了一部讲述他们在大虞朝生命轨迹的电视剧《景弘盛世》。因为该剧对小说中设定的历史做出真实的还原，进而获得巨大成功。两人顺势在网络上公开恋情，引发网友对两人是否为帝后转世之身的猜想。虞棠和宋箫成为网络上知名的同性恋人，两人的网络互动每次都能引来成千上万腐女的围观，频频占据热搜榜榜首。绿野千鹤在小说中虚构了一个"现实世界"，但其中又书写了一个"现实世界"中的"网络世界"，这非常值得分析。关于网络文学的虚拟真实，欧阳友权有这样一段论述，"网络空间不仅是文学的载体，也是文学所要描写的内容本体，并构成与之相适应的艺术思维空间，这便是人们常说的'赛博空间'（Cyber Space）。在这个数字化空间里出现的'真实'之物被称为'虚拟真实'。网络写作就是在数字化赛博空间演绎虚拟真实，以实现艺术本体的诗性创生。"❶ "赛博空间"的概念最早由加拿大科幻小说家威廉·吉布森在其 1982 年发表的短篇小说《融化的铬合金》中提出，指的是计算机及其网络里的虚拟现实。从某种意义上来说，这种真实与虚幻并存的"赛博空间"就是存在于网络世界的"异托邦"。根据这一论点，网络耽美小说创作的是一种"虚拟真实"，加之网络空间本身就是一个虚拟的世界，因此在网络耽美小说中书写网络世界便构成了"双重虚拟"。作者在这个高度虚拟化的环境中给腐女打造了一个可以畅所欲言的平台，从而让原本躲在文本背后

---

❶ 欧阳友权. 网络文学的虚拟真实与艺术本体 [J]. 江西社会科学，2007（5）：71-76.

的作者与读者都融入小说的角色之中，真正做到了与文本零距离接触。双重虚拟的世界给耽美爱好者带来的安全感使其可以徜徉于想象的情感故事中，体会超脱于真正现实世界的奇异情感经验，并享受这种体验带来的刺激与快感。

耽美"异托邦"中奉行的最核心规则是"真爱能超越一切"。耽美爱好者将无数对爱情的浪漫想象汇聚在耽美小说中，构筑"异托邦"中的"真情实感"，向外界展示着各种精致的情感模式。当所有现实社会中的烦恼都被简化为爱情的烦恼时，爱情对生命的意义被无限放大，令创作者极易编织出一个个浪漫唯美的纯爱故事。沉溺其中的耽美爱好者将"异托邦"中的虚拟真实看作比现实世界更加美好的所在，从网络耽美小说中汲取其从现实世界中较难得到的爱与力量。福柯评判"异托邦"的作用时曾说："一方面，它们的角色，或许是创造一个幻想空间，以揭露所有的真实空间（即人类生活被区隔的所有基地）是更具幻觉性的（或许，这就是那些著名妓院所扮演的角色）；另一方面，相反地，它们的角色是创造一个不同的空间，另一个完美的、拘谨的、仔细安排的真实空间，以显示我们的空间是污秽的、病态的和混乱的。"❶ 耽美"异托邦"的作用就在于生产至臻至纯的爱情，以反衬现实世界爱情中的功利性，让读者可以暂时逃离现实，沉浸在纯爱的世界里。

二、耽美"异托邦"与情感诉求

耽美爱好者打造耽美"异托邦"的目的在于强调情感的意义，展现大众对理想爱情的渴望，而"异托邦"也正是能够提供理想爱情实现的场所。在耽美"异托邦"里，男性同性之间的互相吸引纯粹是出于对对方的欣赏，同性之间的结合也纯粹因为爱情，不必考虑传统婚姻观中的现实条件，大大减少了功利性的成分。而且，这种不以繁衍为目的的性

---

❶ 包亚明. 后现代性与地理学的政治［M］. 上海：上海教育出版社，2001：27.

爱关系被认为是一种纯粹的情感形式。正如福柯在《性史》中提出的人类对待性快感的态度经历过十分开放的时期，"快感并没有被与准许还是禁止联系起来考虑，也未从功利的标准来衡量，而是首先从根本上、从它本身来看的；它只是被体验为快感，对它的评价，只是看它的激烈程度、特别的质量、延续时间的长短以及它在心灵与肉体之间的反响。"❶ 一些网络耽美小说只专注于性爱的快乐意义而不必思考其背后的功利，颇有些返璞归真的色彩。当然，这类网络耽美小说中的性爱行为描写只是作者为了烘托浓烈爱情的一种表现方式。网络耽美小说中同样存在大量不包含性爱描写的"清水文"。

　　耽美"异托邦"中生活着一个个为爱奋不顾身的俊美男性，他们相貌出尘得好似不食人间烟火，却演绎着世人眼中最炙热的爱情。然而，这些浪漫故事的背后，实际上隐藏了耽美爱好者对现实世界中爱情的失意与焦虑。耽美小说所表现的情感关系越是在耽美的世界里爱得疯狂，对应在现实的世界中越瞻前顾后，越缺乏安全感。对耽美爱好者而言，只要在浓烈的爱的掩护下，即使互相伤害也只是为了给对方铭刻爱的标记，正如对中国耽美爱好者具有启蒙作用的日本耽美漫画《绝爱-1989》中刻画的那样。作品中南条晃司和泉拓人之间的爱情是激烈而决绝的，画面中充满了触目惊心的红色。作为歌星的南条晃司对生活已全然没有热情，泉拓人是他生命中的唯一亮色，他甚至用性虐的极端方式带领泉拓人走向快乐的高潮，以宣示对他的独占性。这种以偏执的爱情拯救内心孤寂的方式，也是耽美爱好者眼中所谓的超越世俗的"真正"爱情。因此，当耽美"异托邦"中飘扬着爱情至上的旗帜，正说明外部世界奉行的爱情规则令耽美爱好者失望。耽美世界的唯美浪漫与外部世界的现实失望仅隔着一道轻薄的网络之门，这便吸引更多的耽美爱好者一头扎入网络世界去寻求心灵出路。

---

❶　[法] 福柯. 性史 [M]. 姬旭升，译. 西宁：青海人民出版社，1999：49.

此外，对占据耽美爱好者中绝大部分比例的女性群体而言，耽美"异托邦"为她们提供了一个安全的解压空间。她们在小说中不仅可以暂时远离在现实社会中面临的因性别引发的种种问题，还能规避将女性作为客体的消费行为，甚至能在自由的场域里大胆凝视男性，一览"春光"。耽美小说中在男性间恋爱的模式下展开的爱情故事，令女性读者不必去揣度故事的真实性，只需要单纯地享受故事营造的美满爱情，也不用面对现实生活与自身的择偶观、婚恋观所存在的不协调。尤其是当"耽美文化是由不具同性性取向的女性所主导、创作并欣赏的男男恋情的现象"成为社会共识后，耽美爱好者不必再面对他人对其性取向的猜测，可以在耽美小说中安心地当一名旁观者，既释放了压力又张扬了个性，得到一种"安全保护下的刺激"。

另外，构建这个解压的"异托邦"空间的过程，也体现了女性读者的欲望诉求。耽美"异托邦"里最基础的恋爱设定就是两位男性在对等的精神层面上相爱，无论双方的自身条件、家庭情况、社会地位的差距有多大，两人的精神世界是平等的。因此，在耽美的世界里，双方拥有对等的爱与被爱的能力是相恋的前提。女性耽美爱好者通过阅读和写作完成对耽美"异托邦"的建构，获得了一种女性对抗性别主义的话语权。尽管这种对抗被不少研究者称为是"消极的""被过度解读"的行为，但必须承认的是，阅读和创作耽美小说也确实能被看作一种对抗性别主义的行为。这或许是耽美"异托邦"的现实意义及文化意义之所在。

第五章 审美透视：网络耽美小说的艺术手法

笔者在前面章节论述了耽美小说在叙事立场和主题倾向上的特别之处，而本章将从审美的角度探寻其叙事的艺术特色。网络耽美小说中不断涌现的主题丰富了中国当代文学的表现空间，但是其艺术形式设定上的缺陷乃至艺术创作基础观念方面的薄弱也不容忽视。影响一部文学作品质量的因素不仅在于"写什么"，也在于"怎么写"，对小说艺术形式的探寻可以更加深入挖掘作品的文学特质所在。本章将试图通过回归网络耽美小说的文学本体，从语言、结构、形式等最基本的文学要素出发，探讨网络耽美小说的文学价值。

第一节 "偏执"之美：图像性叙事话语的视觉美感

随着科技的发展和生活节奏的不断加快，大众已不再满足于单纯的文字带来的阅读体验，图片与视频不断刺激着大众的眼球，注重图像视觉的时代已经来临。当图像文化成为具有全民覆盖性的文化景观时，艺术工作者在创作之前脑中充斥着的各类图像素材或影像片段，都会对其艺术创作造成影响。对作家而言，这种影响最为直接的体现就是文学语言的图像化。文学是语言的艺术，无论是文学语言的创作者还是欣赏者都十分关注语言的美感，然而传统文学评论通常将关注点放在语言的通顺度、铺陈的稳妥性、表达的生动性和是否精妙地契合主题与情境之上，而忽略了语言的造像能力。网络小说作为新兴的文学样式，其中大部分文本的语言深度尚未达到可作为经典文本赏析的程度，但其语言已经呈现出另类的图像性叙述美感。网络耽美小说作为脱胎于动漫文化的网络文学体裁，其语言中的镜头感以及图像程式化展现得尤为明显。网络耽美小说的图像性叙事话语不仅能为读者提供耽之于美的"视觉"享受，也能体现出创作者对"偏执"之美的追求。

一、网络耽美小说的图像性叙事话语

语言与图像的关系探讨一直是文艺理论中的重要命题。随着读图时代的到来，有关语言与图像关系问题的阐释再次在学界激起讨论，不少学者都提出了新论点。南京大学的赵宪章教授从符号学的角度研究两者的关系，在《语图符号的实指和虚指——文学与图像关系新论》一文中提出，"语言和图像是人类社会有史以来最基本的两种表意符号。但是，它们的意指功能却存在重大差异。前者是实指符号，后者是虚指符号。语言与图像呈现出'以图言说'、'语图互仿'和'语图互文'的关系。"❶赵宪章将关注的重点放置在语言与图像相互交融的关系之中。湖南师范大学的赵炎秋教授针对这一观点在其论文中进行了补充探讨，他认为，"图像与文字在表征世界有根本性的区别。文字用所指表征世界，更容易表征世界的概念、属性、规律等抽象的方面，更容易表达思想。图像用能指表征世界，图像更容易表征世界的表象。"❷ 他们都认同语言与图像相辅相成的关系：语言需要图像的帮助去树立更直观的形象，使其所包含的思想得以呈现；图像也需要语言的提示才能揭示其中蕴含的哲理。语言与图像之间不仅互相成就，而且相互融合。精确的语言可以转换成

❶ 赵宪章. 语图符号的实指和虚指——文学与图像关系新论［J］. 文学评论，2012（2）：88-98.

❷ 赵炎秋. 实指与虚指：艺术视野下的文字与图像关系再探［J］. 文学评论，2012（6）：171-179.

图像，使其符号化，而大众阅读的乐趣正是来自语言解码并再现图像的过程。生动形象的语言和具象化的图像具有一定的相似性，因此一部分文学语言可以进行图像化。

文学的影视改编是目前文学语言图像化较为常见的案例。成功的影像化作品可以在保留原著主旨的前提下，以震撼的视觉体验进一步升华原著的思想精髓。例如，张艺谋的电影《大红灯笼高高挂》便用一抹鲜艳的红，将苏童的小说《妻妾成群》中女性人物的悲剧、封建制度的腐朽、欲望的争斗等多个主题糅合成封建专制对"人"的压迫：女人们的牺牲与抗争都被大红灯笼映照出的红光吞噬。而且，影视化作品的成功不仅可以提高原著的知名度，甚至对文学语言的改造也产生影响。越来越多的小说家开始尝试将作品改写成剧本，主动向作品的影视化做出适应性的改变，使文学作品语言的图像化趋势大为加强。目前，这一趋势主要表现在两个方面：一方面是小说中具象的描述性语言比例大幅提升，作者对人物的形象、场景的布置以及所处的环境等描写刻画得更为细致；与之相对的另一方面则是小说中抽象化语言的逐渐减少，例如，作品中逐渐减少使用表现人物心理、思想动态、生存价值等高度概括性的词汇。这一趋势或许体现了创作者把控具有深度含义语言能力的降低，而网络耽美小说创作者低龄化的现象，则与此非常契合。

在第一章耽美小说的生成背景中，笔者梳理了耽美小说与耽美漫画的渊源。由于耽美文化最初是在日本以漫画的形式流行，而耽美小说的产生不可避免地受到耽美漫画的影响，所以早期的耽美小说在语言上呈现出日本漫画的图像性特征，即耽美小说的语言风格具有明显的日本漫画的分镜头"拼贴"感，呈现出碎片化杂糅的效果。可以说"日漫式"的语言时至今日仍是大多数耽美小说语言风格的一个明显特点，而且主要表现在两个方面。

一方面的表现是将漫画用语引入小说的表述之中。在日本漫画中，虽然画面承担了最主要的叙事功能，但是语言的辅助作用同样不可忽视。

其中人物的对话、心理活动以及常见的用于强调场面状态的重叠词等都通过语言表现。日语中有较多的拟声词，日本人在日常会话中也经常使用拟声词，因此在漫画中也十分常见。拟声叠词的使用、人物的"吐槽"❶、具有分镜头感的场景转换等日本漫画常见的表现手法，同样出现在中国的网络耽美小说之中。以下引用的是蓝影玉空的《穿越网王之金色梦幻》的片段：

> "我要良好的家世和自由的生活。"没要最好的就不错了，其实主要是……貌似迹部的家世很强悍啊，万一跑他们家去，我可不一定受得了那种华丽丽的方式……囧。
>
> "咳咳，知道了知道了。你别废话了，能给你的会给你的，但你毕竟是个人，太过分了对你不会有好处的。就这样吧。"
>
> 哎哎？哇哇!!! 我话还没说完，你怎么就赶我走啊!!! 喂喂喂。紧接着一片黑暗。
>
> 那个死神太过分了！让我再见到他，我绝对饶不了他。哼哼。可是这里是哪里啊？好黑啊。
>
> 咚！咚！咚！
>
> 什么声音？
>
> "用力啊！用力啊!"
>
> "哎哎？我不会在我，额，新母亲的肚子里吧。囧……而且那人好像说的也不是中文？也不是日文？可是为什么我知道是什么意思？"挖！好疼啊。
>
> "哇哇哇"这是我的声音？好乱啊。大婶你很烦捏。❷

---

❶ "吐槽"是指对某一事件或话题发出带有调侃意味的感慨或疑问，此外也包含嘲讽和抱怨的含义。

❷ 蓝英玉空. 穿越网王之金色梦幻［EB/OL］.［2020-08-08］. http：//www.qdtxt. net/chapter_ 211141_ 1.html.

这段内容出现在小说的开头，主人公因为死神的一次失误导致灵魂与身体分离。死神为了补偿，允诺主人公可以穿越到日本动漫作品《网球王子》中的世界。引文中，作者在主人公穿越到"娘胎"的场景里频繁使用了拟声词与镜头转换视角，这契合了漫画语言的节奏感。当读者阅读这种漫画式的语言时，脑海中便会迅速呈现出富有动感的画面。此外，"囧"字的反复出现和"挖""捏"等字的使用，说明颜文字❶、网络流行用语等网络表达形式也被运用到耽美小说的写作之中。由此可以看出，深受网络文化和日本动漫影响的耽美小说创作者，在创作上追求的是流行性而不重视语言的规范性和严谨性。

另一方面的表现是用漫画视角塑造人物的外在形象。日本漫画绘法细腻，其中的人物外形通常拥有精致的五官，大而有神的眼睛，或俊美或可爱。整体而言，日本漫画中的人物常常展现出一种灵动飘逸的美。如今的网络耽美小说之所以有如此数量庞大的拥趸，要归功于作品中人物俊美的外形能给读者带来耽之于美的享受。以天籁纸鸢的《花容天下》为例，书中对主人公重莲的容貌描写十分精致：

> 一个身材瘦高的男子站在我的面前，脸上蒙着一层淡青色的面纱，此时正垂下头看着我。一双细长的眼睛。瞳孔竟是幽远的深紫色。右耳上两颗耳钉，银白莲花，红玉镶嵌花蕊。
>
> 白玉般的鼻梁将轻纱高高拱起，划出了一道完美的弧线。
>
> 婵娟黑发顺着肩膀一直落在背后，深紫明眸，颈项间一朵血红图腾，除此外一片白皙，别无瑕疵。
>
> 火光渐隐处，一个身影走过来，颀长秀美，乍眼看去，似自火中而出。浅绿衣裳，粹白轻纱。赤黑发丝轻盈飞扬，如蝶一般联翩

---

❶ "颜文字"是指一种用字符组成的表情符号，由于其表达手法自由多变，极大丰富了网络交流的想象空间，成为网络用语的重要组成部分。

起舞，妖媚窈娆，优雅脱俗。❶

　　作者通过对重莲鼻梁与眼睛的描写展现了人物明艳秀丽的外貌，面部线条犹如鬼斧神工的雕塑。同时他的身形单薄颀长，一头瀑布般的黑发又使他具有妖媚之美。网络耽美小说中绝大多数的男性形象与传统小说中的相比，迥异之处在于对男性容貌美的特别重视。中国现当代文学中的男性角色若是具有柔媚气息，则大多是非正面的形象。例如，金庸《笑傲江湖》中的东方不败，在练习武功走火入魔挥刀自宫后性情大变，成为非男非女的"怪人"，而其整天躲在房里绣花的行为更是被武林人士斥为"变态"。但是，网络耽美小说中"男生女相"的中性美却广受读者推崇。倘若究其原因，笔者认为是因为网络耽美小说中的男性形象通常都会在读者脑海中被具象化，并成为绝大多数女性读者的性幻想或自身带入的对象。这样一来，书中秀丽妩媚兼具挺拔潇洒的美男子简直就是这些女性读者心中理想人物形象的不二之选。而且，一些读者会以漫画绘制手法，将脑海中通过文字具象化后的超凡脱俗的男性人物形象输出为绘画作品。

　　另外，由于耽美作者在创作这些俊美男性人物外貌时便已遵循了漫画中美男子的特点，所以这些美男子被读者转化成具体图像后，也不太会引发类似"一千个读者心中便有一千个哈姆雷特"的争议。而且，有了插画形象的人物角色更容易让读者产生代入感，场景与情节的画面也更容易被具象化，在增强了小说可读性的同时，推动了读者与创作者的良性互动。

---

　　❶　天籁纸鸢. 花容天下［EB/OL］.［2020-08-08］. https：//www.77dus.com/html/118/118446/26014240.html.

二、网络耽美小说语言的表述功能

耽美小说之所以能够打造出让读者"耽之于美"的阅读式"视觉"效果，是隐藏在文本中的图像性叙事话语起到了作用。那么，追求崭新语言表述方式的网络耽美小说，其图像性叙事话语究竟只是徒有其表，还是能为读者由表及里地再现文本中的"视觉"效果，引起心灵的震撼呢？要探寻这一问题的答案，则需要分析网络耽美小说语言的表述功能，首先就是其图像再现功能。一旦进入网络耽美小说的文本世界，便会发现里面暗藏着一个色彩斑斓的图像世界。读者则很快沉醉在由作者打造的、以令人眩目的场景和眉目如画的人物所构筑的美好画面之中。为了达到令人震撼的"视觉"美感，作者也会借鉴影视作品的创作手法，使用多彩华丽的辞藻着力提高文本场景的"色彩饱和度"，同时注重人物的表情、仪态的叙写，提升人物形象的"镜头感"。例如，在天籁纸鸢的《十里红莲艳酒》中，重莲抱着父亲卫流空头颅的场景，便是通过文本叙事建构了红与白强烈的色彩对比，渲染了悲情的气氛：

　　他站定在门前时，斜阳碰巧涂红了大半边天。如同盛开的火花，永生的火焰，回照着空中的云彩。
　　不远的村庄中有钟声响起。
　　蜷爪的秃鹰撑开巨翼，盘旋在空。
　　他看着地面上的人头。
　　他站在一片惊红绝艳中。
　　这样的景色无法言喻，如同这世界上总是缺乏安慰人的语句。
　　我想说什么，想让他不要难过。可是现在我才发现，他此时的心境，我根本无法理解。
　　重莲慢慢走到那颗头颅面前，蹲下，将之抱起。
　　灰尘与血迹污染了他的雪白衣领。

> 远方的树林间，风动枝摇，水流花香。
>
> 而这片陵墓屹立在夕阳中，蔓草荒烟，像一片废弃数年的空城，赤裸裸的苍凉。
>
> 他动作很慢，他缓缓转身。他像是水墨画中衣如流水发如云的谪仙。他似乎从来不属于这个尘世，他似乎就要回去。❶

首先，从语言的形式上可以看出，该片段采用分段短句组合的形式，将每个短句拆成分镜头。这类似于将漫画动画化的手法，把人物的动作与背景环境逐步分解供读者消化，也易于读者在脑海中将场景图像化。其次，小说中的色彩描写是以主客观的叙述视角交替进行。以客观视角描绘场景环境，使得红如火焰的斜阳变得具体可感；以小说中另一个主人公林宇凰的主观视角讲述重莲雪白衣领上的刺目血迹，不仅通过对比使色彩更加突出，也令读者能将自身代入该情境，受到感官刺激，留下深刻印象。天籁纸鸢对色彩词汇的使用把握得当，用文字营造出一个突出使用红色为主色调的场景。其文字具象化后的场景画面既色彩鲜明，又保证了与人物形态动作的和谐。正如鲁道夫·阿恩海姆所指出的，红色是色彩中波长较长的、令人兴奋刺激的、温暖明亮的颜色。❷ 因此，红色所代表的深层语义便对应了重莲失去父亲的心境，构成一幅悲壮决绝的情感画面。文学语言的图像再现功能将叙事的时间线与影像的空间感相互结合，给读者带来更为灵动的阅读快感。

图像性叙事话语引导了读者的审美愉悦走向对"快感"的消费，而对"身体"的关注则将这种快感体验推向高潮。网络耽美小说中对身体的描画无疑是一种"内隐的图像"在创作中的体现，通过图像性的语言

---

❶ 天籁纸鸢. 十里红莲艳酒 [EB/OL]. [2020-08-08]. http：//m. feitianzhongwen. qinliugan. org/mtxt/0/43/9767. html.

❷ [美] 鲁道夫·阿恩海姆. 艺术与视知觉——视觉艺术心理学 [M]. 滕守尧、朱疆源，译. 北京：中国社会科学出版社，1984.

将"身体"更加直观地展示在读者面前。"身体"是图像性叙事方式的重点关注对象，也是"读图时代"的读者最为关注的图像。理查德·舒斯特曼提出"身体美学"❶的概念时，或许并没有想到"身体"审美会在这么短的时间内成为消费社会日常生活关注的焦点。媒体从各个角度向大众灌输拥有匀称、性感身材的重要性，当追求完美的"身体"成为当下每个人心中的目标时，文艺作品也开始迎合大众对身体图像的期待，用内隐的语言表现身体的诱惑。网络耽美小说字里行间对"身体"的展示刺激着读者的窥私欲。许多网络耽美小说的身体描写都带有这样强烈的情欲色彩和图像的还原功能，让读者感受"身体"叙事。

第二节　多元杂糅：叙述风格类型的拼盘式混合

网络小说叙事的类型已经成为其分类标签，各大文学网站也是通过类型的划分为读者导读。在此背景下，网络耽美小说的创作者也趋向选择固定的写作模式，以获得更多类型作品读者的消费支持。创作类型小说容易带来同质化的问题，于是作者开始寻求推陈出新的方法。多种叙述风格类型的拼盘式混合，成为现阶段网络耽美小说类型化创作中存在的主要现象。

在分析网络耽美小说的类型化现象之前，有必要先厘清"小说类型"与"类型小说"的概念。关于小说的"类型设计"早已存在于鲁迅的研究之中。鲁迅在《中国小说史略》中借用"神魔小说""狭邪小说""谴责小说"等对明清两代的小说做出划分，阐述其演进规律，勾勒明清小说发展的基本面貌。从鲁迅的研究思路可以看出，"小说类型"指的是"一组时间上具有一定历史延续、数量上已形成一定规模、呈现出独特审

---

❶ Richard Shusterman.Somaesthetics : A Displinary Proposal ［J］. The Journal of Aesthetics and Art Criticism, 1999, 57 (3).

美风貌并能在读者中产生相对稳定阅读期待和审美反应的小说集合
体"。❶ 由此推得,"类型小说"指具有固定类型化倾向的小说样式。由
于小说类型已经规定了相应的题材与基本的叙事方法,所以对创作者而
言,类型小说的创作构思相对容易;对读者而言,则可以清晰明确地选
出与自己的审美趣味对接的书籍。所以,在小说发展过程中,小说的类
型化趋势逐渐明显。近年来,中国当代小说的类型化趋势越来越受到研
究者关注。有学者对此表示担忧,认为类型小说的"机械复制"缺乏创
新,"表现出一种粗鄙化和机械化的审美效果,小说的可读性和艺术性正
在消失"。❷ 也有学者认为应该顺其自然地看待小说的类型化发展,"小
说类型化是小说发展成熟的一个历史阶段"。❸ 无论学界对小说的类型化
趋势有怎样的争议,在网络文学领域,类型小说的生产已是文学商业化
发展的必然结果。在晋江文学城、起点中文网等大型文学网站,每一部
网络小说都像一件件商品被整齐地"码放"在各自的标签下面,这些标
签就是被划分的类别。那么,当下的网络小说都是如何被划分类别的呢?
笔者以上述两大著名文学网站为例,摘取其当前(截至 2020 年 8 月)的
划分方式。

(1) 起点中文网的导读分类:玄幻,奇幻,武侠,仙侠,都市,现
实,军事,历史,游戏,体育,科幻,悬疑,女生网❹,轻小说。

其中,起点女生网的导读分类为:古代言情,仙侠奇缘,现代言情,
浪漫青春,玄幻言情,悬疑推理,科幻空间,游戏竞技,轻小说,短篇。

(2) 晋江文学城的导读分类:言情小说,纯爱/无 CP,衍生/轻小

---

❶ 葛红兵,肖青峰. 小说类型理论与批评实践——小说类型学研究论纲 [J]. 上海
大学学报 (社会科学版), 2008 (5): 63-74.

❷ 周根红. 影视类型化与小说的模式化生产 [J]. 文艺评论, 2016 (3): 124-128.

❸ 周志雄. 网络小说的类型化问题研究 [J]. 南京社会科学, 2014 (3): 129-135.

❹ "起点女生网"是阅文集团旗下的网站,该网站上连载的网络小说多是面向女性
读者,以言情、仙侠、轻小说等为主。

说，原创小说。

纵观以上分类方式可以发现一个问题，耽美小说究竟应该被放置在何种导读类型之中？在目前已有的研究论文中，有研究者将耽美小说与玄幻、仙侠、穿越等小说类型并列，划归为网络小说的新兴种类。❶ 笔者认为这一观点缩小了耽美小说的涵盖范围。在起点中文网，并没有为耽美小说设立独立的栏目，而是归在言情小说栏目下。晋江文学城则将耽美小说（纯爱栏目）与言情小说并列，其内部又可细分出武侠、奇幻等子类型。其实，晋江文学城的分类方法比较能够代表耽美小说目前的覆盖范围。耽美的标签代表了小说中两位男性主人公之间的恋爱故事，但是故事主题还可以涉及穿越、仙侠等多种类别。目前，网络耽美小说内部已有古代耽美、现代耽美、军事耽美、武侠耽美、穿越耽美等更为细致的划分方式，呈现出类型化倾向。

另外，不同类型的网络耽美小说之间已出现类型杂糅的倾向，各种类型的元素被拼贴在一起，形成了多元混合的风格。拼贴手法是一种后现代艺术创作的技巧，在文学中是指作家将原有的素材巧妙地组合在一个新文本中，使其呈现与原有面貌大不相同的气质。拼贴技巧就像玩拼图游戏，每一部分内容看似零散，但是拼贴在一起却能最终呈现一个完整的作品。在网络耽美小说中，以某种类型为主导，同时拼贴其他多种类型元素的作品大量存在。例如，思乡明月的《雄霸传说》以武侠小说为底色，同时糅合了穿越小说、同人小说、耽美小说等诸多类型，形成一个"混搭"的作品。该作品的类型杂糅具体体现在：用武侠元素奠定全文快意恩仇的基本基调，同时主角凌傲天从现代穿越而来的设定融入穿越的背景，而同人小说的特色则体现在凌傲天在现代时空十分喜欢《风云》系列作品，因此熟知里面人物的命运走向与结局，当他穿越到《风云》主要角色之一的雄霸的身体之中时，便能

---

❶ 刘俐莉. 网络小说新类型及分类标准初探［J］. 云南电大学报，2012（4）：64-67.

运用自己的先知能力改变原著《风云》的人物命运。小说中,成为"雄霸"的凌傲天在与弟子"步惊云"的朝夕相处中,从互相算计到倾心相待,终于获得了对方的真心,两人最终携手江湖。这种长相厮守、逍遥此生的结局正是网络耽美小说的常见套路。这部小说证实了在一部作品中,完全可以让多种网络小说的类型互相融合,而且这种类型杂糅的创作策略从一定程度上增强了小说的阅读趣味,可以同时满足不同阅读口味偏好的读者需求。

其实,将不同风格的类型小说进行拼贴整合比较考验作者的创作功力,如何使各种类型的叙事模式在同一文本中展现,还能使情节符合小说设定的逻辑,并不是一件容易的事,稍有不慎就会被读者认为是玩弄技巧而缺乏真诚叙事的态度。因此,对于写作经验并不丰富的大多数耽美作者来说,采用元素拼贴的方式比类型风格的相互融合要方便许多。所谓元素拼贴指的是一种情节堆凑的创作手法。将当下网络小说中常见的情节,例如商战、宅斗、宫斗、重生❶等进行提炼加工,在小说中排列组合生成新的故事。从网络耽美小说的"文案"入手,便足以分析这一现象。这种文案与小说简介相似,但简介侧重对小说内容的介绍,而文案则可以反映作者的语言风格以及故事的相关元素。由于网络小说动辄几十万字的篇幅,读者直接从文本内部获取兴趣点会增加时间成本。因此,在正式阅读前,根据文案挑选自己感兴趣的小说是很多读者的习惯。所以,对网络文学而言,文案就像商品的外包装,如何通过文案吸引读者的关注是作者必须掌握的技巧,而文案的内容标签则通常能较为直观地体现小说所包含的风格元素。以绿野千鹤的《皇上别闹》为例,晋江

---

❶ "商战"指的是在小说中出现激烈商业竞争的情节。"宅斗"指的是小说场景为商贾世家或官宦世家的后宅,情节以妻妾之间的权力较量和男女主人公的情感纠葛为核心。"宫斗"指的小说场景在皇帝后宫,情节主要为后妃的权力较量和情感纠葛。"重生"指的是主人公在"死"后重新获得生命,通常这类主人公会带有"前世"的记忆复活。

文学城上该作品的文案如下：

> 　宋箫年轻的时候想做一代贤臣，却被那个一意孤行的皇上强娶
> 进宫；一代贤后的事业刚刚开始，皇上挂了……
> 　再睁开眼，到了二十一世纪，曾经才高八斗的状元郎也得背起
> 书包面对高考，不过，这个同桌似乎有点眼熟……
> 　皇帝陛下：▼_▼作业借我抄抄
> 　宋箫：……
> 　内容标签：豪门世家 穿越时空 娱乐圈 古穿今
> 　搜索关键字：主角：宋箫，虞棠| 配角：很多| 其他：温
> 馨，1V1❶

　　该文案共分为内容简介、内容标签、搜索关键字三个部分，从内容
标签可以明显看出，小说包含穿越、宅斗、娱乐圈等多重情节素材，是
一部典型的元素拼贴作品。该小说以古代人带着"前世"的记忆穿越到
虚拟的现代时空为开端，沿用了穿越小说中的"古穿今"模式。随后成
为现代人的宋箫与虞棠以学生的身份在校园内再续前缘又进入了校园小
说的叙事模式。身为豪门少爷的虞棠为了争夺虞家继承人的地位与几位
叔伯钩心斗角的情节，正是借鉴了官宦世家嫡庶相争的"宅斗文"的风
格。小说的最后，宋箫与虞棠开始进军娱乐行业，以幕后投资人与编剧
的身份，根据他们"前世"的生平拍摄了大虞朝第一位男皇后的电视剧，
在小说虚拟的社会上引起轰动。两个男主角在娱乐圈混得风生水起的人
生轨迹，则是拼贴了网络小说中"娱乐圈文"的元素。绿野千鹤作为一
名高产的耽美小说作家显然已经对多元混合的风格驾轻就熟，在写作前

---

❶　绿野千鹤. 皇上别闹［EB/OL］.［2020-08-08］. http：//www.jjwxc.net/onebook.
php？novelid=2527747.

首先从琳琅满目的素材中挑选自己中意的元素，然后进行拼贴加工，最终完成一部类型驳杂的新作品。因此，上文引用的文案内容标签也从一定程度上反映了作者在构思过程中选择元素的心理。

类型化与多元素混合可以说是网络耽美小说叙事风格的两大特点，而要探寻其形成的背后原因，不妨从文学接受的角度进行分析。文学创作的市场化以及读者的"阅读经验期待"是促成网络耽美小说类型化的两个重要因素。

当前，网络耽美小说的创作数量十分可观，因此在市场化的背景下，细分作品类型有助于读者更快速地挑选出符合自己阅读期待的小说。以晋江文学城为例，面对浩如烟海的网络耽美小说作品，其网页上方的醒目位置设置了查询栏，按照小说的视角（"主攻""主受"等❶）、时代（近代现代、古色古香、架空历史、幻想未来）、类型（武侠、奇幻、传奇等）等划分多个种类的选项。读者只要在小说搜索栏中选择各项搜索条件，就可以精准找到符合自己兴趣的小说。文学网站对耽美小说进行类型细分是为了实现资源的合理分配以及检索效率最大化，充分体现了网络耽美小说作为文学商品被高度市场化的一面。目前大部分的网络耽美小说已转型成以文学市场的需求为导向的商品，其盈利方式是吸引一切可能通过文学网站阅读小说的读者去做相关的消费。因此，如何取悦读者（消费者）便成为每个想要通过创作网络耽美小说盈利的创作者必须思考的问题，而小说的类型化细分也正顺应了这一趋势。

而且，读者在阅读商品化的网络耽美小说之前，也会产生一种期待心理。"在文学阅读之先及阅读过程中，作为接受主体的读者，基于个人与社会的复杂原因，心理上往往会有既定的思维指向与观念结构。读者这种据以阅读文本的既定心理图式，叫作阅读经验期待视野，简称期待

---

❶ "主攻"指的是故事以攻的视角发展的小说；"主受"指的是故事以受的视角发展小说。

视野（expectation horizon）。"❶ 当网络耽美小说经过高度类型化的细分后，同一题材小说往往在情节设置上出现趋同倾向。不过，读者之所以偏爱某一类型作品，正是缘于这类作品的模式与风格能击中其阅读兴奋点。假如一个读者在阅读完某类型的作品后变得特别喜欢该类型特色，便会在文学网站上用搜索引擎寻找与之归为同一类型的作品，反复满足自己的"阅读经验期待视野"。对读者而言，连续阅读同类型的作品可以将阅读上一部作品时引起的兴奋感延续至下一部作品的阅读之中，从而在阅读中持续刺激自己的阅读兴奋点，延长阅读带来的精神快感。

此外，读者（消费者）的从众心理是令网络耽美小说类型固化的深层原因。网络耽美小说的从众心理可以分为创作从众和阅读从众。当一部开启新潮流的网络耽美小说大获成功后，会涌现出一大批跟风创作的作品，久而久之形成一个固化的文学类型。例如，水千丞的《寒武再临》开创了网络耽美小说中因天灾造成末世，男人们并肩奋战克服末日的种种困难，肩负起人类生存重任的故事类型。这种类型小说简称为耽美"末世文"。实际上在《寒武再临》发表之前，网络耽美小说中已存在将背景设置在世界末日来临前的作品，例如焦糖冬瓜的《绝处逢生》等，但此前的末日小说多将形成末日的原因设定为"僵尸"出现席卷全球。《寒武再临》则是描写了天灾造成的末日，引领了"末日文"中更加细分的天灾类型。这让本已经对"僵尸末日文"产生审美疲劳的读者再次燃起兴趣，一大批创作者紧随其后创作了同类型的小说，例如焦尾参的《重生末世之海》、微云烟波的《末世之活下去》、犯二的萌小兔的《天灾之重回末世前》等，而且从标题即可看出是追赶潮流的仿作。一些作者看到某类型的小说具有较高的点击量，在从众心理的影响下，不管是否擅长写此类小说，都加入了创作大军之中。读者的从众心理则体现在读者面对汗牛充栋的网络耽美小说，如果没有自己特定的喜好类型，则

---

❶ 童庆炳. 文学理论教程 [M]. 北京：高等教育出版社，2008：324.

会寻找文学网站排行榜上点击量较高的作品进行阅读。因此,当某部网络耽美小说长期占据排行榜,读者便会跟风追捧将其奉为经典,从而吸引其他创作者投入同类型的小说创作。经此循环,最终甚至能开创出一个新的流派,而网络耽美小说创作也逐渐被类型固化。

随着网络耽美小说类型化的发展,越来越呈现多元混合的杂糅风格。这同样是文学市场化深入发展的结果,也是从影视作品的创作手法中借鉴了模式。高度类型化容易导致作品的同质化。读者总是阅读同一类型的小说,会发现其中无论是情节设置、人物性格,还是故事发生的时代背景都极其相似,甚至一看开头就能猜中结尾。当某种类型小说刚刚成为创作热潮时,读者往往会热衷于接受同类小说带来的密集的阅读刺激。但是当该类小说的风格模式逐渐定型、创作热潮退却时,读者的兴奋感与新鲜感也会在千篇一律的阅读体验中被消磨殆尽。因此,类型固化与题材重复成为当下网络耽美小说发展的掣肘。为了开拓新市场,给读者耳目一新的阅读体验,创作者开始尝试从影视创作中汲取营养,采用多种类型混合的创作方式。

同样类型化倾向非常明显的好莱坞电影,早在20世纪70年代就已开始尝试混合类型作品的创作。正如郝建所说,从"新好莱坞"电影中已经可以看到一些混合类型的倾向,那就是在某种经典类型中糅入其他元素。比如喜剧片元素在强盗片、西部片、政治片中的广泛运用。20世纪70年代之后,随着后现代主义创作手法的普及,好莱坞的类型电影一方面越来越精细化完美化,另一方面也朝着类型间杂交的方式迈进,很多影片都包含着两种以上的类型片的要素,有的甚至根本无法被归类。❶借鉴好莱坞影片创作模式的中国电影早已学会了类型拼贴的游戏。例如刘镇伟导演的《东成西就》,虽然是喜剧片,却套用金庸武侠的人物关系。片中黄药师以"弹指神通"对战段王爷"一阳指"的片段,指尖上

---

❶ 郝建. 影视类型学 [M]. 北京:北京大学出版社,2002.

电光火石，堪比警匪片的枪战。冯小刚导演的《天下无贼》则更为复杂，在男女主角的爱情线下穿插了警察与小偷的追逐、黑帮老大的挑衅、盗亦有道的伦理，等等，甚至已经难以将该影片归入任何一种类型片的范畴。多元混合的类型实质上体现了电影导演在商业上的强烈诉求。当单一的类型片已无法取悦观众时，影视创作迎来了类型杂糅的时代，网络耽美小说的创作同样如此。读者在经过长期的类型小说阅读后，高度模式化的小说已经无法唤起他们的阅读兴趣，多种类型混合的创作新思路才能满足他们对阅读体验的要求。

多类型杂糅的创作方式其实非常考验作者的写作功力，看似繁华热闹满足了读者所有阅读期待的小说，恰恰也容易暴露因过度的元素拼贴而导致逻辑失真的问题。这类作品最为明显的表现便是主人公往往拥有上天入地无所不能的超群能力，能在涉及历史、武侠、悬疑等多个类型小说的场景中所向披靡，却也完全跳脱真实的生活逻辑。此外，网络耽美小说从其他类型的网络小说中套用的叙事模式也可能会出现"水土不服"的问题。小说《甄嬛传》的影视改编取得巨大成功后，其作为网络小说的原著也受到热烈追捧，形成了一股网络小说"宫斗文"的风潮。于是，一部分网络耽美小说借鉴了"宫斗"的模式，直接将主人公原本的女性性别改为男性，从而出现了男皇后、男妃子等一群男性后宫争宠的故事。这种富含想象力的情节构思虽然能给读者带来"不按套路出牌"的新鲜感，但也受到一些读者对此做出"完全罔视逻辑"的批评。诚然，多元混合的创作模式并非一无是处。其创新的思路有时也会意外发展出一批潜在读者。例如，《盗墓笔记》的盛行引发了相关同人作品创作的热潮，有不少耽美作品将吴邪和"闷油瓶"张起灵改编为同性情侣，甚至形成了"瓶邪耽美文"的新潮流。虽然这类小说的预期读者是耽美爱好者，但因故事延续了原著的盗墓元素和恐怖悬疑的风格，竟然也将一部分对原著小说风格感兴趣的读者吸引了过来。这些读者在阅读了"瓶邪耽美"的同人小说后，开始对耽美文化产生兴趣。因此，多元混合的风格能吸引更多的读者，进而扩大了耽美小说的阅读群体。

第三节 点线相合：冲突散点化与线性时序的结构

无论何种小说，其本质都是作者在给读者讲述故事，即叙事的过程。采用何种结构使得这个故事能够娓娓道来打动读者是评判小说优劣的关键因素。结构是将小说各个部分的内容进行排列组合的内在形式。分析一部小说的结构不仅可以看出作者如何运用自己的生活体验塑造出不同的人物形象以及表达一定的主题诉求，也能探索作者将人物、情节、艺术手法等各项要素加以安排和组织的过程。目前大部分网络耽美小说的叙事结构体现出线性时间叙事以及散点化冲突和悬念营造的特征。这一叙事结构特征的形成与网络耽美小说在文学网站连载、创作者面临每日更新的写作压力的创作背景密不可分。

一、线性时间叙事结构

分析网络耽美小说的叙事结构，要先关注其内在的时间顺序。小说是时间的艺术，E. M. 福斯特曾经说过，小说把时间完全摒弃后什么也表达不出来。❶ 网络耽美小说基本遵循线性时间的发展规律来建构其内部叙事结构。线性时间概念属于物理学范畴，指的是时间像一条直线，永远向前发展，不可逆转其前进方向。当这种时间观念被运用到文学作品中，叙事结构就呈现出线性排布的特点。情节由一条或者多条线索串联，构成开始、发展、高潮、结局等阶段，人物被容纳其中推动情节发展，而支撑整个文本逻辑的便是时间维度。自然时间流逝的顺序成为小说时间的基本框架。

线性时间叙事在中国古典文学中早已有之，上可追溯至描写原始社

---

❶ ［英］E. M. 福斯特. 小说面面观［M］. 冯涛，译. 北京：人民文学出版社，2009.

会狩猎生活的《弹歌》。"断竹，续竹，飞土，逐宾"，仅8个字还原了削竹子制作弹弓，并用弹弓追捕猎物的过程。尽管没有出现具体的时间，但是将事件按照真实发生的顺序排列，依然体现了线性时间叙事的特点。到了小说发展成熟的清代，创作者已经能够熟练运用线性时间叙事结构，例如《红楼梦》按照春夏秋冬的自然时间顺序，将荣宁二府发生的大小事件串联起来，让读者能够更加清晰地感知贾府"大厦将倾"的悲剧发展历程。可见，将整个小说的叙事安排在线性时间顺序的叙事结构之中能经得起历史的考验。这不仅体现了时间的连续性，在一个线性发展的时间轴上将故事按照情节的发展向前推动，也最能让读者轻松接受。这种传统的叙事结构在网络耽美小说中也从未缺席。

网络耽美小说作为一种主要以网络为传播媒介的文学样式，大多数作品都是在大型文学网站首次发布并进行连载的。这种发布形式决定了网络耽美小说必须以情节取胜才能持续地吸引读者前来阅读，也决定了大部分的网络耽美小说是以情节发展为主要脉络，以线性时间串联故事的线状结构，使作品从开始到结尾都能将故事完整地呈现在读者面前。

笔者在本书第四章第二节中梳理过的校园耽美文、竹马耽美文等关注主人公成长历程的小说，便是非常典型的按照线性时间的发展顺序、刻画主人公成长过程与爱情发展的作品。例如冠盖满京华的《唇诺》，作者从主人公黑诺的诞生开始叙述，一步步讲述了黑诺与施言在校园内相遇，从彼此互相看不顺眼到逐渐相知相惜，进而因爱生恨，又最终相爱相守的故事。即便是穿越耽美小说这类看似颠覆线性时间的作品，仔细考察其时间规律后也可以发现，主人公穿越到特定时空后的情节，依然是按照线性时间顺序排列。例如慕父的《穿越成为东方朔》，当历史系老师林晓北穿越到汉朝成为"东方朔"以后，依旧按照历史进程进入朝堂与"汉武帝"相遇。随后，该小说便开始脱离历史的真实，编织了"东方朔"与"汉武帝"的爱恨情仇。尽管绝大多数的故事情节来自作者的幻想，但是依然是按照线性时间顺序安排情节的发展。

　　尽管线性时间叙事结构是网络耽美小说主要采用的方式，但有时仍会存在倒叙、插叙等叙事手法。这些手法以小片段的形式插入故事中，并不改变小说整体的线性时间叙事结构的格局。例如，薇诺拉在其作品《醉死当涂》中便使用插叙手法交代主人公的成长背景。主人公袁骆冰以黑车司机的身份登场，当读者以为袁骆冰不过是个满嘴跑火车的"混混"时，作者却以汽车挂饰上其与演艺界"明星"顾遥的合照，揭开了其曾作为舞蹈演员追逐梦想的人生历程。作者用插叙的方法将叙事拉回袁骆冰苦练舞蹈的岁月，一方面是为了将其曾经耀眼的舞蹈生涯与当下跑黑车的营生形成鲜明对比，另一方面也是为下文袁骆冰与顾遥的对手、同样身为演艺界"明星"的黎翘发生感情纠葛的故事埋下伏笔。因此，这部小说讲述袁骆冰与黎翘的爱情的主体故事部分，采用的仍是一般的线性时间叙事结构。

　　网络耽美小说作为一种新兴的网络文学类型，与中国传统文学相比，其叙事结构展现出情节发展碎片化的特征，即依靠零散的事件构成松散的因果关系，有时甚至以拼贴没有因果关系的情节事件来推动时间线索的进程。此外，大量的心理活动片段也是串联小说情节的重要元素。其实，网络耽美小说的碎片化叙事，可以被视作由于作者创作水平有限，对长篇小说总体框架把握乏力而导致的叙事结构问题。长篇小说的创作十分考验作者的写作功底，洋洋洒洒的文字背后须有清晰明确的逻辑关系；通过复杂的人物情感关系与故事情节传达出的价值观，还须能够体现作者的主题诉求。可是，大多数网络耽美小说的作者没有接受过专业的写作训练，是一群仅凭兴趣爱好创作小说的写手，而且大多数网络耽美小说的篇幅在十万字以上，凭借作者的写作能力似乎很难驾驭。因此，许多网络耽美小说的"鸿篇巨制"便容易出现叙事碎片化和逻辑松散的问题。例如香小陌的《帝都异事录》，从其文案中就可以看出其中的问题。

都市探险文，一个聪明强势并且拥有超强脑力的白富帅，用异能召唤到一只帅得魔性又傲娇的小神龙，同是出身帝都"豪门世家"，又各自身怀绝技，两人并肩携手上天入海大冒险的一系列热血故事。同时，这也是把帝都各路盛景奇观、旧闻异事、以及京味儿器物美食，揉吧揉吧再串起来的怀旧民俗文。

剧情大约两部分，一部分发生在凡间界，探访京畿名胜古迹奇闻轶事；另一部分去到神狩界，变身打怪与各路神兽战斗。❶

小说以北京流传的"北新桥神秘锁龙井"的传说开篇，运用一个现实世界的传说奠定了全书探险的基调，使读者将作品与现实世界产生联想，增强了探险的欲望。具有"异能"的楚晗与"龙三太子"房千岁在小说前半部分探险的过程，将作品悬念推向高潮。然而当两人离开人间进入"神狩界"后，探险的趣味戛然而止。作者甚至不再将笔力集中在楚晗与房千岁的身上，而是"另起炉灶"开始打造另一对主人公凤飞鸾与沈承鹤纠缠的情爱故事，这令作品前后两部分产生十分明显的断裂感。对此，读者"苏小惟"的观点比较有代表性，"看完全文之后，我才明白为什么很多评论都说此文文风奇特。就像是一锅大杂烩，充斥了各种元素。前20%是现代灵异悬疑文，中间60%是神仙鬼怪仙侠文，后20%蹂蹂躏躏大混合。这文本身篇幅不长，却看来散乱陈杂，不仔细看给人摸不着线索的感受。"❷ 这部作品之所以会令读者出现线索散乱的感受，正是由于整部小说在创作中过度使用拼贴导致逻辑混乱。小说在几个毫无关联性的背景环境中随意切换，聚焦的角色也在不断变动，这很

---

❶ 香小陌. 帝都异事录［EB/OL］.［2020-08-08］. http：//www.jjwxc.net/onebook. php？novelid=2434622.

❷ 【2015年08月推文】《帝都异事录》作者：香小陌（不夸不黑，作者你能告诉我你是去哪儿拜师学艺了吗？以至于制服三部曲后续文风如此奇特）［EB/OL］.［2018-03-12］. http：//www.txtnovel.net/thread-3393369-1-1.html.

容易使读者产生碎片化的阅读观感。虽然是在线性时间顺序下，却难以展现线性时间叙事带来的有序感，导致叙事结构出现逻辑不够严谨的问题。

此外，过多心理描写带来的叙事抒情化、散文化也是网络耽美小说叙事的一大特点。对主人公心理活动的刻画是所有小说中普遍存在的文学表现手法，网络耽美小说也不例外。与文学的经典文本相比，网络耽美小说的心理描写出现的频率更高，心理活动的内容具有意识流的色彩。网络耽美小说中大量存在以第一人称视角写作的文本，在晋江文学城上甚至形成了"主攻视角""主受视角"的分类，即叙述视角为主人公视角，且主人公的设定为"攻"或"受"。当作者在创作时将自己代入角色后，就形成了一种"自我"式的叙事角度，令其能够更加自由地表达情感体验，更加自然地将主人公的心理历程展现给读者。因此，大段的心理描写不仅是网络耽美小说情节发展的助推器，更是作者自身情感表达的需要。这也可以解释为何部分网络耽美小说的心理描写具有抒情散文的风格。例如，《念仪》是作者夕流以电视剧《七侠五义》中"御猫"展昭与"锦毛鼠"白玉堂的故事为原型所创作的同人耽美作品。作者选取的创作视角很有新意，以身为坐骑的一匹马的视角来述说主人公的爱情。书中的一段内心独白颇有散文风格。

> 瞧，这些往事我记得多清楚呀！连细节都不曾忘却！
>
> 一场秋雨一场凉，这时节，正是桂花盛开的时候吧！你不断地催我快跑，可是想起新制的桂花醇了？嘴里还留着去年你喂我的桂花糟的香味，可是，我却越来越跑不动了。真的老了啊，为什么伏在我背上的你的身体却依然那样年轻结实呢？
>
> 我不知道人老了，是否也会像我们马一般，特别怀旧。我常常想起你和他舞剑，虽然你总说那是比剑，但我看来更像舞剑，或月

下，或雨中，或水旁，或山巅，总要舞过一场你才会将偷来的东西还他。❶

作者以一匹马的视角传达细腻的情感。这匹马像是一位饱经风霜的老者，向读者娓娓道来主人的爱情故事。这种心理化结构浓烈的抒情氛围，很容易让读者沉醉其中。以人物大段散文式情感独白构筑的文本，从人物内心活动层面还原事件发生的场景与情节，其中心理描写的作用已不是单纯地抒发感悟，还肩负着叙事的任务。例如，引文中马儿在回忆中展现了"展昭"与"白玉堂"在月下、雨中比剑的情形。这种直接以意识活动来搭建作品结构的方式，体现了网络耽美小说叙事结构中的心理化特征。

二、散点化的冲突与悬念营造

以时间顺序为轴，建构了网络耽美小说线性时间叙事结构，而散点化的冲突与悬念营造，则构成网络耽美小说独特的叙事节奏。如果将网络耽美小说比作一支变奏曲，那么散落在各个乐章中的冲突就像鼓点一样，敲击着读者的心灵。散点化的冲突与线性时间共同构成了网络耽美小说点线相间的叙事结构特点。

研究网络耽美小说叙事节奏，可以探明网络耽美小说作为一种文艺作品，是如何通过其独特的情感韵律影响读者的心理的。此外，如果站在作者的立场，研究如何把握网络耽美小说的节奏规律方可保持作品的整体动态美感，也是一个值得探索的问题。朱光潜认为，节奏是一切艺术的灵魂，❷ 因为艺术作品从本质上来说是反映人类情感活动的，而节奏

---

❶ 夕流. 念仪 [EB/OL]. [2020-08-08]. http：//www.txtnovel.top/thread-2647843-1-1.html.

❷ 朱光潜. 朱光潜美学文集：第 2 卷 [M]. 上海：上海文艺出版社，1982：108.

则是艺术作品在欣赏者身上产生情感反响的关键因素。艺术作品中的节奏使得情感步步递进，进而带领读者解读作品中微妙的思想与意义。网络耽美小说同样存在其特定的节奏韵律，悬念冲突与情感因素的动态变化共同构成了作品的节奏感。

节奏对于艺术作品的重要性毋庸置疑。在音乐中，节奏通过强弱音的长短交替反复构成婉转动人的华美乐章。在诗歌中，节奏又幻化为平仄铿锵的语音变化。哪怕是在无声的艺术——绘画中，也可以通过色调的冷暖、线条的虚实来形成画面的节奏感。而对于电影、戏剧等综合艺术而言，节奏更是被艺术理论家置于至高无上的地位。在小说中，节奏同样存在。创作者叙述的过程也是一种运动，读者能够感受作品中速度的变化，而这种变化就是叙事节奏。叙事节奏是文学作品叙事特征中不可或缺的要素，也是叙事学的一个重要研究对象。

对于小说的叙事节奏，古今中外的学者都曾投来关切的目光。尽管目前关于叙事节奏的研究理论多源于西方，但中国的学者早已注意到小说叙事节奏的规律。例如，金圣叹对《水浒传》的点评就已经提到小说叙事节奏对读者审美体验的影响。在《水浒传》第四回中，鲁智深大闹五台山，两次酒后醉打山门，看得读者惊心动魄。然而在两段精彩描写之间，作者却插入一段议论饮酒过失的闲文。对此金圣叹点评道："今鲁达一番使酒，真是捶黄鹤、踢鹦鹉，岂惟作者腕脱，兼令读者头晕矣。此处不少息几笔，以舒其气而杀其势，则下文第二番使酒，必将直接上来。不惟文体有两头大、中间细之病，兼写鲁达作何等人也。"❶ 金圣叹此番评语非常明确地指出在情节安排和谋篇布局中，应当保持有张有弛的叙事节奏。作者对鲁智深两次搅乱禅堂描写得大开大合，笔墨酣畅淋漓，如果接连使笔，会令读者过分紧张，产生头晕之感。而中间寥寥几笔的闲文正好"舒其气杀其势"，起到过渡调节和缓冲的作用。金圣叹对

---

❶ 金圣叹. 金圣叹全集：3 白话小说卷（上）[M]. 南京：凤凰出版社，2008：117.

于文章要张弛有度、不能一紧到底的看法，实质上点出了叙事节奏在小说写作中的重要性。

虽然中国学者对文章节奏的注重古已有之，但真正从叙事学层面提出叙事节奏理论的是西方学者。最早将节奏问题落实在叙事学理论上的是荷兰学者米克·巴尔，其在《叙述学：叙事理论导论》中谈到，各种素材的运用所形成的描述上的交错就是叙事的节奏，并且提出了"省略、概略、场景、减缓、停顿"五种节奏的表达形式。❶ 巴尔的论点基本明确了节奏的特征，但是其关于节奏表达形式的看法则来源于法国叙事学大师热拉尔·热奈特的观点。因此，如果将叙事学作为一种理论工具来分析网络耽美文学的叙事节奏特点，还需追根溯源，要从热奈特的理论入手，分析节奏对文本形成的影响。

热奈特的《叙事话语·新叙事话语》被称为当代叙事学的奠基之作，其关于叙事与时间之关系的观点也具有划时代的创新意义。热奈特以《追忆似水年华》为研究对象，揭示了叙事学的奥秘。该著作的第二章"时距"探讨了故事实际延续的时间与叙述文本长度之间的关系，这种速度关系就是现在所理解的叙事节奏。热奈特从停顿、场景、概要、省略这四个传统叙述运动出发，断言普鲁斯特的叙事深刻改变了小说叙述节奏的总体系。❷ 实际上，不仅普鲁斯特的小说对叙事节奏的发展有巨大贡献，热奈特所提出的理论方法本身也为后人提供了分析文本的重要工具。笔者接下来也会使用该理论工具，结合网络耽美小说的实际，分析其内在的叙事节奏特点。

动辄十几万字的网络耽美小说之所以能让读者耐心地追看连载，是因为作者在叙事时交替使用了"省略"与"场景"的手法，一张一弛地

---

❶　[荷] 米克·巴尔. 叙述学：叙事理论导论 [M]. 谭君强，译. 北京：中国社会科学出版社，1995.

❷　[法] 热拉尔·热奈特. 叙事话语·新叙事话语 [M]. 王文融，译. 北京：中国社会科学出版社，1990.

保持了叙事的节奏感。省略手法是指"故事时间"的长度要长于叙事时间，而可能在很长一段时间内发生的故事，在文本中却用短短几句话一笔带过。首先，这种手法在网络耽美小说中更多地被用在开篇，作者通常会用极为简短的方式快速交代人物的身份、故事发生的背景。作者使用省略手法让读者快速掌握人物的各项信息，是为了让读者能迅速地将自身代入角色。其次，在章节的切换之间使用省略手法，则能加强叙事节奏的跳跃感。例如，在风弄的《蝙蝠》中，作者对章节的转换便做了如下处理：

> 封龙环视大厅一眼，在椅上缓缓坐下，接过仆人恭敬送上的香茶，小啜一口，每一个动作都完美得无可挑剔。
>
> 封家何幸，有子若此。
>
> 第二章
>
> 自从一剑挑杀为恶江湖三十年的天南山怪后，封龙已被武林同道奉为江湖第一高手。其年纪之轻、智谋之深、风度之佳、武功之高，均为人所称赞。❶

作者在第一章结尾处还在对封龙的喝茶动作进行场景还原，却在第二章的开头以极简的方式交代了封龙成为江湖第一高手的过程。章节之间叙事的速度感有了明显的变化，这样有张有弛的处理，能调动读者的阅读兴趣，让读者跟随作品的节奏韵律而动。

除了省略手法以外，促使网络耽美小说章节结构之间保持一定的节奏感的另一个方法，就是将冲突与悬念设置散落在各个章节之间。例如络缤在《法医穿越记事》中就采用了这种方法。小说中，现代时空的法医庄重穿越到架空的古代成为小和尚，认识了挚友圆觉。一次遇险时，

---

❶ 风弄. 蝙蝠 [EB/OL]. [2020-08-08]. http://fengnong.wikiyuedu.com/zuozuo/.

他与圆觉阴差阳错调换了身份。圆觉被杀，而他则成为文渊侯遗失在外的嫡长子。为了替友报仇找出真凶，庄重进入文渊侯府调查事情的真相。全文以庄重调查圆觉的身世之谜为主体线索，同时穿插其运用穿越前的法医知识破获一个个独立案件的情节。每个案件的解决通常不会耗费太长的叙述时间，让读者看完上一个案件就开始期待下一个案件的出现，不太会感到厌倦。其实，《法医穿越记事》的写作方式与网络耽美小说的发表形式有关。基本上只有能做到每日连载的作者，才能成为晋江文学城等大型文学网站的签约作者，这是由读者的期待程度所决定的。读者一旦对某一部网络作品产生兴趣，其阅读速度便会紧紧追随作者的连载速度，基本能做到更新一章阅读一章。为了稳定甚至获得更高的作品点击量，作者必须加快更新速度，以防读者因等待太久而被其他作品吸引。另外，连载速度快也更容易登上文学网站排行榜，进而获得更多读者的关注。因此，为了维持读者持续阅读的动力，就要让读者在每天更新的内容中都能获得一些刺激，所以作者必须将冲突与悬念的情节设置散落在各个章节之中，维持一种叙事的节奏感与新鲜感。于是，冲突被镶嵌在故事情节之中，是为了达到能时不时地戳中读者兴奋点的目的。如此一来，即便读者花费一整年甚至更长的时间去追随作者写作的脚步，也不会觉得兴趣索然，只要点开连载的新章节，便能迅速达到兴致勃勃的阅读状态。或许，这也是"快餐式"文学作品的宿命：必须每日更新"菜单"，才能吸引读者心甘情愿地长期为"菜品"买单。

第六章　坐标参照：文学史视域下的思索与展望

本章将区别于前述章节的内部研究视角，以外部审视的角度，从文学史的视域去思索网络耽美小说的意义与其中存在的局限。网络耽美小说作为中国当代文学的新兴文学样式，以文学史之维度对其进行坐标性的参照，才能提取出其创作经验的特点。此外，将网络耽美小说与相似题材的"同志"文学对比考量，则能察觉其思想内涵的局限。尽管网络耽美小说在艺术探索上存在诸多不足之处，但基于其庞大的受众群体，未来仍会不断发展。因此，不论学界是否承认网络耽美小说能在文学史中占有一席之地，都应对其予以关注，并探讨其未来走向。

第一节　创新乏力：创作经验移植与逻辑失真

文学用语言来表现社会生活，作家将经过选择的生活经验以一定的语言结构固定下来，形成文学作品，以表达对生活的某种情感体验。生活经验可谓文学生成的基源，纵观中国文学史上的优秀作品，无一不是依靠作者丰富的生活经验作为支撑而写就的。然而，网络耽美小说的大多数创作者并没有许多与现实中男同性恋者相关的生活经验，甚至鲜少接触过真实的同性恋者。面对经验的匮乏，网络耽美小说作者选择通过构想策划和移植经验的方式来弥补。由于作者套用他人的创作经验，造成植入后的文本表现得"水土不服"，导致小说逻辑失真。

一、创作经验的移植问题

文学作品从本质上而言是作家对各种生活现象做出的主观判断与观察，并将之审美艺术化的产物，因而文学创作依赖作者个人的生活经验。经验的匮乏容易导致文学作品在反映生活方面表现乏力，进一步影响其创作的深度与广度。以丰富的生活经验为支撑进行文学创作是中国作家一贯遵循的传统之一。在中国现当代文学史上，无论是体现乡土经验还是城市经验，都有着优秀的代表性的作家作品。

丰富的生活经验也是作家在文学实践中的宝贵素材来源。生活经验或许不是决定作品成败的唯一因素，但至少保证了作品不是无根之木。以乡土书写为例，许多公认的优秀乡土作品，其作者都有着深深扎根于农村土地的乡土经验。例如，赵树理对农民群体可谓知根知底，"他们（农民——笔者注）每个人的环境、思想和那思想所支配的生活方式、前途打算，我无所不晓。当他们一个人刚要开口说话，我大体上能推测出他要说什么——有时候和他开玩笑，能预先替他说出或接他的后半句话。"❶ 正是因为对农民的了解达到这般程度，赵树理笔下的人物才能活灵活现。《小二黑结婚》中塑造的脸上像"驴蛋外面下了层霜"的三仙姑，让人忍俊不禁又真实生动。赵树理在农村摸爬滚打总结出的生活智慧，通过其生花妙笔都在作品中被一一展现。所以，可以说检验一部作品是否贴近真实生活的一个方法，就是作品中描写的人物在现实生活中所对应的对象，能否发自内心地认同作品对人物的塑造。赵树理的小说显然做到了这一点，"农民们欢迎它的那种激动情绪，就像一个女人在电视中看到了自己的丈夫一样……他们被带进对他们来说全都很熟悉的情节中"。❷ 可见将丰厚乡土经验作为创作依凭的赵树理，在作品中对乡村

---

❶ 赵树理. 赵树理文集：第 4 卷 [M]. 北京：工人出版社，1980：1452.

❷ 黄修己. 赵树理研究资料 [M]. 北京：知识产权出版社，2010：467.

土地上发生的故事做到了真实鲜活地再现，并且得到了熟悉这方土地的农民的认同。

与乡土书写相比，反映城市生活的小说或许更接近网络耽美小说中描写的社会场景。绝大多数以当下为时代背景的网络耽美小说，都将故事的发生地点放置在城市之中。这与耽美爱好者群体的地域分布有密切关联，"城市占绝大多数，农村很少甚至没有"❶。因此，对于网络耽美小说的创作者而言，城市生活体验是他们更容易得到的写作素材，而中国当代文学领域同样不乏对城市日常生活进行还原与展示的作家。例如，刘震云的《一地鸡毛》，堪称新写实主义的代表作品。作者选取城市中的一个普通工薪家庭为表现对象，作品中的小林和小李每天因为琐碎的杂事而奔波的生活状态，是平庸甚至可悲的。作者通过还原城市中小人物的 "灰色生活"，揭示了人在当代物欲社会中的生存困境。这些无疑是刘震云在日常生活中的观察体悟，也反映了其对知识分子精神主体价值陷落的担忧。虽然同样都是面向城市生活的书写，网络耽美小说在塑造人物时却很少像刘震云等主流作家一样，将目光放置在小人物的生活上。大多数网络耽美小说设定的 "攻" "受" 形象，通常有一方或者双方都拥有较好的社会地位或经济状况。换句话说，网络耽美小说中塑造的人物，基本都不必为维持生活而奔忙。究其原因，一方面是出于令同性恋爱叙事合理化的需要，非凡的身份可以帮助主人公脱离世俗的眼光，毫无顾忌地追求真爱；另一方面是由于网络耽美小说从根本上来说还是一场为腐女群体编织的爱情幻梦，读者更希望从小说中看到超越自身阶层的日常生活，而且主人公奢华的生活方式可以让读者的阅读代入体验变得更加舒适。但是，这种脱离作者本身真实生活的描写同样带来一个显而易见的问题——因为对自己笔下人物的生活并没有真实的体验，依赖想象作支撑的网络耽美小说普遍存在明显的脱离现实的 "生搬硬造"。

---

❶ 阮瑶娜. "同人女" 群体的伦理困境研究 [D]. 杭州：浙江大学，2008：15.

在网络耽美小说的各大种类中，公认写得比较好的是校园耽美文，例如周而复始的《晨曦》、微笑的猫的《不疯魔不成活》等都是经典的校园耽美小说。另外，还有部分刻画主人公成长历程的小说也口碑较佳。作者刻画主人公年少时期的感情笔触细腻，风格平实，例如非天夜翔的《王子病的春天》。不过，这部小说在后半部分讲述赵遥远与谭睿康踏入社会的创业历程时，作者明显用了大量的省略手法，可以看出是其缺乏现实中真实创业经历所致。而一些距离作者现实生活更远的子类型作品，例如娱乐圈耽美文等，坚实的生活经验在其中更加匮乏。诚然，并不能要求所有的作者都经历过自己笔下人物的生活，就像吴承恩不可能去西天取过经并经历九九八十一难。即便像赵树理这样深深扎根于农村土地的作家，其创作也是源于对农民的调查。如果说赵树理的"调查实践"是一种将小说创作结合生活实际的方法，那么网络耽美小说在作者缺乏相关生活经验的情况下，该如何调动一切力量、一切艺术才华去克服这个不利因素呢？从总体上来看，网络耽美小说作者对此采取了两步走的策略，第一步是构想策划，第二步是移植经验。前者主要应用于人物设置和故事背景以及主要线索的排定上，后者则更常见于情节设置方面。这两个步骤保证了一部网络耽美小说即使是由作者插上想象的翅膀全然虚构的作品，也能让读者被跌宕起伏的情节吸引，看得津津有味。接下来，笔者将结合案例，具体分析网络耽美小说创作者如何以上述方法解决创作中生活经验单一所带来的问题。

第一步构想策划的策略指的是网络耽美小说创作者动用自己所有的想象力和叙事能力，根据小说的需要建构故事的背景、基本情节线索与设置角色形象。其过程如同策划一台晚会活动一样：先提前安排好演员和每个节目的大致样式，再启用主持人，以串联词将整台晚会一步步推向高潮。如此一番，最后按照策划举办的晚会，便能得到精彩纷呈的效果。这一点在网络耽美小说的文案中可初见端倪。创作网络小说与传统长篇小说的不同之处在于，作者在动笔前会先设计一份文案。这份文案要放在小说的开头，起到招徕读者阅读的"宣传广告"之功效。作者通常要在文案中交代清楚故事发生的时代背景以及大致的情节模式，以吸引对作品中涉及的元素感兴趣的读者。但有一点值得注意，由于目前网络耽美小说多采用在文学网站连载的形式发布，这便决定了大多数的网络耽美小说与读者见面时仍然是个半成品。所以，除了一开始向读者公布的文案以外，作者的写作草稿内还会包含一份更加详尽的提纲式文案——其中确定了作者对整部作品以及对小说的几项重要元素即时间、地点、人物、主要情节和主题等的设定。这里的人物设定指的是人物的身份职业、成长背景、性格特征等，可以说是网络耽美小说构想环节的重头戏。日本学者千野拓政认为，年轻读者阅读文艺作品最关注的就是人物形象，"他们看重的已经不是作品的故事情节和思想，而是作品里的角色的形象（character）。他们离开作品的世界，单独地欣赏这些 character。"❶例如，豆瓣网上有网友在准备写作网络耽美小说之前，对"哪种攻受人设比较吸引人?"的问题发帖征求其他网友的意见，同时这位准备创作网络耽美小说的网友还给出了自己设想的 A、B 两个文案。

A：腹黑大神攻×严肃稳重受（年上）

攻是 IT 界的，自己创业当老板。外貌清俊，十项全能，略腹黑。

受是练跆拳道的，武力值很高，话很少，甚至有点古板。长相帅气，气质冷淡。

B：温润痴情攻×清纯痞气受（年上，古穿今）

攻是明朝的一个高手，擅使暗器，专职破案。继喜欢了多年的妹子被对手打死后，他也被打下山崖，后意外穿越。脾气非常好，非常会照顾人。外貌亲和力很强，翩翩君子范儿。

---

❶ ［日］千野拓政. 亚文化与青年感性的变化——在东亚城市文化所能看到的现代文化的转折 [J]. 扬子江评论，2010（5）：35-40.

受本来是个好学生，在遭遇一些变故后堕落，从天真校草变成痞气酒保。容易动心，但感情上很没有安全感。❶

这两组设定对拟创作小说的两位主人公的性格、身份以及命运的发展轨迹都做了简要概括。可以预见，假如该网友真的要将这两种构思应用到创作环节，基本会沿着以上文案的设定进入写作。这一案例正反映了大多数网络耽美小说创作者在作品的构想与策划环节必然要先确定人物形象设置的现象。

当作品的主要框架和人物设置都已基本确定以后，网络耽美小说创作者可以开始执行第二步策略，即移植经验。这个步骤主要用于情节塑造，是丰富网络耽美小说可读性的关键步骤。所谓移植经验的手法指的是网络耽美小说创作者将他人的生活经验、创作经验挪用到自己的故事框架里，然后以男性间恋爱的脚本对其进行重新编排。笔者在本书的第五章第二节探讨过网络耽美小说类型杂糅的现象，网络耽美小说中之所以出现多元素拼贴的创作方式，与网络耽美小说繁杂的素材来源有相当大的关系。当下的网络耽美小说创作除了汲取传统文学的经验外，还融合了影视、动漫、电子游戏等多重元素，其中最为重要的是来自"二次元"文化的影响。"二次元"文化是一种基于动漫、游戏等传播而逐步形成的青年亚文化，其主要借助网络传播，所以与同属网络文化组成部分的网络小说有密切关联。耽美小说在中国以舶来品的身份起步，最初受到日本耽美动漫作品深刻的影响。尽管中国耽美小说时至今日已经发展出诸如玄幻、武侠等诸多本土化的特色，但其创作模式仍留存着参考动漫作品的思路。其中最为明显的表现是，耽美小说中关于主人公的生活方式和命运轨迹的设定，很少来源于作者在现实生活中总结出的经验，

---

❶ （耽美）哪种攻受人设比较吸引人？楼主打算码字 ［EB/OL］.［2020-08-08］. https：//www.douban.com/group/topic/83366821/？ start=0&post=ok.

更多的是来自其观看或阅读影视动漫作品的经验。根据日本耽美文化研究者沟口彰子的总结，日本最初的耽美漫画是基于男女恋爱模式创造的，主人公中强势一方为"攻"，弱势一方为"受"，而且"受"的外表通常是浅色头发、身材娇小，具有比普遍意义上的女性还要柔媚的长相。❶ 这些形象也曾被照搬进中国早期的耽美小说之中，"攻"与"受"的生活状态基本遵循"男主外、女主内"的模式，即"攻"通常从事外向型的职业，例如建筑师、医生等，而"受"则从事内向型的居家职业，例如小说家、插画家、翻译者等，这样"受"便可以在工作的同时兼顾家务，成为"家庭妇男"。另外，"攻"和"受"一对一的同性伴侣关系明确，人物对身体和感情的"贞洁"观念都十分强烈。这种生活方式的设定脱胎于日本少女漫画，是为了满足少女在懵懂青春期的"愿得一心人，白头不相离"的纯真爱情愿望，但与现实中真实的同性恋群体的生活状态相去甚远。

在网络小说创作日益繁荣的今天，单纯描写主人公感情生活的耽美小说已经不能满足读者的阅读需求，创作者开始在情节设置中添加"宫斗""宅斗""商战""娱乐圈"等各种吸引眼球的元素来丰富文本故事。不过，这些素材同样距离创作者的真实生活相当遥远，所以移植同类型小说的创作经验成为绝大多数网络耽美小说作者的创作捷径。例如，燕赵公子的《帝君策》设置了一个只有男性存在的架空历史时空。世家公子沈奚靖因家庭变故而进宫成为杂役宫人（相当于传统宫廷影视剧中的宫女），他与少年皇帝穆琛因"景泰之乱"在宫中相识，并为了活下去互相利用。沈奚靖在宫中步步为营，斗败了太帝君（相当于太后），最终成为帝君（相当于皇后）。其中，沈奚靖击败"太后"又成为"皇后"的历程，与许多宫斗小说女主人公的人生历程都非常相似，只不过由于耽美剧情的需要而将所有人物的性别都设定成男性。当然，实事求是地说，

---

❶ ［日］溝口彰子. BL 進化論［M］. 東京：太田出版，2015：46.

这种小说创作并没有涉及抄袭问题，《帝君策》借鉴的是网络宫斗小说的写作套路。将其他类型小说的叙事套路嫁接到耽美的模式下重新创作，这也是网络耽美小说创作者由于自身创作能力不高、生活经验单一导致的。

二、逻辑失真的问题

使用构想策划和移植经验的创作策略，一定程度上的确可以帮助创作者走出因生活经验单一等导致的创作困境，但也会带来令作品逻辑失真的问题。"从艺术理论的角度来看，艺术真实虽然有别于生活真实与科学真实，是一种假定的真实、内蕴的真实，但因其符合事理逻辑或情感逻辑而为读者所认可。"❶ 艺术的真实并不要求所有作者完全遵循现实主义的创作手法，真实地再现日常生活。即便是大书神魔鬼怪故事的《西游记》，也因其遵循合理的逻辑而被读者喜爱。鲁迅道出其原因在于"讲妖怪的喜，怒，哀，乐，都近于人情，所以人都喜欢看!"❷ 虽然说文学艺术并不一定要如实地反映现实生活，但就同性题材作品而言，由于同性恋人群属于社会边缘群体，他们中的绝大多数人因恐惧社会的异样眼光而选择躲在"柜子"里（隐瞒自己的性取向），即便向家人大胆"出柜"，招致的也多是不理解和恶意揣测。所以，关注这一人群的作品，大多带着现实而悲情的色彩。例如，白先勇的《孽子》，逼真地刻画出同性恋者的生活细节和人物心理，向台北新公园同性恋王国里形形色色的男同性恋者投去关切的目光与深刻的同情。因此，不仅是感同身受的同性恋读者，许多一般读者也被小说中蕴含的人性关怀所感动。然而，大多数网络耽美小说的创作者是不具有与现实中男同性恋者交往的经历和同

---

❶ 李惠.失真的现实主义——论电视剧《平凡的世界》对原著的不合理改编 [J].延安大学学报（社会科学版），2015（6）：75-79.

❷ 鲁迅.鲁迅全集：第9卷 [M].北京：人民文学出版社，2005：338.

性性取向的女性。这些作者在创作中很难做到细心揣摩、准确还原现实中男同性恋者的生活状况和心理状态。因此，就目前网络耽美小说的创作状况而言，其中广泛存在的逻辑失真问题，是该类型小说创作中不容忽视的瑕疵。例如，在清麓的《看上相亲对象他儿子怎么办》中，贺见微的父母在知道他的同性性取向之后，竟催促他去和男性相亲，并对他说："我是看小陆那孩子踏实能干，人品相貌人家哪点配不上你了，你说你喜欢男孩儿我和你爸也就不说什么了，你倒是带一个回来啊，你都二十八了还以为自己十八呢，再磨蹭挑剩下的都被人捡走了。"❶ 这种家长的心态依然表现出传统父母催婚的说辞。事实上在现实生活中，同性恋者被父母逼迫与异性相亲的可能性更大，而在这篇小说里，作者却安排父母为儿子操心寻找同性伴侣。这显然也是为了情节发展而选择忽视现实。与此同时，这篇小说中的年龄设定也不太符合常理，贺见微的相亲对象陆深只有 32 岁，然而他的儿子陆知著已经 17 岁了，并且小说并未交代他与儿子可能存在领养关系。按照这个年龄推算，陆深在 15 岁就有了儿子。之所以会有这样的设定，在笔者看来，是因为网络耽美小说的目标读者较年轻，为了方便读者代入自身阅读，所以网络耽美小说的主人公年龄通常不会太大，于是就出现了这种不太符合常理的年龄设定。在部分网络耽美小说中，的确存在为了使情节推进而牺牲部分逻辑的现象，这反映出网络耽美小说中存在的逻辑失真问题。

第二节　思想局限：人性观照与社会反思不足

　　本节主要论述在文学史观照下，网络耽美小说的思想内蕴存在的不足。耽美小说因其题材的另类始终被归在亚文化圈中，难以被主流文化

---

　　❶ 清麓. 看上相亲对象他儿子怎么办［EB/OL］.［2020-08-08］. https：//m.jjwxc.
net/book2/3462030/3.

所接纳。然而同样是关注同性题材的"同志"文学，却可以被划归严肃文学的范畴，获得学界的垂青。究其原因是因为大多数的耽美小说在人性观照以及对现实的反思上尚存不足。本节将着力探讨网络耽美小说在思想层面的局限，希冀能为其将来发展提供建议。

文学作为一种反映社会人生的文艺作品，理当具有人本主义精神。自周作人发表《人的文学》以来，"文学即人学"的思想对于后来的文学创作产生了深远影响。人性关怀是源于人本主义思想的内涵之一。在文学领域，"以人为本"的思想体现在承认人的尊严和价值，关照人的生命过程和情感意义。对于书写同性题材的作品而言，这种人性关怀显得尤为重要。因为即使在社会风气日渐包容的当下，同性恋群体在主流社会中仍然很难走到社会舞台的聚光灯下。因此，对于这一庞大的边缘群体而言，有文学作品能够反映他们的生活，替他们发声，对他们而言无疑是一种绝佳的让公众了解的机会。在这个意义上，无论是"同志"文学还是耽美文学都做到了让大众关注同性恋者的生存和发展，但是这两种文学类别在作品表现的人文关怀深度上存在一定差异。接下来，笔者将以两类文学作品中人物对自身同性恋者身份的认同过程为切入点，分析两者的不同。

"同志"文学着眼于对同性恋者群体性的刻画，反映的是同性恋者对自身同性恋群体成员的身份认同。更细致地说，这种身份认同是同性恋者身份的群体性认同，也就是同性恋者能在群体交往圈中形成集体归属感。因为同性恋行为在历史上相当长的一段时间内，甚至在目前的某些国家和地区仍被视为异端，不被其所处环境的主流文化认可，所以有相当一部分的同性恋者渴望得到"抱团取暖"的群体关怀。这种群体归属感能让他们获得认同感，也使得同性恋亚文化能保持自己的文化特性。于是在网络不发达的年代，一些城市中便存在某些由同性恋者自发组成的交友地点。白先勇的笔下就描绘了一群被称作"青春鸟"的男同性恋者在台北新公园聚集交友的场景。在《孽子》中，台北的新公园是男同性恋者夜晚聚会的"黑暗王国",他们在白天难寻踪迹,而到了午夜"一具具被欲望焚炼得痛不可挡的躯体和一颗颗寂寞得疯狂的心"❶ 便会"飞"回这个"老窝"。由此可见,作品中表现的新公园很明显已经不是一个单纯的集会场所,而是男同性恋者精神世界的"家",是无论飞得多远的"青春鸟"最终都会飞回的老窝。这里体现的便是同性恋者的群体认同感。作者站在现实的立场上,对这个特殊的群体进行客观的描绘,展现同性恋群体中的人性之美。尽管他们被父辈视为"孽子",可身上依然散发着人性的光芒和温度。小说中,杨金海(杨师傅)作为公园里的"总教头",犹如这群叛逃家庭的"孽子"在黑暗王国的保护人,尽心竭力为大家提供可以融入主流社会的渠道,从"桃源春"到"安乐乡"无一不是男同性恋者的桃花源。当众人在公园集会被警察捉拿并被威胁要流放去火烧岛时,杨师傅拼尽全力请傅老出山,保释他们出去。这群以前难以获得家庭温暖的"孽子"在杨师傅这里感受到犹如父爱的情感,而杨师傅收养阿雄仔的故事,更点明了他的"父亲"形象。《孽子》中还有诸多情节讲述了同性恋群体成员之间的互帮互助:吴敏割腕自杀,李青等人毫不犹豫地抽血救他;得知小玉只身赴日寻生父的心愿,龙船长帮助他留在日本并为其介绍工作;曾抛弃过吴敏的张先生中风后半身不遂,吴敏却不离不弃地照顾。正是因为他们之间没有血缘的羁绊,才更彰显彼此胜似亲人的感情之珍贵,这是人类最原始的人性之美。他们叛逆又单纯,渴望的无外乎是他人的理解和发自内心的关爱。他们中的绝大多数人因为家庭与社会带来的伤害而无奈成为"孽子",但当他们带着身心的伤痕进入新公园的王国后,却仿佛找到暂避风雨的港湾,在这里得到爱的救赎。白先勇在小说中将当时外部对同性恋者的偏见乃至残酷镇压,与同性恋群体内部互相关爱的人性美做出对比,表达了对同性恋者无法摆脱被边缘化的悲剧命运的同情,同时通过展现同性恋群体成

---

❶ 白先勇. 孽子 [M]. 上海: 上海文艺出版社, 1999: 3.

员之间相互关爱的善之品质，直指令同性恋者饱受歧视的标签，批判刻板印象及偏见对这一边缘人群的压迫，向读者传达他们与主流大众一样都是有血有肉的人之理念。这体现了白先勇作为一个面向现实写作的作家所散发出的人文关怀。

　　网络耽美小说中同样存在展现人道主义人文关怀的叙事，但是其出发点与落脚点都与"同志"文学不尽相同。例如，廖文芳曾以吴沉水的《公子晋阳》为例，阐释主人公晋阳公子身上具有的人道主义精神。主人公林凛是一个现代时空的知识分子，穿越到架空朝代的皇帝男宠晋阳公子萧墨存的身上。他一醒来便发现身边躺着一个惨遭虐待的少女。他首先想到的不是担心自己的安危，而是为花季少女遭受惨无人道的折磨而愤怒。等到他发现犯下兽行的正是这具身体从前的主人时，十分愧疚，不但承担下了照顾受害者的责任，还持续对她进行心理上的关怀。廖文芳认为，晋阳公子对受害少女的精心照顾，体现了主人公的责任感与人道主义精神，在宣扬弱肉强食的时空中，强者能够做到关怀弱者实属不易。对此，笔者也认同小说的情节设置体现了作者对人性美的呼唤，但同时也须看到，这份人性关怀太过流于表面，并未达到一定的深度，也未升华出一定的价值。作者设定晋阳公子对受虐少女的关怀，与其说是为了表达对弱者的同情，毋宁说是为了美化晋阳公子的形象。他穿越而来，因具有现代人的思维方式，在架空的古代本就具有先锋意识，作者安排他照顾受害者是为了显示晋阳公子身上超前的现代性所带来的"主角光环"。将这部小说与《孽子》对比可以发现，两部作品同样都在展现人性之美，但是处于弱者地位的对象被置换了。《公子晋阳》中，晋阳公子对处于弱势地位的受害少女的关怀，其实包含了一种强者对弱者的施舍；《孽子》中，被主流社会与家庭放逐的"孽子"显然处于弱势地位，但他们在遭受强烈的歧视与压迫后，还能保持人性的善与美，其人物形象才格外令人动容。由此可以看出，网络耽美小说与"同志"文学对同性恋者刻画的角度不同。网络耽美小说是从个体的角度塑造作者想象中的理想的男性，并为其赋予同性恋者的身份；"同志"文学则倾向于刻画同性恋者的群像，有时还担负着为现实中的同性恋群体发声与正名的责任。由于两种类型的创作存在立意深度的差异，所以尽管都给予笔下人物美好品质，但反射出的思想深度差距较大。

从主人公的身份认同层面来看，"同志"文学与网络耽美小说的指向性也不相同。"同志"文学强调的是一种集体性的身份认同，就像《孽子》中台北新公园里的"元老"所说："你们以为外面的世界很大么？有一天，总有那么一天，你们仍旧会乖乖地飞回到咱们自己这个老窝里来。"❶ 在网络耽美小说中，身份认同不是以集体认同感出现，而是强调个体对同性性取向的认同。简而言之，网络耽美小说一直在强调主人公"由直到弯"❷ 或是"终于意识到自己是弯的"的过程。其落脚点或在于爱情可以跨越一切的伟大，或是唤起主人公被遮蔽的对同性的欲望。在网络耽美小说中，主人公对同性性取向由抵触到认同的过程，正是证明爱情力量伟大的最好注脚。Priest 的《大哥》中，魏谦在得知从小收养的弟弟魏之远有同性恋倾向时，他对同性恋者的认知还停留在刻板印象之中。"他并没有接触过现实的同性恋，也不了解。对那些人应该是什么样的毫无概念，只好依照主流的想象来妄加揣度，理所当然地认为这些喜欢男人的男人，大多是让人看了就别扭的娘娘腔。"❸ 当他慢慢陷入魏之远对他浓烈的爱意中，逐渐开始接受这份感情。书中对魏谦完成同性性取向认同后的感觉有如此形容，"二十年前就对他关闭的闸门彻底打开，魏谦闭上眼睛，仿佛听见了河水一样潺潺流过的水声。他觉得自己身上似乎有什么东西正在欲望的旋涡里缓缓流逝，沉寂的血管中再次燃起新

---

❶ 白先勇. 孽子 [M]. 上海：上海文艺出版社，1999：5.

❷ 此处"由直到弯"是指由异性性取向转向同性性取向。

❸ Priest. 大哥 [EB/OL]. [2020-08-08]. http：//www.jjwxc.net/onebook.php？novel-id=1811029&chapterid=41.

的激流。"❶ 这段描述刻画出魏谦陷入火热爱情的内心感受。虽然整部小说围绕着魏谦如何一步步接受同性情感而展开，但其关注的重点始终是禁忌之爱带来的快感与刺激，很少涉及同性性取向认同的过程为两人带来的紧张与彷徨。因此，当同性相爱的紧张感被减轻后，也削弱了同性题材所体现的社会反思。

米兰·昆德拉曾说过，小说家既不是历史学家，也不是预言家，而是存在的勘探者。❷ 可见文学创作者肩负通过对人的生存境况的书写而揭示社会现象的责任。同性恋者在当下社会究竟面临了哪些生活困境是一个令人深思的课题。一部文学作品所传达的思想之深度与所包含的现实问题之广度，决定了其艺术内涵与社会价值。因此，一部较为优秀的同性题材作品，需要作者在呈现同性恋者的命运与情感后，引导读者对现实生活中真实存在的同性恋群体投以关怀的目光，对他们边缘化的现状给予社会性反思。

同性恋行为本身的反叛性在于冲击了固有的单一性取向认知。从这方面入手，可以对比分析"同志"文学与网络耽美小说在社会反思层面的差异性。"同志"文学中关于固有认知对同性恋者的压迫有着直接展现。例如，在王小波的《似水柔情》中，警察小史每次轮值夜班时，都要到同性恋者聚集的公园中去逮捕一名同性恋者，让他们交代自己的"犯罪行为"。从他固有认知的角度看来，被逮住的同性恋者就如一些笼子里的猴子。❸ 警察小史之所以做出这种行为，不仅基于其时代背景下的职业责任，更多的是源于固有认知赋予其的权威感。固有认知将其观念中唯一存在的异性性取向之外的同性恋爱关系、同性间性行为等视为异

---

❶　Priest. 大哥［EB/OL］.［2020-08-08］. http：//www.jjwxc.net/onebook.php? novel-id=1811029&chapterid=63.

❷　［捷克］米兰·昆德拉. 不能承受的生命之轻［M］. 许钧，译. 上海：上海译文出版社，2003.

❸　王小波. 似水柔情［M］. 南京：译林出版社，2016.

端，并理所当然地对其认定的异端进行驱逐与打击。"同志"文学作为反映同性恋生活状态的主要载体之一，真切地再现了固有认知对同性恋者的压迫，引发读者对该问题的社会性反思。《孽子》中的杨师傅之所以要请傅老出山搭救李青等同性恋者，是因为同性恋行为在 20 世纪 60 年代的台湾地区被视为违法。同时，社会世俗的有色眼光与窥私欲望也给同性恋者带来伤害。因为不定时的巡查导致公园不再安全，杨师傅为了让大家有个安全的去处，便呕心沥血地开办了"安乐乡"酒吧。从选址到装修他费尽心力，不仅让一些曾经混迹街头的同性恋者有了正当职业，也让隐藏性取向的人能在这里得到片刻的身心放松。然而，这偏安一隅的美梦最终也被打破。随着《春申晚报》无良记者樊仁发表的一篇题为《游妖窟》的报道，酒吧的特色被公之于众，导致许多陌生的男女纷纷闯入酒吧窥私，窃窃私语着"人妖在哪里"。记者"樊仁"的姓名是"烦人"的谐音，他满口仁义道德，却四处偷窥他人隐私。作者白先勇对主流大众为满足窥私欲而端着权威架势围观同性恋者的行为之态度，从他为记者取的名字便可感知。可见，固有认知对现实中同性恋者造成的压迫及困扰，始终是"同志"文学的表现主题之一。

同样是同性题材，网络耽美小说对固有单一性取向认知的反思却要淡化许多。例如，同样是围观者的角色，网络耽美小说中通常由腐女群体来担任。Eudor 在《但爱鲈鱼美》的开篇就讲述了周康康在男生寝室楼下点亮爱心蜡烛、手持玫瑰向卢之仪表白的一幕被拍下，并被发到校园论坛上的情节。无论是当晚在场的腐女，还是在论坛上获知消息的其他人都陷入了"疯狂"。两人出现在校园的任何角落都会被腐女围观，还有腐女隔着半个教室对卢之仪兴奋地大叫"仪仪，我们支持你!"，并且在网络论坛上想象他们前世今生的爱恨纠葛，而两人最终能顺利成为恋人，也是由腐女朋友从中撮合。虽然网络耽美小说中不具同性性取向的女性对男性间恋爱的关注也包含好奇和窥视心理，但是文本中很难找到站在固有认知的权威立场去嘲笑和讽刺同性恋爱的行为，围观者通常抱有一种维护同性恋情的态度。总之，在网络耽美小说的世界里，男性间的恋情不仅不会受到抵制，反而会得到周遭围观人群的大力支持，似乎现实中存在的固有单一性取向认知的权威在这里完全失效。网络耽美小说刻意营造的对同性恋情非常宽容的氛围，不仅没有对现实中同性恋者的生活状况作出反思，还可能会引导一些涉世未深的年轻人产生脱离实际的错误认知。例如，在百度贴吧"腐女吧"时常能看到一些将腐女当作"导师"求指导的帖子，而通常发布这些帖子的是年纪较小、从未了解过真实同性恋群体的年轻人。

同性恋者的性取向与其家庭关系的社会性溯源应是同性题材文学作品关注的问题。在"同志"文学中不乏对同性恋者家庭的直接表现。陈染的《私人生活》中塑造了一个在工作中郁郁不得志，从而将烦恼全都发泄在家庭中的父亲。由于父亲的专制行为与喜怒无常的性格，主人公倪拗拗在家中只能呼吸着紧张到令人窒息的空气，因此她心中暗下决定，长大了一定不要嫁给父亲那样的男人，父亲让自己和妈妈没有依靠。《私人生活》中的父亲不但没有尽到家庭角色该有的责任，反而使家庭成员都活在他的淫威之下惴惴不安，导致女儿在成长过程中对异性极端失望，从而转向从同性身上寻求关爱。父母之爱的缺失的确是"同志"文学进行性取向溯源时普遍提及的一个关键因素。一些西方心理分析学派的学者认为，不少同性恋者是家庭的牺牲者。❶"同志"文学对家庭因素给同性恋者性取向造成的影响进行了反思。

然而有意思的是，当我们大量翻阅网络耽美小说时可以发现，不少网络耽美小说故意悬置了父母的存在。主人公被设置成父母双亡的孤儿或是从未见过父母的流浪儿的情况比比皆是。例如，在上文提到的 Priest 的《大哥》中，魏之远就是流浪儿。另外，即使主人公的父母在世，但

---

❶ 覃楚涵. 同志"出柜"议题的媒体呈现及其对同志原生家庭的认知影响 [D]. 深圳：深圳大学，2017：8-9.

在文本中毫无存在感的耽美作品也不在少数。例如，柴鸡蛋的《逆袭》中的第一幕就是吴其穹带着女友岳悦回家见父母，然而因为女友看到农村破败的环境突然发难要求分手，所以并未顺利见到其父母。但随后，这对未能顺利出场的父母也双双过世了。作者为主人公设置孤儿的身份或许是为了避开家人对同性恋情的障碍。因此，在网络耽美小说中鲜少见到因原生家庭不幸福、缺少父母关爱而对异性产生恐惧心理的同性恋者。网络耽美小说中的主人公多数在遇见 "真爱" 前都是默认的与异性产生感情的状态，并未表现出对异性的排斥与厌恶。由此可见，网络耽美小说的主题不在于探索同性性取向与家庭关系的社会溯源，而是着力于表现超越性别的爱，而这也是耽美小说最为核心的主题。

第三节　未来展望：正视缺陷、优化创作路径

本节主要论述网络耽美小说叙事中存在的艺术探索的缺陷问题，以及对作为当下热点文化现象之一的网络耽美小说创作，作出发展前景的展望。尽管可以肯定的是，耽美小说丰富了网络小说的文学样式，为中国当代文学的繁荣添砖加瓦，但是也必须指出其艺术创作中客观存在的一些不足。这里不妨借用鲁迅的一句话："必须更有真切的批评，这才有真的新文艺新批评的产生的希望。"❶ 可见，鲁迅把文艺批评摆在与艺术创作同等的高度。的确，文学批评对文学创作发展的重要性体现在多个方面。对评论者而言，不仅要对作品主旨内容做出真切的批评引导，甚至加以斧正，也要关注对文学形式的探索研究。本节主要针对当前中国网络耽美小说创作中最具普遍代表性的两个问题做出评价：一是网络耽美小说表达的自我矛盾现象，二是网络耽美小说审美的低俗化倾向。笔者在指出上述缺陷的同时，也将分析其成因，希望未来网络耽美小说的

---

❶ 鲁迅. 鲁迅全集：第 10 卷 [M]. 北京：人民文学出版社，2005：332.

创作可尽量规避这些问题，进而有更好的作品面世。

　　大多数的网络耽美小说创作者自身不具同性性取向，却试图讲述两位甚至多位男性相爱的故事。由此便为作品的叙事带来性别意识的矛盾以及价值观的混乱，即令网络耽美小说的叙事呈现一种自我矛盾的状态。这主要体现在同一部作品在批判男权意识的同时却受其潜在影响的两性观，以及同一部作品对待同性恋身份的态度前后不统一。首先是一些网络耽美小说对待男权意识的态度十分暧昧。已有不少研究者指出，耽美小说体现了女性对两性平等的爱情的渴望，例如，朱宇晴认为"在人物关系中女性写手着重表现的是一种平等。两个男主角都是独立的个体，均有自己的理想抱负"。❶ 耽美小说中恋爱双方只有感情上的相互依偎而没有从属关系的观点，已成为耽美爱好者的普遍认知。这体现了耽美爱好者在恋爱、婚姻中追求男女平等的意识，以及在其潜意识中对男性沙文主义的批判。对于耽美作者而言，这一创作意识可以明显体现在网络耽美小说"强攻强受"的人物关系作品之中。在这类作品中，"受"不会被作者刻意地塑造成一个带有传统女性气质的男人，而是拥有与"攻"一样强大的能力和独立自信。在这一模式下，"攻""受"双方可以相互扶持成就事业。正如桔子树《麒麟》中的陆臻与夏明朗，他们共同为保卫家园抛洒热血，表现出双方能力相当且平等的恋爱关系。因此，网络耽美小说作者的这种创作方式，实际上是表达了其对现实社会中男权意识的批判以及对性别主义观念的不满与反抗。然而，由于大多数的网络耽美小说作者缺乏相关的社会学知识的储备，一切的表达都基于自己生活中的感性体验，所以这种批判难以彻底。甚至在一些作品中可以发现，作者有从属于男性的潜意识表达，例如焦糖冬瓜的《绝处逢生》便体现了这一问题。小说中设定了一个病毒"彗星"肆虐全球、造成绝大多数人感染、人类社会沦为僵尸的世界。主人公肖岩作为科学院的生物研究

---

❶　朱宇晴. 试论耽美小说的女性诉求［D］. 南昌：南昌大学，2014.

员与身为特种兵的海茵·伯顿并肩作战，为击退僵尸保卫人类最后的家园共同努力。从表面上看，两个主角的关系设定是"强攻强受"的搭配，但是作品的叙事却常常反映出肖岩实际上并非与海茵一样独立自信。每当肖岩陷入僵尸的包围，他唯一能做的就是期盼特种兵海茵前来救助。此时的肖岩仿佛丧失了所有能力，好似海茵的附庸，只有依靠海茵才能存活：

> 眼前的男子依旧俊美，金棕色的发丝安静地垂落，唇齿之间是另一个宛如被精密计算过的世界。他的手伸了过来，肖岩的脑袋被按进了对方的怀里，海茵利落地抬起腿，踹开了试图接近肖岩的僵尸。尽管只有短暂的一瞬，这个男人的怀抱有着难以言喻的熟悉感。
>
> 海茵的手掌沿着肖岩的后脑下滑，扣住他的手腕，男人眼中的冷酷与坚定令肖岩骤然安心起来。❶

作者在描述中使用了"男人眼中的冷酷与坚定"这种表达，而不是"战友"等其他身份词语。这其实强调了海茵在两人的关系中是主动的、强大的、主导的"男人"身份，而肖岩则是被动的、弱小的、从属的、等待"男人"救助的"女人"。这种情节设定体现出一种传统的男权意识。由此可见，作者一方面想在作品中表达反对女性是男性附属的男权意识，另一方面又欣赏女性处于"不用思考与行动、任由男性安排与宠溺"的状态。因此，尽管这类网络耽美小说的作者拥有批判意识，但因其欠缺相关理论知识，并未真正理解造成"女性是男性附属品"思想的根源，令小说陷入价值观的自我矛盾。这也是网络耽美小说依然笼罩着传统言情小说身影的原因。在本书第二章第一节中，笔者已对网络耽美

---

❶ 焦糖冬瓜. 绝处逢生［EB/OL］.［2020-08-08］. http：//www.jjwxc.net/onebook. php？novelid=1978725&chapterid=32.

小说中的恋爱模式与传统两性婚恋观的关系做过详细论述，在此不再赘述。由于不具同性性取向的创作者对同性情爱故事的主观追求，与潜意识里受到男权意识影响的婚恋观相遇而发生错位，致使一批被称为"平胸受"的作品出现。这类作品虽然配备了主人公双方平等恋爱的条件，"受"的形象却被设定带有男权意识中女性刻板印象的特点，甚至与"攻"是从属关系。这些都体现出网络耽美小说的创作者在性别主义批判立场上的摇摆不定，进而表现为价值观混乱而导致的矛盾表达。

　　网络耽美小说创作者对待同性恋者态度的表里不一，也是文本中明显可见的矛盾表达。耽美文化打着描绘男性间美好爱情的旗号迅速崛起，使不明就里的大众对其以及耽美爱好者产生了一些错误认知。例如，耽美爱好者是帮助同性恋群体传达诉求的人群；耽美作者是同性恋者；耽美小说所涉及的男性间的情感故事反映了现实中的同性恋群体状况；等等。之所以有些人持有这类观点，是因为他们不了解耽美作者的创作心理。许多耽美作者创作作品并非源于对同性恋群体的关怀与支持，而是那份需要突破层层阻力才能得到的同性爱情与其心中幻想的纯爱较为贴近，加之大部分的耽美爱好者的性取向为男性，所以男性之间的爱情对包括作者在内的耽美爱好者具有特别的吸引力。这也是描绘女性之间爱情的"百合文"没有被耽美文化接纳的重要原因，同时体现了耽美爱好者对耽美文化喜爱的初衷并非为了给同性恋群体正名。因此，同样涉及冲破世俗阻碍、带有纯爱特色的"百合文"不能吸引大部分耽美爱好者关注的原因，或许在于耽美爱好者大多为女性，其性取向基本为男性，难以将自己代入其中的女性角色，在文本中与女性相爱。从这一侧面再次证明耽美爱好者并非为同性恋者正名的群体。有了这一认知前提，就不难理解一部网络耽美小说为何会同时出现"支持同性追求真爱"和"恐惧同性恋者"的矛盾心理。

　　在 Priest 的《过门》中，作者以主人公徐西临的口吻说出了心中的纠结：

徐西临想过得随心潇洒，不愿意委屈自己，但又不敢完全地离经叛道，因为当惯了不用人操心的优等生，他像一只圈养的宠物，即便没有绳拴在脖子上，也不会自己叛逃到野外去。徐西临想两全其美，想要多方兼顾的大团圆，然而时至今日，他发现自己力有不逮——他想要窦寻，不想要同性恋。

他想要那个陪着他一起走过这座房子聚聚散散的少年，不想被人在背后指指点点地戳脊梁骨骂变态。❶

徐西临虽然爱上了那个陪他经历风风雨雨的阳光少年窦寻，却明确提出"不想要同性恋"，甚至认为同性恋者会被人"戳脊梁骨骂变态"，这些无疑都是"恐惧同性恋"的表现。心理学研究表明，大部分同性恋者由于从小被灌输同性恋是"变态、不道德的、肮脏的"等负面观点，在发现自己的同性性取向后会产生深刻的恐惧与焦虑，并且压抑或排斥自己的真实性取向。作者让徐西临有"恐惧同性恋"的心理，却又让他说服自己"只是恰巧爱上了一个男性"。这种自我矛盾的表述反映出作者及其读者着迷的只是幻想中的同性恋情，其潜意识是逃避与抗拒真实的同性恋者的。其一方面宣扬"同性真爱的美好"，另一方面又不接受真实的同性恋者，导致在同一个网络耽美小说文本中出现主人公不愿意承认自己是同性恋者，却又大胆追求同性爱人的矛盾表达。

除了存在表达的自我矛盾现象之外，网络耽美小说的叙事还普遍存在审美低俗化的倾向。随着消费时代的到来，文艺作品逐渐走下充满精英意识导向的神坛，融入大众文化之中。网络文学可谓是大众文化语境下最具消费特质的文学作品。网络文学模糊了文学作品与商品的界限，成为供大众娱乐与消费的对象，作品中对娱乐性的探索逐渐替代了传统

---

❶ Priest. 过门 [EB/OL]. [2020-08-08]. http：//www.jjwxc.net/onebook.php? novel-id＝2495960&chapterid＝32.

文学对人性及现实问题的关照与深入挖掘。如何带给读者感官刺激与轻松的阅读体验，成为网络文学创作者面临的首要难题。在这样的创作意图下，文学的审美意趣也滋生出低俗化的倾向。由于网络小说多采用在各大文学网站连载的形式发表，用户的点击量与创作者的经济收入直接挂钩。所以为吸引读者的眼球，一些作者不惜采用奢靡拜金、欲望狂欢的创作理念去渲染极富戏剧冲突的故事。网络耽美小说作为网络文学的重要组成部分，其中同样存在审美低俗化的缺陷。

网络耽美小说的审美低俗化首先表现在对性爱的扭曲书写方面。性爱是艺术创作的母题之一，文学作品中存在对性爱的表现无可厚非。郁达夫曾如此评价性爱的重要性，"种种的情欲中间，最强而有力，直接摇动我们的内部生命的，是爱欲之情。诸本能之中对我们的生命最危险而同时又最重要的，是性的本能。"❶ 网络耽美小说描绘的男性之间的性爱过程展示了男性的身体，同样是读者欣赏美的一部分。纯粹对身体美的欣赏是不带有淫邪色彩的，正如古希腊雕塑崇尚裸体只是出于对艺术美的追求一样。然而文学作品中的性爱描写必须把握好尺度，假如只是一味追求感官刺激的性爱书写，则是非理性的。在当下的网络耽美小说中，为了迎合所谓的"重口味"读者，充斥着暴力与色情的描写，无视道德边界的作品比比皆是，耽美"SM 文"可以说是暴力色情的重灾区。在耽美文化受众群体逐渐低龄化的趋势下，这类涉及性虐的描写假如处理不当，就会给年纪尚轻的耽美爱好者带来消极影响。尤其是对于青春期人群的读者，一些过度夸张甚至媚俗的性爱描写会对他们造成误导甚至恶劣影响。有些网络耽美小说中的这类描写已经完全偏离了耽美小说诞生之初追求唯美爱情的本意，沦为对性爱描写的露骨卖弄。同时，某些与之相匹配的耽美漫画将文字转变为具体画面，带来更强烈的视觉刺激，其风格之低俗已经完全突破了道德伦理的底线。过多色情场景的设置体

---

❶ 郁达夫. 郁达夫全集：第 10 卷 文论（上）[M]. 杭州：浙江大学出版社，2007：242.

现了网络耽美小说审美的低俗化倾向。

尽管上文指出了网络耽美小说在艺术探索上的种种缺陷，但并不是要彻底否定这一新兴的文学样式。正如学者王晓明所说，为什么要指责那些作家和作品，正是因为曾经对他们满怀希望；之所以要揭破那些理论的错觉，也正是因为曾经把它们奉为至理。❶ 无论得到怎样的评价，网络耽美小说的勃兴都是中国当代文坛的新现象，因此除了正确认知、客观评价之外，更需要积极地引导。针对网络耽美小说审美的低俗化现象，加强文学网站的监管与规范显得尤为重要。网络耽美小说主要在互联网中传播，一些带有暴力、色情的作品利用网络监管的不足大肆发布并流行，给青春期人群的读者带来许多不良影响。为引导年轻读者树立良好的价值观，必须加强清除低俗作品，促进网络文学创作的规范化。为了达到这一目标，各大文学网站需要加强对耽美小说发布前的审查，大力打击以纯爱写作为障眼法、暗藏淫秽色情的小说。此外，网络耽美小说的作者也应当树立积极正面的写作理念，提升作品的格调，以此提高小说的知名度与竞争力，而不是一味以描写感官刺激来吸引读者的注意。只有做到隽永的文学性与适当的娱乐性相结合，网络耽美小说未来的发展才能长远。

对于网络耽美小说的发展前景，学界认为将有两大发展方向：一是转向严肃文学的创作理念，走"同志"文学的发展道路；二是彻底转向商业，走向商业化与多元化。对于第一种发展方向的预测，笔者并不赞同。事实上，随着网络耽美小说阅读与创作群体的不断壮大，耽美文学与"同志"文学的区别越来越明显，其中涉及现实中同性恋者生存状态的经典作品，例如暗夜流光的《十年》❷ 等已是十余年前的作品。目前一些已是耽美小说"元老级"的作者，也倾向于用轻松娱乐的叙事博得

---

❶ 王晓明. 潜流与漩涡：论二十世纪中国小说家的创作心理障碍 [M]. 北京：中国社会科学出版社，1991.

❷ 暗夜流光的《十年》2004 年连载于晋江文学城。

读者一笑。新生代耽美写手则更擅长用"重口味"的性虐和香艳的性爱描写来拓展消费市场。或许随着网络耽美小说的不断发展，其包含的同性禁忌之爱的反叛性被逐渐削弱，更多收到的是商业递来的"橄榄枝"。网络耽美小说的影视化成为其未来发展的重要趋势。自 2014 年秋问世的耽美电影《类似爱情》一夜爆红以来，不少网络剧制作团队将目光投向网络耽美小说。2016 年，由柴鸡蛋小说《上瘾》改编的影视剧风靡网络之后，引来了众多影视投资者的目光，网络耽美小说向影视化发展已是大势所趋。由此可见，网络耽美小说的创作将被增添浓重的消费主义色彩，追逐经济利益将成为网络耽美小说未来发展的一个重要方向。

结　　语

　　行文至此，结语的撰写从某种程度上来说意味着对本书的研究对象作出必要的价值判断。正如笔者在导言部分指出，之所以选择"网络耽美小说"作为研究对象，主要原因有两个方面，一是网络耽美小说的勃兴态势与当前学界的总体关注度不匹配，当前研究状况的匮乏催动了笔者潜心研究。作为一名文学研习者，需要时刻对当下的文学现象保持高度的敏感与问题意识，寻找新的学术生长空间。二是耽美文学作为从日本传入中国的舶来品，却借着消费时代网络文化兴盛的东风实现了本土化发展，其鲜明的特征与其中蕴含的追求性别平等的诉求为本书提供了切实可行的研究路径。在消费文化语境下，笔者从情爱、历史、现实三个主题维度切入网络耽美小说叙事的研究，论述耽美文学中男性同性情爱题材所呈现的文学特质与文化意义。与传统女性文学聚焦女性人物的命运不同，耽美文学虽以女性创作者居多，但男性才是作品中站在舞台聚光灯下的人物。同时耽美文学又并非真实地对同性恋者生活的再现，而是一种由异性恋者的女性作者借同性情爱的外衣所描绘的纯粹的爱情幻想。这使得耽美文学与"同志"文学截然不同。可以说以上构成了本书的问题视域，论述亦围绕此展开。

　　本书要解决的核心问题是，中国网络耽美小说中的哪些文学特质吸引了大批作者与读者投入对耽美文学的创作和阅读。回答这个问题的要旨在于分析耽美文学如何巧妙地在男性同性的情爱叙事与多数耽美作家为女性的现状之间做出微妙平衡。由于网络耽美小说关注的是具有边缘性的同性恋情，如何在文本主题的思想深度和文学商品的消费性中艰难取舍，也是影响其话语方式独特性的因素。本书主要通过多个维度展示了网络耽美小说的叙事特质，其中具体的主题倾向与艺术特色已在相应章节予以详细论述，此处不再赘述。总体看来，可以从两个方面解析耽美文学的独特魅力。一是从性别层面考察，女性作者与读者在耽美文学的创作与阅读过程中获得了逃避现实与宣泄欲望的可能性。女性从被固化的性别角色中脱离，被赋予自由选择代入文本所建构的新性别身份的权利，从而实现"凝视客体"与"主体的转换"。在追求极致纯粹之爱的目的下，女性的作者与读者可以在耽美"异托邦"中随心所欲地建构各类男性间的情爱故事。因而网络耽美小说对于女性作者及其读者而言，是对抗传统两性婚恋观对于女性的性别角色规训的工具。二是从文学消费的角度来看，网络耽美小说作为网络文学的重要组成部分早已进入文学产业链，耽美小说创作者从出于兴趣的业余作者转变为签约文学网站的专职写手，身份的变化也为其带来了创作的困境。如何既保持文本的主题深度，又能添加吸引眼球的消费元素是不少网络耽美小说创作者面临的核心问题。目前创作者普遍采取的策略是借助宏大叙事来升华主题，同时杂糅多重类型元素以调和不同读者的阅读需求。因此，当下的网络耽美小说在审美上呈现出图像性视觉美感、元素杂糅的类型拼贴与散点化叙事结构的特征。

再来思考网络耽美小说的文学意义与文化意义之所在。假如将耽美文化纳入中国当代文化的研究视域，则能为这种青年亚文化的发展提供怎样的启示？事实上，不能将网络耽美小说单纯看作耽美亚文化的呓语，而忽视其丰富了文学类型的贡献。同时不可因过分拔高其对文学的创新而忘却其亚文化的风格。中国网络耽美小说集外来文学之长，溯本土源流之根，开创出一个新的文学样式是颇具文学创新意义的。基于日本动漫的耽美同人创作是早期中国耽美小说的主要组成部分。然而，由于这些作品的主人公是日本人，故事发生的场所也设定在日本，所以中国早期耽美小说与中国当代文学有些格格不入。不过随着网络文化的发展，耽美文学的创作搭上了文学网站的"快车"，探索出中国本土化特色。在保留原有的男性间情爱叙事的同时，叠加了穿越、武侠、游戏、玄幻等多种类型小说的模式，丰富了创作思路。模式的创新吸引了更多的读者，也进一步刺激了写手的创作，逐步形成网络耽美小说庞大的受众群体，为其随后的兴盛奠定基础。如今，网络耽美小说的创作数量已呈现井喷态势，大有与传统言情小说二分天下之趋势。此外也能欣喜地看到，中国网络耽美小说已经朝着走向世界的目标而努力，并取得了部分成果。例如，dairytea 创立的专门翻译传播中国网络耽美小说的英文网站 Bltrans-lation，成功吸引了外国读者甚至媒体的关注和报道。有美国读者表示，与同题材的美国作品相比，中国网络耽美小说往往将故事背景设定在非现实的幻想世界中，意想不到的故事情节更令人感到惊喜和兴奋。❶ 可见，中国网络耽美小说在融入本土化风格后，已经开辟出一条全然不同于日本耽美小说的创作道路，并且在不久的将来有希望在世界文学舞台上绽放异彩。

除文学意义之外，网络耽美小说也具有一定的文化意义。首先作为一种以女性为主要创作者与阅读者的文学样式，其背后体现了女性追求性别平等的诉求。自古以来，在性别权力的规训下，女性是处于相对弱势地位的。因此网络耽美小说表达的是女性对于双方对等的爱情的向往。男性同性之间的爱情更能营造出恋爱双方势均力敌的效果，而不必受到性别身份的约束。此时作为凝视者的女性也获得了摆脱性别权力规训、自由观赏被客体化了的男性的空间。她们可以选择将自己代入小说中任何一方的主人公，去体验精神对等、不带有功利目的纯粹爱情。她们同时可以单纯以旁观者的身份欣赏带有禁忌色彩的异色爱情，以及消费被

---

❶ 美报：为何很多中国年轻女性写"耽美文学"？ ［EB/OL］.［2020-08-08］. http://china.cankaoxiaoxi.com/2014/0523/392205.shtml.

客观化了的男性身体。网络耽美小说的流行作为一种文化现象，一定意义上体现了女性对两性平等理念的追求。

此外，网络耽美小说敢于书写边缘化的同性题材，难能可贵。尽管大多数的网络耽美小说从人物角色到情节设置都充满强烈的幻想色彩，与现实中男同性恋者的实际状态并不能等同，但网络耽美小说的流行却引起大众对同性恋群体的关注，甚至让大众对同性恋的认知与态度发生了积极变化，具有一定的现实意义。随着网络耽美小说受众群体的增多，以及由小说改编的影视作品传播的扩展，未来将有越来越多的人接触到带有耽美标签的文艺作品。虽然目前耽美作品的质量良莠不齐，但在耽美文化逐渐增强的影响力下，"谈同色变"的保守观念受到巨大冲击。正如李银河认为，"同性恋绝不是一种可怜的、躲在阴暗角落里的生活方式，它不仅具有正面的价值，而且对这种生活方式的理解和模仿，可以拓宽人际关系的空间，使它变得无比的丰富多彩，健康快乐。"❶尽管中国网络耽美小说中极少有真实还原现实中同性恋群体生活状态的作品，但其至少也唤起了大众对这一边缘群体的关注，具有积极的社会意义。

诚然，网络耽美小说还存在一些显见不足。从整体上来看，网络耽美小说多是由不具同性性取向的女性作者创作的男性间的情爱故事，由于作者缺乏相应的生活经验，导致作品中常常出现表达的自我矛盾和逻辑失真的现象。同时，欲望表达的泛滥使网络耽美小说被赋予的抗争意义流于表面，缺乏对社会人性的深度反思。网络耽美小说更多地是仅借用了男性同性情爱的外壳，用于满足读者对浪漫唯美、平等独立的爱情的幻想。于是，网络耽美小说中所刻画的爱情很大程度上来自对传统言情小说架构的乔装改扮，"新瓶装旧酒"地兜售给前来"买醉"的读者。不过，读者并非被全然蒙在鼓里，由于其想要逃离现实的迫切愿望和网络耽美小说营造的浪漫氛围不谋而合，所以甘心沉醉在网络耽美小说打

---

❶　李银河.同性恋亚文化［M］.呼和浩特：内蒙古大学出版社，2009：449.

造的温柔乡里，暂时抛却现实中的烦恼。然而最令人担心的是，一些年轻的男性读者对作为娱乐消遣的网络耽美小说中描绘的恋情产生错误认知。综上所述，对待网络耽美小说的发展不应将其彻底否定，也不能听之任之，而应该对其中涉及的暴力色情内容加以监管，引导读者以健康积极的心态阅读。

最后，鉴于本人才力学力有限，本书主要存在以下两个方面的缺憾，亟待日后完善。其一，本书的研究对象是中国网络耽美小说叙事。笔者在日本学习期间，阅读了大量的日本耽美小说文本，与此同时也认真研读了多位日本专家学者的专著及评论。这些前期准备开阔了笔者在审视考察中国网络耽美小说时的视野，进而能在对比参照之下做出较为客观的论述。但是限于篇幅以及突出研究焦点的考量，本书对于中日耽美文学的比较研究未能充分展开。笔者将在未来的研究之中继续充实内容，使研究更为完善。

其二，文学批评是一种双重属性的行为，即阅读自己和阅读对方。先要理解自己的生存经验，而后方可达到"以我观物，则物皆着我之情"❶的境界。让自我的生存体验与文学文本建立沟通对话的渠道，是文学批评的关键性所在。正如学者姚晓雷所说，"所谓的文学批评，概括起来，就是要用心去和批评对象进行对话"❷。可见，文学批评可抵达的深度很大程度上取决于批评者的生存体验。就耽美文学研究而言，身为女性的笔者对创作者的心理诉求有感同身受的体验，从而更易于开展与作品中的人物和主题的对话，获得对作品情感书写的深刻体认。然而，虽然女性视角为笔者带来诸多优势，但同样容易使研究陷入性别视角缺失的尴尬。事实上，尽管在当下喜欢阅读和创作耽美文学的群体中，女性仍占据数量上的绝对优势，但男性爱好者，尤其是同性恋者以外的男性

❶ 王国维. 人间词话［M］. 成都：四川人民出版社，1981.
❷ 张慧伦. 探寻文学"术"与"道"的结合——姚晓雷访谈录［J］. 创作与评论，2015（16）：19-27.

爱好者的数量也在不断上升。日本的研究者已经对这一现象给予关注，例如，春日太一与谢谢达雄（サンキュータツオ）合著的《我们的 BL 论》（日文题目:俺たちのBL 論）。该书从男性阅读耽美作品的心理、耽美作品吸引男性阅读的原因、男性对耽美作品的评论等多个角度出发，剖析男性对耽美作品的看法。笔者在本书的撰写过程中，更多地是站在女性身份立场审视耽美文学，可能在一定程度上忽视了以男性视角观看的阅读体验。在未来的研究工作中，笔者也将加强对男性创作与接受耽美作品的考察，多视角探寻网络耽美小说，力求做出更全面深入的研究和思考。

参考文献

一、研究著作

（一）中文译著

［1］　瓦西列夫. 情爱论［M］. 赵永穆，范国恩，陈行慧，译. 北京：生活·读书·新知三联书店，1984.

［2］　阿恩海姆. 艺术与视知觉——视觉艺术心理学［M］. 滕守尧，朱疆源，译. 北京：中国社会科学出版社，1984.

［3］　鲍列夫. 美学［M］. 乔修业，常谢枫，译. 北京：中国文联出版公司，1986.

［4］　弗洛伊德. 弗洛伊德论美文选［M］. 张唤民，陈伟奇，译. 上海：知识出版社，1987.

［5］　本尼迪克特. 菊花与刀：日本文化的诸模式［M］. 孙志民，马小鹤，朱理胜，译. 杭州：浙江人民出版社，1987.

［6］　布鲁玛. 日本文化中的性角色［M］. 张晓凌，季南，译. 北京：光明日报出版社，1989.

［7］　热奈特. 叙事话语·新叙事话语［M］. 王文融，译. 北京：中国社会科学出版社，1990.

［8］　巴尔. 叙述学：叙事理论导论［M］. 谭君强，译. 北京：中国社会科学出版社，1995.

［9］　弗洛伊德. 性爱与文明［M］. 滕守尧，译. 合肥：安徽文艺出版社，1996.

［10］　米利特. 性的政治［M］. 钟良明，译. 北京：社会科学文献出版社，1999.

［11］ 福柯. 性史 ［M］. 姬旭升, 译. 西宁：青海人民出版社, 1999.

［12］ 罗宾. 酷儿理论：西方 90 年代性思潮 ［M］. 李银河, 译. 北京：时事出版社, 2000.

［13］ 福柯. 性经验史 ［M］. 佘碧平, 译. 上海：上海人民出版社, 2005.

［14］ 瓦莱特. 小说——文学分析的现代方法与技巧 ［M］. 陈艳, 译. 天津：天津人民出版社, 2003.

［15］ 昆德拉. 不能承受的生命之轻 ［M］. 许钧, 译. 上海：上海译文出版社, 2003.

［16］ 昆德拉. 小说的艺术 ［M］. 董强, 译. 上海：上海译文出版社, 2004.

［17］ 默克罗比. 后现代主义与大众文化 ［M］. 田晓菲, 译. 北京：中央编译出版社, 2006.

［18］ 麦克拉肯. 女权主义理论读本 ［M］. 艾晓明, 等译. 桂林：广西师范大学出版社, 2007.

［19］ 鲍尔德温. 文化研究导论：修订版 ［M］. 陶东风, 等译. 北京：高等教育出版社, 2004.

［20］ 韦勒克, 沃伦. 文学理论 ［M］. 刘象愚, 等译. 北京：生活·读书·新知三联书店, 1984.

［21］ 巴特勒. 消解性别 ［M］. 郭劼, 译. 上海：上海三联书店, 2009.

［22］ 福斯特. 小说面面观 ［M］. 冯涛, 译. 北京：人民文学出版社, 2009.

［23］ 马斯洛. 动机与人格 ［M］. 马良诚, 等译. 西安：陕西师范大学出版社, 2010.

［24］ 默克罗比. 女性主义与青年文化 ［M］. 张岩冰, 彭薇, 译. 开封：河南大学出版社, 2011.

［25］ 波伏瓦. 第二性 ［M］. 郑克鲁, 译. 上海：上海译文出版社, 2011.

［26］ 昆德拉. 被背叛的遗嘱 ［M］. 余中先, 译. 上海：上海译文出版社, 2011.

［27］ 卡瓦拉罗. 文化理论关键词 ［M］. 张卫东, 等译. 南京：江苏人民出版社, 2013.

［28］ 波德里亚. 消费社会 ［M］. 刘成富, 全志钢, 译. 南京：南京大学出版社, 2000.

（二）中文著作

[29] 陈伯君. 阮籍集校注［M］. 北京：中华书局，1987.

[30] 罗钢. 叙事学导论［M］. 昆明：云南人民出版社，1994.

[31] 刘小枫. 人类困境中的审美猜神——哲人、诗人论美文选［M］. 上海：东方出版中心，1994.

[32] 申丹. 叙述学与小说文体学研究［M］. 北京：北京大学出版社，1998.

[33] 包亚明. 后现代性与地理学的政治［M］. 上海：上海教育出版社，2001.

[34] 葛仁霞，等. 青春期情感与社会交往教育［M］. 北京：军事医学科学出版社，2002.

[35] 郝建. 影视类型学［M］. 北京：北京大学出版社，2002.

[36] 樊国宾. 主体的生成：50 年成长小说研究［M］. 北京：中国戏剧出版社，2003.

[37] 朱立元. 接受美学导论［M］. 合肥：安徽教育出版社，2004.

[38] 李咏吟. 创作解释学［M］. 桂林：广西师范大学出版杜，2004.

[39] 吴琼. 视觉文化的奇观——视觉文化总论［M］. 北京：中国人民大学出版社，2005.

[40] 叶渭渠. 谷崎润一郎传［M］. 北京：新世界出版社，2005.

[41] 苏红军，柏棣. 西方后学语境中的女权主义［M］. 桂林：广西师范大学出版社，2006.

[42] 童庆炳. 文学理论教程［M］. 北京：高等教育出版社，2008.

[43] 王铮. 同人的世界：对一种网络小众文化的研究［M］. 北京：新华出版社，2008.

[44] 李银河. 虐恋亚文化［M］. 呼和浩特：内蒙古大学出版社，2009.

[45] 李银河. 同性恋亚文化［M］. 呼和浩特：内蒙古大学出版社，2009.

[46] 陶东风. 粉丝文化读本［M］. 北京：北京大学出版社，2009.

[47] 李玉萍. 网络穿越小说概论［M］. 天津：南开大学出版社，2011.

[48] 申丹. 叙事、文体与潜文本——重读英美经典短篇小说［M］. 北京：北京大学出版社，2009.

[49] 王澄霞. 女性主义与中国当代文化［M］. 北京：社会科学文献出版社，2012.

[50]　徐岱. 小说叙事学［M］. 北京：商务印书馆，2010.

[51]　黄轶. 中国当代小说的生态批判［M］. 北京：北京大学出版社，2014.

（三）日文著作

[52]　中島梓. 美少年学入門［M］. 東京：新書館，1984.

[53]　中島梓. コミュニケーション不全症候群［M］. 東京：筑摩書房，1991.

[54]　柿沼瑛子，栗原知代. 耽美小説・ゲイ文学ブックガイド［M］. 東京：白夜書房，1993.

[55]　栗原知代. 男同士の愛に少女たちが仮託するもの［M］. 東京：創出版，1994.

[56]　荷宮和子. おたく少女の経済学：コミックマーケットに群がる少女達［M］. 東京：廣済堂，1995.

[57]　佐藤雅樹. クィア・スダィース’96［M］. 東京：七つ森書館，1996.

[58]　榊原史保美. やおい幻論：「やおい」から見えたもの［M］. 東京：夏目書房，1998.

[59]　西村マリ. アニパロとヤオイ［M］. 東京：太田出版，2001.

[60]　山本文子. やっぱりボーイズラブが好き：完全 BL コミックガイド［M］. 東京：太田出版，2005.

[61]　永久保陽子. やおい小説論：女性のためのエロス表現［M］. 東京：専修大学出版局，2005.

[62]　大崎祐美. 腐女子のことば［M］. 東京：一迅社，2009.

[63]　溝口彰子. BL 進化論［M］. 東京：太田出版，2015.

[64]　西村マリ. BL カルチャー論：ボーイズラブがわかる本［M］. 東京：青弓社，2015.

[65]　山岡重行. 腐女子の心理学：彼女たちはなぜ BL〈男性同性愛〉を好むのか?［M］. 東京：福村出版，2016.

二、期刊文献

（一）中文期刊

[66]　福柯. 另类空间［J］. 王喆法，译. 世界哲学，2006（6）.

[67] 王向远. 日本唯美主义文学与中国现代文学中的唯美主义 [J]. 外国文学研究, 1995 (4).

[68] 南帆. 消费历史 [J]. 当代作家评论, 2001 (2).

[69] 叶立文. 颠覆历史理性——余华小说的启蒙叙事 [J]. 小说评论, 2002 (4).

[70] 施晔. 清代名伶三曲述略及士优男风文化解读——以《王郎曲》、《徐郎曲》及《李郎歌》为考察对象 [J]. 浙江师范大学学报, 2006 (5).

[71] 余苗梓, 李董平, 王才康, 等. 大学生孤独感与自我隐瞒、自我表露、应对方式和社会支持的关系 [J]. 中国心理卫生杂志, 2007 (11).

[72] 赵梦颖. 新历史小说叙事的限度与可能 [J]. 云南社会科学, 2008 (3).

[73] 施晔. 明清同性恋小说的男风特质及文化蕴涵 [J]. 文学评论, 2008 (2).

[74] 高淑艳, 贾晓明. 近 15 年来国内同性恋的研究概况 [J]. 中国健康心理学杂志, 2008 (4).

[75] 葛红兵, 肖青峰. 小说类型理论与批评实践——小说类型学研究论纲 [J]. 上海大学学报(社会科学版), 2008 (5).

[76] 刘俊, 张进辅. 同性恋认同发展的理论模型述评 [J]. 心理科学进展, 2009 (2).

[77] 郑丹丹, 吴迪. 耽美现象背后的女性诉求——对耽美作品及同人女的考察 [J]. 浙江学刊, 2009 (6).

[78] 陶春军. "穿越小说"《梦回大清》的历史想象与心理补偿 [J]. 名作欣赏, 2009 (5).

[79] 邓胜利, 胡吉明. Web2.0 环境下网络社群理论研究综述 [J]. 中国图书馆学报, 2010 (5).

[80] 陶春军. 解构历史:新历史小说与穿越小说 [J]. 广西社会科学, 2010 (5).

[81] 马汉广. 福柯的异托邦思想与后现代文学的空间艺术 [J]. 文艺理论研究, 2011 (6).

[82] 杨揄熹, 刘柏因. 全媒体时代的迷文化研究——以耽美迷群为例 [J]. 新闻爱好者, 2012 (6).

[83] 汤哲声. 穿越小说:历史消费的张扬和现实心态的苦涩 [J]. 中国图书评论, 2012 (10).

［84］ 赵宪章.语图符号的实指和虚指——文学与图像关系新论［J］.文学评论，2012（2）.

［85］ 赵炎秋.实指与虚指：艺术视野下的文字与图像关系再探［J］.文学评论，2012（6）.

［86］ 张冰.论"耽美"小说的几个主题［J］.文学评论，2012（5）.

［87］ 张翼，董小玉.论互联网环境对青年亚文化的影响——以耽美文化为例［J］.新闻界，2013（20）.

［88］ 胡静初，胡纪泽，萧嘉慰.男同性恋者的孤独感、自尊和依恋［J］.中国心理卫生杂志，2013（12）.

［89］ 千野拓政.东亚诸城市的亚文化与青少年的心理——动漫、轻小说、cosplay 以及村上春树［J］.东吴学术，2014（4）.

［90］ 周志雄.网络小说的类型化问题研究［J］.南京社会科学，2014（3）.

［91］ 朱丽丽，赵婷婷.想象的政治："耽美"迷群体的文本书写与性别实践［J］.江苏社会科学，2015（6）.

［92］ 张慧伦.探寻文学"术"与"道"的结合——姚晓雷访谈录［J］.创作与评论，2015（16）.

［93］ 关薇.耽美小说中隐含的女性性别意识［J］.文学教育，2016（10）.

［94］ 周根红.影视类型化与小说的模式化生产［J］.文艺评论，2016（3）.

［95］ 肖映萱."女性向"网络文学的性别实验——以耽美小说为例［J］.中国现代文学研究丛刊，2016（8）.

［96］ 欧阳友权.网络文学的虚拟真实与艺术本体［J］.江西社会科学，2007（5）.

［97］ 杨毅.耽美异托邦［J］.粤海风，2016（4）.

［98］ 郑丹丹.异托邦建构与想象的共同体——女性阅读中呈现的身份政治萌芽［J］.青年研究，2016（4）.

［99］ 杨鹏飞，宋玉红，连帅磊，等.假想观众对青少年疏离感的影响：社交焦虑的中介作用［J］.中国临床心理学杂志，2018（1）.

（二）外文期刊

［100］ 金卷ともこ.女子オタ30年戦争［J］.ユリイカ，2005（11）.

[101] 速水筒. ひとでなしのゲーム [J]. ユリイカ, 2005 (11).

[102] 三浦しをん, 金田淳子.「攻め×受け」のめくるめく世界 男性身体の魅力を求めて [J]. ユリイカ臨時増刊 腐女子マンガ大系, 2007 (6).

[103] 守如子. ハードなBL その可能性 [J]. ユリイカ臨時増刊 腐女子マンガ大系, 2007 (6).

[104] 川原和子. やおい心をくすぐるもの——妄想という名のプチ創作 [J]. ユリイカ臨時増刊 腐女子マンガ大系, 2007 (6).

[105] 金田淳子. やおい論、明日のために (その2) [J]. ユリイカ臨時増刊 腐女子マンガ大系, 2007 (12).

三、学位论文

[106] 欧阳友权. 网络文学本体研究 [D]. 成都：四川大学, 2004.

[107] 陈蓉. 网络文化产业研究 [D]. 武汉：武汉大学, 2005.

[108] 阮瑶娜. "同人女" 群体的伦理困境研究 [D]. 杭州：浙江大学, 2008.

[109] 吕品. 现代性背景下网络趣缘群体对自我认同的建构——以 "同人女" 群体以及耽美现象为例 [D]. 武汉：华中科技大学, 2008.

[110] 张化夷. 新世纪网络小说的消费特质 [D]. 济南：山东师范大学, 2009.

[111] 苏威. 耽美文化在我国大陆流行的原因及其网络传播研究 [D]. 上海：上海外国语大学, 2009.

[112] 陆国静. 耽美文化及同人女群体研究——一个基于网络的亚文化图谱 [D]. 苏州：苏州大学, 2011.

[113] 许会. 从唯美到耽美——对中日两国耽美文学现象之思考 [D]. 重庆：四川外语学院, 2011.

[114] 柴莹. 中国大陆网络耽美文化研究 [D]. 上海：上海师范大学, 2011.

[115] 刘芊玥. 作为实验性文化文本的耽美小说及其女性阅读空间 [D]. 上海：复旦大学, 2012.

[116] 张红芳. 自我与他者：腐女群体的互动与认同研究 [D]. 金华：浙江师范大学, 2012.

[117] 张炜婷. 耽之于美——耽美文化与同人女群体的人类学研究 [D]. 北京：中央民族大学，2013.

[118] 孙嘉咛. "耽美文学"出版研究 [D]. 成都：西南交通大学，2013.

[119] 周杰. 耽美的世界——中国大陆耽美文学研究 [D]. 沈阳：辽宁大学，2013.

[120] 张楠. 耽美文化背后的女性心理探微 [D]. 北京：首都师范大学，2013.

[121] 唐乐水. 耽美迷群网媒使用中的身份认同研究 [D]. 成都：西南交通大学，2014.

[122] 沈雨前. 网络类型小说新伦理叙事研究——以耽美小说、穿越小说、网游小说为例 [D]. 广州：暨南大学，2014.

[123] 刘雪平. 文本重构与性别叙事——中国大陆网络耽美同人小说研究 [D]. 西安：陕西师范大学，2014.

[124] 李国华. 中国大陆网络耽美小说文化研究 [D]. 西安：陕西师范大学，2014.

[125] 赵媛. 耽美同人群体的性别文化研究 [D]. 苏州：苏州大学，2014.

[126] 姚培娜. 后现代视野中的耽美文学研究 [D]、济南：济南大学，2014.

[127] 廖文芳. 网络耽美小说研究 [D]. 济南：山东师范大学，2014.

[128] 赵婷婷. 被想象的政治领域：网络耽美小说迷与女性主义、同性恋政治 [D]. 南京：南京大学，2014.

[129] 赵靖宏. 网络同人小说及其社会文化心理论析 [D]. 昆明：云南大学，2014.

[130] 朱宇晴. 试论耽美小说的女性诉求 [D]. 南昌：南昌大学，2014.

[131] 宁可. 中国耽美小说中的男性同社会关系与男性气质 [D]. 天津：南开大学，2014.

[132] 孙姗姗. 耽美社群与女性空间建构——基于百度"腐女吧"的考察 [D]. 南京：南京师范大学，2015.

[133] 张敏. 中国大陆耽美小说本土化历程研究 [D]. 青岛：中国海洋大学，2015.

[134] 林俊. 巴金小说中的"出走"主题研究 [D]. 成都：西南交通大学，2015.

[135] 王玄璇. 耽美之美：同人女的性别化观看研究 [D]. 北京：北京邮电大学，2015.

[136] 钟文佳. 耽美同人小说的魅力与隐忧——论腐女粉丝群体的形成原因和现实

影响［D］. 海口：海南大学，2016.

［137］ 胡雪姣. 时空·历史·性别——新世纪穿越小说的三重想象［D］. 济南：山东师范大学，2016.

［138］ 季爽. 耽美网络剧的受众分析［D］. 沈阳：辽宁大学，2016.

［139］ 覃楚涵. 同志"出柜"议题的媒体呈现及其对同志原生家庭的认知影响［D］. 深圳：深圳大学，2017.

［140］ 季小涵. 网络背景下的"男色"流行现象研究［D］. 长春：吉林大学，2017.

［141］ 李思瑶. 耽美迷群在网络社区的身份认同与文化冲突——基于百度腐女吧的个案研究［D］. 广州：暨南大学，2017.

［142］ 郑静. 女性的集体臆想与狂欢——以百度腐女吧为例的耽美社群网媒使用研究［D］. 济南：山东师范大学，2017.

附　　录

伴随文本：透视网络文学发展的重要路径

在当下的网络文学研究中，文本的阅读考察非常重要，同时，原文本之外的诸多伴随文本也可以系统地纳入研究视野，并与文本的研究互为参照。"伴随文本"这个概念的提出是基于任何符号文本，都在文本之外携带着未进入文本自身的因素，但这些"伴随文本"深入影响着符号的生产与解释。❶ 因此对文本进行审视除了关注文本自身之外，不可忽视伴随文本的影响。随着新媒体时代信息资源的不断丰富，网络文学的伴随文本已呈现出纷繁复杂的样式，例如，文本互涉、影游改编、网站推介、读者评论等。当下网络文学的创作发展和相关研究取得的成就有目共睹，但对于伴随文本的研究目前更多集中于网络出版和影视改编方面，在作者—读者的评论互动、创作者与平台方的访谈资料、作品的文案与推介方面的关注较少，而且将伴随文本作为一个整体进行宏观审视和总结整理的工作还有很大的推进空间，是网络文学研究的一个新的学术生长点。同时，网络文学创作具有较为明显的开放性，伴随文本和文本之

---

❶ "伴随文本"的概念由赵毅衡先生提出，本文所引用的概念及解释源自赵毅衡先生的两篇论文：《论"伴随文本"——扩展"文本间性"的一种方式》，刊载于《文艺理论研究》2010 年第 2 期；《"全文本"与普遍隐含作者》，刊载于《甘肃社会科学》2012年第 6 期。

间的互动影响已远远大于传统文学。比如,读者的评价甚至会实时改变文本情节的发展走向,文学网站的排名数据能够影响作者是否决定继续连载。所以,对于网络文学伴随文本的全方位考察研究亟须开展且具有重要意义。

伴随文本有多种呈现方式,从类别上可以划分为显性伴随文本、生成性伴随文本和解释性伴随文本。显性伴随文本是"显露"在文本表现层上的附加因素,整体上可以分为副文本和型文本两类。例如,网络小说中的标题、文案、网站上的封面图片,以及实体书出版后的封面和插图等都属于副文本。副文本是读者在阅读小说之前首先接触到的伴随文本,读者在文学网站浩如烟海的书库中挑选自己心仪的小说时,很大程度上会受到这些副文本的影响。像《花千骨》在晋江文学城上的文案中就包含了一些非常激烈的对白,包括封面上写的灵异神怪、情有独钟等标签。❶ 这些内容都属于副文本,它们的选择机制和产生的作用都值得深入研究。

除此之外,文学网站上对于网络文学作品的类型分类,比如仙侠、穿越、玄幻等也是一种显性伴随文本,可以称为型文本。型文本对于创作和阅读双方都起到了提示作用。这种设定方便读者按照自己的阅读兴趣选择小说,同时保证了作者在创作小说时有明确的题材和主题。型文本之所以具备这一功能,是由于同一类文本中往往具有共同的符码。以网络穿越小说为例,"穿越"是其所属的题材类别。穿越小说中角色必然会经历穿越的过程,但是其穿越方式又可以分为身穿(身体穿越)、魂穿(灵魂穿越),以及胎穿(与重生设定类似,主人公投胎穿越)等多个类别,穿越的方向包括回到古代和进入未来两大类。这些情节元素共同构成了穿越小说的型文本特征。

---

❶ 《花千骨》晋江文学城封面 [EB/OL]. [2020-08-08]. http://www.jjwxc.net/onebook.php?novelid=316358.

　　生成性伴随文本主要由网络文学的前文本与后文本构成，前文本包括网络小说中的引文、典故、历史文化语境，以及戏仿与改编的对象文本等。后文本则是在网络文学作品基础上改编创作的作品，如影视剧、广播剧、游戏、同人创作等。网络文学为影视作品提供了许多改编素材，但同时这个改编方向也可以逆向出现，如曾经掀起收视热潮的电视剧《延禧攻略》，其同名网络小说是由该剧的剧情改编而来。因此，我们不仅着眼于网络文学作品自身，还可以历时性地通过几个截面呈现这部作品更加清晰的面貌，以小见大地反映出文化生产的整体样态，进而对整个文化生产链进行思考。

　　解释性伴随文本主要由评论文本和链文本构成。评论文本包括专家评论、研究论文和专著、读者评论，以及相关新闻等。网络文学的独特性体现在其有数量惊人的"粉丝"评论。创作者由于评论而改变作品走向的案例不胜枚举，因此不可忽视评论的重要性及其价值。针对评论的内容可以采用数据统计的方法来处理。例如，采用内容挖掘软件，对海量的数据进行词条分析处理，通过抓取关键词进行词条频率统计，并对得到的数据结果进行分析，可以看出读者的评价倾向。因为评论的数量巨大，所以计算机数据统计可能更可以发挥作用，发现潜藏在评论文本之下的发展规律与变化倾向。

　　发布在网络文学网站页面的超链接，例如作品的广告、排行榜数据等这类链文本也属于解释性伴随文本。以起点中文网为例，首先其主页就是由各类超链接的版块构成，包括作品分类、编辑推荐、网络文学相关新闻、排行榜、完本精品等。进入小说的阅读页面后，可以发现其中同样被层层的超链接包裹。与这部作品有关的作者自定义标签、目录章节、最新更新、粉丝互动等提供文本信息的内容实际上都是可以点击的超链接。这些链文本将作者与读者的互动信息囊括其中，读者在阅读作品时必然会一同接收这些链文本。正如王小英所说，网络小说的互动，主要的技术支持就是来自其丰富多样的链文本。各种链文本虽然不一定存在同型关系，但绝大部分链文本都与网络小说有关联。网络上呈现的各种链文本，读者可以不接受，视而不见、听而不闻，但其存在本身决定了读者就是其接收者。❶

对围绕网络文学重要文本的这些伴随文本进行整理总结，做一个数据库，以及进一步制作成网状的联结图是一种非常有益的尝试。如能制作一个以原文本为中心的伴随文本分类统计列表，就能清晰呈现原文本的伴随文本信息，以及伴随文本各个类型之间的关联。此外，还可以将不同文本的统计图表加以对比，分析不同网络文学原文本的伴随文本之间的共通点与差异点。笔者目前正在制作1997—2019年的全部重要网络小说伴随文本的统计表，力图建立20多年来网络文学伴随文本的数据库，为学界未来的研究提供可查阅索引的资料库。当下网络文学研究领域一个令人遗憾的现象是早期网络文学史料的大量散佚。笔者在统计过程中发现，21世纪前后的网络文学伴随文本例如读者评论、网站页面等因网站关停等各方面原因而难以查询。尽管笔者多方询问查证获取历史资料，尽力弥补了部分缺失，但仍有查缺待补的条目。这也说明对于网络文学研究而言，数据的及时保存非常重要亦乃当务之急。本次数据库整理工作是一次对网络文学伴随文本的阶段性整理总结，希望能够为未来的学界研究保存重要网络文学文本与伴随文本史料，以期作为索引供研究者随时调阅，提高研究效率。

建立网络文学伴随文本数据库之后，可以通过编制原文本与伴随文本之间的联结网来考察两者的互动关系。通过计算机软件提取字段和人工甄别，对伴随文本数据进行处理并绘制网状联结图，从而从伴随文本这个新的视角切入，对网络文学的生成发展进行审视。通过此联结图，可以发现诸多原文本之间不易察觉的关联，进而对网络文学的生成机制及其发展脉络进行整体思考。笔者分别截取男频小说和女频小说的部分

---

❶ 王小英. 网络文学符号学研究 [M]. 北京：中国社会科学出版社，2016.

案例来说明联结图的构建方法。如图 1 所示。

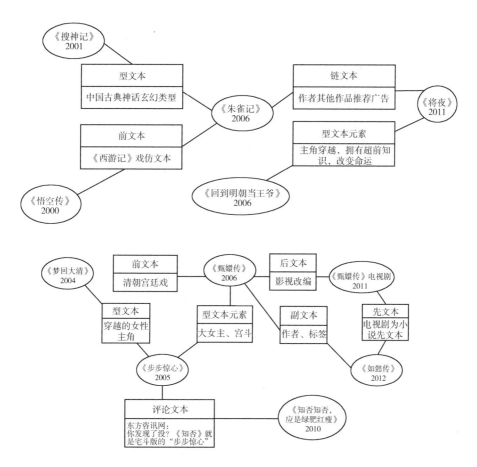

图 1　原文本—伴随文本联结图

　　《搜神记》《悟空传》和《朱雀记》这三部创作年代与作者均不相同的小说看起来并没有什么关联，但是通过伴随文本却可以将它们联系在一起。首先，《搜神记》与《朱雀记》有相同的型文本"中国古典神话玄幻类型"，而《朱雀记》与《悟空传》则拥有相同的前文本，两者都是《西游记》的戏仿文本。《搜神记》与《悟空传》之间则可以通过链文本产生关联，它们曾共同出现在早期经典网络玄幻小说排行榜中。仅是三部小说就可以通过多种类型的伴随文本产生千丝万缕的联系。

女频小说也同样如此。《梦回大清》和《步步惊心》同为"清穿"言情小说，它们具有共同的型文本即穿越、大女主。有不少研究者曾指出 21 世纪初期穿越言情小说最早以"清穿"形式出现是网络对 20 世纪 90 年代大众文化产品"清宫戏"的一次跨媒介文化的回应。这些早期"清穿"言情小说的创作者多为"80 后"。在他们的成长时期，描写康熙时期"九子夺嫡"事件的港台历史剧以及以《还珠格格》为代表的清朝古装剧正是流行文化的代表，因此 21 世纪"清穿"言情小说的出现是"80 后"创作群体的一次怀旧式集体书写。《梦回大清》和《步步惊心》的共同前文本即清朝宫廷戏。《步步惊心》还包含了宫斗、宅斗等更为复杂的型文本元素。从评论文本中可以发现它与其他文本之间的型文本关联。例如，东方资讯网的一则新闻报道标题为《你发现了没？〈知否〉就是宅斗版的"步步惊心"》，文中比较了两部小说人物关系的相似性。评论文本可以从两部看似没有关联的作品找到共通点，将两者联系在一起。当我们将不同类型的原文本通过伴随文本形成一个联结图时，可以直观展示出伴随文本联结原文本的桥梁作用。此外，伴随文本的功能性价值还体现在原文本与伴随文本的互动中。例如，评论文本能够改变网络小说预设结局，后文本的影视改编能提高原作知名度，影响其续作情节走向，等等。这些信息都可以从联结图中进行快速读取。

我们可以进一步梳理网络小说伴随文本的发展历程。根据数据库对各类型伴随文本进行历时性梳理，从伴随文本角度重新审视并理性把握网络文学 20 余年的发展历程，尝试从伴随文本的变化归纳网络文学的阶段性特征的可能性。例如，以"盗墓"作为型文本关键词进行检索可以发现，2006 年该类型作品的数量达到高峰，《盗墓笔记》《藏地玄经》《上古神迹》等重要作品均在此时涌现，但高峰过后这一文类无论是质量还是数量均呈现下滑趋势。不同盗墓小说之间也存在共同的型文本元素，以及借鉴的同类前文本，可见由于盗墓小说有极强的原创性要求，随着文本内容的同质化等问题出现及读者阅读兴趣的转移，盗墓小说热潮在2006年后被新的文类代替。这一点也体现在读者/学者评论文本数目的量化统计中。在目前已有的数据考察中，量化统计确实可以发现潜藏在伴随文本之下的发展规律和变化倾向，有些甚至是早于原文本变化的，因而量化梳理伴随文本有利于更加理性地把握网络小说的发展轨迹，甚至预判发展趋向。

考察网络小说伴随文本的发展变化，绝不可切断其与技术及社会经济的联系。一手访谈资料可以呈现伴随文本发展历程背后的社会文化变迁。笔者结合社会学的研究方法，联系采访网络小说创作者、文学网站编辑以及从事网络文学研究的专家学者，将所获资料作为创作环境变化发展过程的史料形成数据库的外部参照。伴随文本携带了大量的社会文化契约，解读伴随文本的发展历程，可以从另一个角度思考网络小说变迁背后的社会环境影响，同时思考其对社会文化的反向作用。网络小说从诞生之初的"随性写作""自娱娱人"到当下的以"商业化写作"为主体的现状，其背后商业资本的导向以及社会环境的改变通过伴随文本得以呈现。例如，型文本的不断丰富折射出网络类型文学的崛起；读者评论文本的数目和差异性的增加，反映出读者阅读兴趣的变化和参与度的提高，文学接受方对网络小说创作所施加的影响亟须关注和研究。

从伴随文本角度切入考察网络文学，可以将不同媒介的样木数据进行整合并细致分析。将文学基础上的原文本、图像视野下的副文本（封面和书籍插图）、媒介范畴下的后文本（影视和游戏改编）、社会学观照下的评论文本纳入数据库中进行综合总结考察。对网络小说伴随文本的发展历程加以研究，可以为网络文学20余年的发展提供一个文本外部的研究切入点，探索从这一角度进行网络文学分类分期的可能性，总结伴随文本在新媒介融合时代可以为网络小说发展提供的新动力之着力点。

同时，预判网络文学未来变化趋势，为国家战略指导下的网络文学规范和引导提供参考，也将为业界在如何利用伴随文本扩大网络文学的文化影响力和经济效益方面提供启示。制成以伴随文本为主线的 "原文本—伴随文本关系联结图"，有利于为当下芜杂的网络文学发展现状提供一个理性把握的进路。文学载体从书页到网页的转变，显示出网络文学生成范式的变化，与之相伴的伴随文本在生产方式、存在形态以及传播模式上也有其特性。探究伴随文本与网络文学的双向互动，不失为透视 20 多年来文化生产因素和社会环境变迁的一条路径，也可以为网络文学创作和发展提供镜鉴。

（原载于《文艺报》2019 年 11 月 25 日，收录时略作完善）

试析网络仙侠小说的伴随文本及其互动影响

　　"伴随文本"理论是赵毅衡先生在总结国内外学者提出的"副文本""语境论""潜文本"等理论基础上发展出的一种符号学理论。他认为"任何一个符号文本，都携带了大量社会约定和联系，这些约定和联系往往不显现于文本之中，而只是被文本'顺便'携带着"，这些"伴随着符号文本，隐藏于文本之后，文本之外，或文本边缘，但是积极参与文本意义的构成，严重地影响意义解释"的文本被统称为"伴随文本"。❶ 因而对文本进行批评，除了关注文本本身之外，不可忽视伴随文本的影响。网络文学的文本作为一种符号文本同样携带了大量的伴随文本，从符号学理论入手对这些伴随文本进行解析，或许能为我们研究网络文学打开一个新的窗口。本文选取网络文学中的仙侠题材小说作为案例，分析伴随文本的运行机制。

　　赵毅衡将伴随文本分为"显性伴随文本"（副文本、型文本）、"生成性伴随文本"（前文本）和"解释性伴随文本"（评论文本、链文本、先/后文本）。可以说任何一部网络小说都部分或全部包含了上述三种类别的伴随文本，并且与小说文本一起构成了"全文本"。读者在阅读某部网络小说时，同时会接收到这些伴随文本的信息，从而可能改变对这部小说的评价，而读者的评价又形成了新的伴随文本即评论文本。因此，从网络小说创作到接受的过程中，伴随文本始终参与其中。

一、显性伴随文本

（一）副文本

显性伴随文本是"显露"在文本的表现层上的附加因素，其中副文

---

❶　赵毅衡. 论"伴随文本"——扩展"文本间性"的一种方式［J］. 文艺理论研究，2010（2）：2-8.

本是文本的"框架因素",只是落在文本边缘上,甚至需要另外的文本渠道(如戏单、CD封套等)来提供。❶ 网络仙侠小说中的副文本主要体现在小说的标题、文案、题词、序言和网站上的封面图片上,以及实体书出版后的封面和插图等。副文本是读者在阅读小说之前首先接触到的伴随文本,读者在文学网站浩如烟海的书库中挑选自己心仪的小说时,很大程度上会受到这些副文本的影响。在上述的副文本中,文案可以说是影响读者选择的关键因素。文案与小说简介相似,但简介侧重小说内容的介绍,而从文案中可以看出作者的语言风格,以及故事的相关元素。由于网络小说动辄几十万字的长篇内容,想让读者直接从文本内部获取兴趣点相对困难,因此在正式阅读前根据文案挑选自己喜欢的小说是很多读者的习惯。所以,文案就像文学商品的外包装,如何通过文案营销吸引读者的关注是作者必须掌握的技巧。阅读仙侠小说文案的内容标签,通常能较为直观地了解小说包含的多种风格元素。以熊有成竹的《桃花风起正清明》为例,其在晋江文学城上显示的文案如下:

> 她一出生就是个神仙,本该平步青云,却偏偏出生第一眼看到的是那个凡人,还被他取了名字,还被他摸了头,还被他娶回了家。
>
> 原来,神仙不是神仙,凡人也不是凡人。
>
> 我放下了天地,放下了万物,可我放不下你,放不下那段日日缠绵的年华。
>
> 一捧桃核化作漫山桃林,故事徐徐拉开了画卷。
>
> 内容标签:情有独钟 前世今生 仙侠修真
>
> 搜索关键字:主角:白若鬼,墨清明 ┃ 配角: ┃ 其他:❷

---

❶ 赵毅衡.论"伴随文本"——扩展"文本间性"的一种方式 [J].文艺理论研究,2010(2):2-8.

❷ 参见 http://www.jjwxc.net/onebook.php? novelid=3107485.

通过内容简介和标签，读者可以了解这个故事的文风类别，以及所涉及的情节素材，标签中的"情有独钟""前世今生"提示了这部小说的看点就在于轮回转世却矢志不渝的爱情。文案的存在帮助读者在进入文本之前能够对其基本信息有所了解，从而可以在琳琅满目的小说货架上挑选自己喜爱的文本。副文本的功能不仅在于包装衬托了小说文本，也为读者甄选小说提供了辅助信息。

（二）型文本

型文本也是文本框架的一部分，它指明文本所从属的集群，即文化背景规定的文本"归类"方式。❶ 型文本之"型"意为风格类别、体裁派别。网络文学相较于传统文学，其型文本元素体现得更为明显。在文学网站上，网络小说被分为古风、奇幻、武侠、悬疑等多种类型。这种设定方便读者按照自己的阅读兴趣选择小说，同时保证了作者在创作小说时有明确的题材和主题。因此，型文本对于创作和阅读双方都起到了提示作用。型文本之所以具备这一功能，是由于同一类文本中具有共同的符码。以网络仙侠小说为例，"仙侠"是其所属的题材类别。据笔者统计，仙侠题材中经常出现的元素有以下几类：在角色身份上会有仙、魔、神、佛、灵兽等，且不同身份还有等级的划分，如上仙、上神。这些角色所生活的空间除了人间、仙界、魔界外，还有各个族类所居住的世界。除角色塑造与环境空间外，器物也承担了部分看点，如法器、神器。这些元素共同构成了仙侠小说的型文本特征。

正是在型文本的作用下，网络小说的类型化得以在作品创作、传播以及消费的各个环节持续渗透。型文本提供了同一类别网络小说的共同元素，从而形成可被传播的文本标签，在文学网站等传播平台的商业运作下，作者与读者共同被培养出了适应网络小说类型划分的思维，并最

---

❶ 赵毅衡. 论"伴随文本"——扩展"文本间性"的一种方式［J］. 文艺理论研究，2010（2）：2-8.

终形成审美趣味的类型化。对于当下的网络小说创作者而言，类型化创作已是他们为了适应网络小说作为文学产品的商业化生产而共同遵守的规则；同时，创作者也越来越意识到单一的型文本对读者而言其吸引力在不断降低，这也是网络小说类型化的双刃剑。按照类型细分的文本的确能够精准吸引特定的目标读者群体，但在同一类文本的反复刺激下，读者对于同一类型文本的元素已耳熟能详。由于类型化造成了部分网络小说同质化，看到开头就能猜到结尾的作品层出不穷，使得读者的兴趣在一次次的阅读中被消磨殆尽。这给创作者带来的启示是要扩大作品中型文本的数量，令小说的风格元素多样化，做到同时可以满足不同目标群体的阅读需求。当然这也对创作者的行文水平、故事架构能力提出了更高的要求。

二、生成性伴随文本

"前文本属于生成性伴随文本，是在文本生成过程中，各种因素留下的痕迹。"❶生成性伴随文本是在文本生成前发生的伴随文本，它辅助了符号文本的最终生成。前文本是其中最为常见的文本，其概念是"一个文化中先前的文本对此文本生成产生的影响……引文，典故，戏仿，剽窃，暗示等，是前文本中比较明显的类型；但是前文本可以相当遥远。一个文化的全部历史，只要在这个文本产生之前，都是这个文本的前文本：前文本是文本生成时受到的全部文化语境的压力，是文本组成无法逃避的所有文化文本组成的网络"。❷由此可见，前文本的概念可分为狭义与广义两种，狭义的前文本可以理解为符号文本的引用因素。这种创作方法在古典文学中同样存在，如《三国志》之于《三国演义》，而网络小说又将《三国演义》作为前文本，讲述现代的三国历史故事。例如，

❶❷ 赵毅衡. 论"伴随文本"——扩展"文本间性"的一种方式 [J]. 文艺理论研究，2010（2）：2-8.

赵子曰的《三国之最风流》对各种三国历史典故生动再现，让人仿佛置身三国风起云涌的历史中。而对于网络仙侠小说而言，前文本的广义概念令整个历史文化语境在其中的体现更为明显。

从"仙侠小说"的命名上看，其文化源流可分为两个部分，一是中国神话体系，二是武侠文化。从上文中提到的仙侠小说中常见的角色身份可以看出，其故事背景架构依托的是中国传统的宗教神话。其中道教的影响最为明显。在仙侠小说中，为了增强故事的趣味性，丰富人物形象，往往会采用神魔对立的主线情节，代表正义的神仙大多来自道教的神仙谱系，例如"三清"（玉清元始天尊、上清灵宝天尊与太清道德天尊）经常出现在小说之中。神仙战胜魔道的过程也颇似道教的修炼，除妖、渡劫，并最终修成正果。武侠文化作为前文本对仙侠小说的影响主要体现在门派观念和行侠仗义的精神。从被称为仙侠小说奠基之作的《飘邈之旅》开始，仙侠小说就引入了宗门制度。这部小说开创了一套完整的修仙体系，将练剑、比武等武功的修习与炼丹、飞升等修仙的流程融为一体，确立了仙侠小说的基本框架。可以说网络仙侠小说之所以有如此大的魅力，很大程度上源于其所建构的不同于现实生活的仙界空间。无论是神仙与妖魔的相缠相斗，还是小人物投入宗门后通过修仙逆天改命，这些情节都能够与我们所熟悉的神话与武侠故事实现对接。巧妙运用前文本带来的熟悉感，能够使读者更快地进入小说所塑造的仙侠世界中。

三、解释性伴随文本

（一）评论文本

伴随文本中的第三个大类是解释性伴随文本，属于文本产生后因解释文本而产生的文本。其中"评论文本"是"关于文本的文本"，是此文本生成后被接收之前接受者接触到的，有关此作品及其作者的各种消息、各种道德或政治标签，等等。❶ 对于一部网络仙侠小说而言，一切与之相关的新闻、预告以及评论等关于小说文本的文本都可以被称为评论文本。但由于针对网络小说的新闻、预告基本上只存在于知名网络作家推出新作之时，并不具备普遍性，因此本文选取更加广泛存在的"小说评论"来探讨评论文本的功能。

在信息时代，我们已经不满足于两耳不闻窗外事的读书方式，阅读之后与"同好"共享心得，以及广泛地收集评论，重温文中的细节都是网络小说读者普遍采取的方式。基于以下几点原因，评论文本对于网络小说而言显得尤为重要。首先，评论文本是创作者与读者之间沟通的桥梁。由于网络小说多以连载形式发表，其创作具有开放性，读者在开始阅读时，小说往往还没有被创作完成。这就意味着读者的评论极有可能会影响情节的走向、人物的命运。例如，失落叶曾在小说《都市邪剑仙》的后记感言中透露：根据读者评论的意见，写了个顺应"潮流"的结局，以男主人公林风与女剑灵苏珊一同守护人界、游历于秀丽的山水之间为结尾。这是读者希望看到的大团圆结局。作者同时在后记中附上了苏珊身死，林风一夜白头却仍在等待苏珊魂魄归来的原有结局。受读者影响改变结局虽然并非作者本意，但足见读者评论的影响力。其次，评论文本可以左右读者的阅读意愿。许多读者在即将开始阅读一部网络小说之前，会有点开"长评"的习惯，这种行为被称为"排雷"。因为长篇的评论通常会给出这部小说的"爽点"和"雷点"，读者如果看到感兴趣的内容就会去继续阅读小说，反之则会放弃继续阅读，可见评论文本对网络小说的阅读量会产生较大影响。除了读者发布在网站上的较为随性的评论之外，由研究者撰写的关于网络小说的研究论文也属于评论文本。这类文本从学理性的角度归纳、解析网络小说的特性，为当下建立网络文学评价体系提供借鉴，并引导网络文学创作走向健康良好的发展道路。

---

❶ 赵毅衡. 文本内真实性：一个符号表意原则 [J]. 江海学刊，2015（6）：22-28.

（二）链文本

"链文本"是接收者解释某文本时，与某些文本"链接"起来一同接受的其他文本。赵毅衡特别指出，链文本在网络上体现得最为具体：网络阅读者不断跟着链接走。❶ 链文本与网络文学研究界早已提出的"超文本"的概念既有相似也有不同之处。超文本是用超链接将不同空间的文字组织在一起的网状文本。这一术语最早运用于信息技术领域，在国外兴起超文本写作的提法后，由钟志清翻译介绍了"电脑文学"的超文本特征，此后欧阳友权进一步深化了网络文学领域的超文本研究。总体而言，超文本是指向网络文学本体的研究方法。正如欧阳友权在《网络文学本体论》的"比特叙事"一章中指出，网络文学的文本向超文本转向。这意味着网络文学的文本内容是运用超链接的方法组合得来的。链文本的概念相当于将对象从网络文学本体放大到网络文学的"全文本"，即由网络文学及其伴随文本共同构成的文本。在全文本内部，信息组织的形式同样是超链接式的。看似零散的伴随文本却通过一个个超链接最终指向了网络文学作品，因此这些通过链接一同被接受的文本被称为链文本。以晋江文学城为例，任何一部网络小说的页面中都被层层超链接包裹。处于网页最上方的是作品库、排行榜、评论频道、新闻活动等链接，这些选项是带读者离开小说阅读页面的。小说首页的文案部分会有作者放置的各种链接，例如新书的推荐等；文案右边的版块是文章的基本信息，包含小说类型、视角、作品风格、进度字数以及出版信息。首页的下方是小说的目录，点击具体章节进入阅读页面后可以发现，除小说正文内容外，阅读页面还包含了小说的全站排行、读者评论版块和作者"加精"评论。这些链文本包含着极大的信息容量，本文将选取排行数据作为案例，分析链文本的功能。

排行数据是伴随文本中少数以数据方式呈现的文本，但其对网络小

❶ 赵毅衡. 文本内真实性：一个符号表意原则［J］. 江海学刊，2015（6）：22-28.

说的创作与阅读都会产生较大影响。晋江文学城的排行榜有按照时间划分的月榜、季榜、半年榜；按照热度划分的霸王票总榜、总分榜、收入金榜；还有培养新人的新手金榜、栽培月榜、新晋作者榜，等等。这些排行榜数据从各个角度呈现出一部网络小说在当前的阅读市场的受欢迎程度。在排行榜中所处的排名是对一部网络小说客观实力的反映，尤其是在网络小说数量井喷式增加的背景下，读者在没有特定目的地挑选网络小说时，根据消费的从众心理会先从榜单中排名靠前的作品中进行选择。而排行数据作为链文本出现在小说章节主页中，读者在阅读开始前便能看到小说的排名热度。排名的高低可能会影响到读者的阅读兴趣。毕竟对于多数读者而言，阅读网络小说是一种休闲娱乐行为，不想浪费太多时间在小说的甄选上，因此排行数据是辅助他们做出快速选择的便捷工具。

（三）先/后文本

先/后文本是指两个文本之间有特殊关系，例如仿作、续集、后传。❶这种先后文本关系多体现在网络小说的衍生品中，例如影视改编。网络小说是同名电影与电视剧的先文本。此外还有仿作续集，一般来讲颇受好评的网络小说会出现许多同人创作，这些同人创作依据原作小说中的人物性格形象与人物关系，编造新的情节故事，创造新的结局以满足读者阅读原小说时的遗憾。网络小说也可能会成为后文本。例如，沧海遗墨创作的小说《倾尽天下乱世繁华》是根据一首歌曲《倾尽天下》剪辑的 MV 内容而创作的，小说中两位主人公的形象也是按照 MV 中两位演员的形象塑造的。

对于网络仙侠小说而言，先/后文本带来的集聚效应十分显著。以网络仙侠小说作为先文本，由其改编而来的电影与电视剧及其影视歌曲等多个文本均为后文本。这些先/后文本共同组成了一个网络 IP，其受众面

---

❶ 赵毅衡. 文本内真实性：一个符号表意原则 [J]. 江海学刊，2015（6）：22-28.

与影响力都会大大超过网络小说本身的影响力。近年来网络小说领域的仙侠题材热度不减，与其影视改编的火爆也有直接关联。Fresh 果果的《花千骨》被改编为同名电视剧后在 2015 年播出，当年引发收视热潮。该剧即便是在湖南卫视以"周播剧"的方式播出，依然受到观众追捧，周播收视率排行第一，❶ 成为人们热议的话题。《花千骨》电视剧的热播令原作小说知名度极大提高，带来双赢。《花千骨》的成功也让影视从业人员看到了网络仙侠小说资源的可塑性，纷纷选择仙侠题材着手改编，仅 2018 年就有《香蜜沉沉烬如霜》《扶摇》《斗破苍穹》《武动乾坤》等十余部由网络仙侠小说改编的电视剧播出。大量影视改编后文本的出现为网络仙侠小说的先文本带来了新的发展机遇。毕竟影视作品无论是在创作还是拍摄方面，其难度要远远超过只在网络上发表的小说。因此，一些小说情节无法在电视剧中再现会让部分观众觉得看不过瘾，从而寻找原作小说进行阅读；也有部分观众出于对影视作品中主人公的喜爱，自发为其创作续集。这些文本既是影视作品的后文本，也是原作网络小说的后文本。不断涌现的后文本不仅为网络小说大 IP 的打造起到推动作用，也进一步推动网络文学的经典化进程。先/后文本共同构成的网络文学作品传播力与影响力造就了一批"粉丝"群体，他们当中既有读者、观众，也有角色扮演者本身既有的"粉丝"等，而他们在经典作品形成的过程中代表了大众的力量。在消费时代，读者与观众的选择意味着消费的趋势。大众的选择一定程度上消解了知识精英提出的经典选择模式。"大众经典"的打造或许不同于以往的传统文学经典化路径，但对网络文学未来的良性发展有着不可替代的作用。

四、结语

以网络仙侠小说为例可以看出，伴随文本在网络文学的发展过程中

---

❶ 电视剧收视率排行榜. 历年中国周播剧收视率排行榜《花千骨》表现惊人 [EB/OL].[2015-09-08]. http://www.tvtv.hk/archives/2041.html.

发挥着重要的作用。无论是读者的评论文本、排行榜数据的链文本还是影视改编、同人创作的后文本，它们共同伴随在网络文学文本的周围，推动文本的传播。当然它们也与网络文学作品一起被大众解读消费，不断生成新的文本意义。解析伴随文本在网络文学作品中的运行机制可以了解伴随文本的作用，为进一步高效利用伴随文本的价值打下基础。利用附加的伴随文本可以提升网络文学作品的影响力，激励网络文学创作者写出受到大众青睐的作品，从而引导网络文学在未来的发展中出现经典。

（原载于《百家评论》2019 年第 1 期）

电影作品伴随文本的考察互鉴

——以网络文学改编电影为例

电影作为一种复杂的符号文本，除电影文本自身之外，还携带着大量的"伴随文本"。赵毅衡先生提出不可忽视伴随文本的重要性，因为它们"积极参与文本意义的构成，严重地影响意义解释"。❶ 对电影文本进行批评不可忽视伴随文本的影响。电影所携带的伴随文本种类繁多，贯穿电影策划、制作、宣传与发行的全过程，观众观影后的评价以及电影衍生产品的生产等一系列与电影相关的过程都能发现伴随文本的参与。这些伴随文本既影响了电影的文本解释，又能左右观众对电影价值的判断，进而成为影响电影票房的因素。因此，考察电影作品伴随文本的功能，例析伴随文本与电影的互动影响，对于思考如何有效利用伴随文本，推动电影文化产业的发展具有一定的借鉴意义。

一、电影伴随文本的重要功能

由于"伴随文本"是影响符号文本解释性的因素，是附加在文本之外的，因此，伴随文本的存在主要承担了一些功能性的价值。这一点从伴随文本理论的前身"副文本"研究中即初见端倪。法国学者热拉尔·热奈特最早提出了"副文本"的概念，他在《广义文本之导论》中界定了副文本的范围，包括标题、副标题、前言、插图以及作者留下的标志等，指出它们为文本提供了评论。❷ 已有学者对于副文本的功能性特征给予肯定，并指出"其美学意图不是让文本周围显得美观，而是要保证文

---

❶ 赵毅衡. 论"伴随文本"——扩展"文本间性"的一种方式 [J]. 文艺理论研究，2010（2）：2.

❷ ［法］热拉尔·热奈特. 热奈特论文集 [M]. 史忠义，译. 天津：百花文艺出版社，2001：71.

本命运和作者的宗旨一致"。❶ 因此，副文本承担着解释文本的功能。赵毅衡先生在此基础上提出的"伴随文本理论"更进一步细化了伴随文本的功能。他首先将伴随文本分为显性伴随文本、生成伴随文本和解释伴随文本三个大类。

第一类，显性伴随文本"就是'显露'在文本的表现层上的附加因素"，❷ 包含副文本与型文本。具体落实到电影层面，电影的出品公司、演职员表、影片海报等均属于副文本。判定电影所属类别的例如喜剧片、警匪片、恐怖片等类型划分的属于型文本。第二类，生成伴随文本即前文本，是一个文化中先前的文本对此文本生成产生的影响。"广义的前文本，是文本生成时受到的全部文化语境的网络"❸；狭义概念上的前文本可以理解为符号文本的引用因素。因此，电影的前文本既可以是电影中的"致敬"桥段，如《一步之遥》（2014）的开场戏对《教父》（1972）的模仿；同时《一步之遥》的前文本也包括民国历史给电影限定的社会背景。第三类，解释伴随文本"是文本发生后才带上的，他们在文本被解释时起作用"，❹ 分别包含评论文本、链文本与先/后文本。其中评论文本，顾名思义是对文本产生的评论，与电影相关的新闻、影评等均属于评论文本。"链文本"是指被链接起来一同被受众接受的其他文本。这一现象在两部影片存在一定关联时容易出现，例如，在改编上具有同源性的《九层妖塔》（2015）与《鬼吹灯之寻龙诀》（2015）经常被链接起来对比解读。先/后文本指出了两个作品之间的特殊关系，例如续集与仿作等。当影片是由某一文本改编而来，它与前作之间就存在先/后

---

❶ 朱桃香.副文本对阐释复杂文本的叙事诗学价值 [J].江西社会科学，2009（4）：39.

❷ 赵毅衡.论"伴随文本"——扩展"文本间性"的一种方式 [J].文艺理论研究，2010（2）：3.

❸ 赵毅衡."全文本"与普遍隐含作者 [J].甘肃社会科学，2012（6）：147.

❹ 赵毅衡.论"伴随文本"——扩展"文本间性"的一种方式 [J].文艺理论研究，2010（2）：4.

文本关系。由于某部影片大热，主创趁热打铁推出的系列作品之间也存在这种关系。任何电影作品都有着这三类伴随文本，研究者可以从这些伴随文本的角度系统性地切入电影，以获得对原文本更全面和深入的了解。

在上述分类中，笔者梳理了电影伴随文本的类别，由于伴随文本从本质上而言是辅助符号文本意义生成的文本，因此考察电影伴随文本首先应当厘定其功能价值。对于伴随文本功能的研究目前学界关注的方向主要集中在对文学文本的讨论上。无论是中国现代文学中的经典文本，还是新兴的网络小说，均有学者对其伴随文本所承担的功能进行比较分析。相较于文学文本的生产，电影作品的制作牵涉的影响因素更多。多环节多资源的创作过程决定了电影伴随文本类型的多样性和其所承担功能的复杂性。总的来说，宣传功能、引导功能与评价功能是其中三种较为重要的功能。

（一）宣传功能

宣传功能是电影伴随文本的最基本功能，其在副文本与先/后文本中有明显体现。任何一部电影都包含丰富的副文本素材，除上文提到的演职人员信息外，电影的主题曲、片花、多语种海报等都属于副文本的范畴。其中片花与海报虽然是电影的显性伴随文本，但由于发布时间通常早于影片上映，因此本身就是为电影的宣传而服务的。通常电影的主题曲是在影片结束后响起，它的前期宣传功能往往被忽略。然而在有些情况下，主题曲可以为影片奠定基调，并吸引特定观众群的注意。例如，电影《芳华》（2017）选用了的老电影《小花》（1979）的主题曲《绒花》。当熟悉的旋律响起，大量一年甚至多年没有进过电影院的中老年观众纷纷走进影院，❶ 回顾自己的"芳华"岁月。该主题曲在电影时代氛

---

❶ 《芳华》必须感谢的人：中老年观众 ［EB/OL］.［2019 - 10 - 01］. http：// baijiahao. baidu. com/s？id=1587755231503223488&wfr=spider&for=pc.

围的渲染上可谓功不可没。

与副文本的多种宣传角度不同的是，先/后文本的宣传功能有更为明确的目标群体。通常与电影构成先/后文本关系的是被改编的原作和系列电影的前作。前者以网络文学改编为例，会被选中进行影视化改编的通常是在网络上已积攒一定人气的作品，因此先/后文本带来的集聚效应能够迅速凸显。例如，电影《新步步惊心》（2015）改编自桐华的穿越小说《步步惊心》（2005）。而早在2011年，该小说的电视剧改编版就曾创下收视佳绩，甚至走出国门在亚洲获得广泛影响力。在小说与电视剧先文本的带动下，作为后文本的电影也加入"步步惊心"这个网络IP中，其票房吸引力也会因原作本身的光环而得到提升。

（二）引导功能

承担引导功能的是显性伴随文本中的型文本与生成伴随文本中的前文本。型文本的引导作用是双向的。一方面，在影片创作的过程中，无论是剧本原作还是上映审批的手续，都需要电影指向一种较为明确的影片类型。影片类型的确定引导着主创人员按照既定的模式添加必要的元素。枪战之于警匪片，太空遨游之于科幻片，推理之于悬疑片等都是型文本的元素表征。另一方面，型文本可以影响观众对影片的选择。类型片模式的成功在韩国电影的发展和中国当下商业电影市场格局的形成中可以得到充分印证。因此，作为电影工业化的产物，它的类型元素搭配与创作技巧带有明显的商业性，其目标就是引导观众培养起对某一特定类型影片的消费兴趣。

前文本的引导功能主要体现在广义层面，即整体的历史文化语境。例如，同样是网络小说改编的青春怀旧电影《致我们终将逝去的青春》（2013）与《匆匆那年》（2014），它们描述的都是"80后"的大学生活与步入社会后的人生轨迹，"80后"成长的历史背景构成了两部影片的文化语境。因此"80后"以及"70后"的观众可能会被影片营造的时代氛围所吸引，最终走入影院去致敬他们在"匆匆那年"已经"逝去的青春"。由于前者更早上映且取得了不俗的票房成绩，便成为后者在创作时用以参照的前文本，引导着同类型影片的创作。

(三) 评价功能

电影伴随文本的评价功能主要由评论文本和链文本共同承担。评论文本虽然是在原文本出现之后才生成，但能对原文本的解读带来较大影响。评论文本对电影的评论功能主要分为两个方向，其一是大众接受中的观众评论，其二是学界研究中的论文评述。在当下的电影评价机制中，豆瓣、猫眼等网络平台的评分对于观众观影的选择而言是十分重要的参考，这是大众话语权上升的体现。通过在豆瓣等平台留言评论的方式，普通观众逐渐掌握了阐释电影的权力，从普通的接受者转变为阐释者。与此同时，学院派评论依然保持着严格的遴选机制，用多个坐标理性系统地观照作品价值。两者共同参与到电影的评价体系中，以评论文本为介质完成对电影的解读与阐释。

链文本的评价功能主要体现在两个被链接起来一同接受的文本之间的比较评价。链文本是受众在接受某一文本时能够通过超链接抵达的文本，例如豆瓣电影、百度百科中某一词条下的不同义项以及其参考链接等。以《微微一笑很倾城》(2016) 为例，电影版与电视剧版均由小说原作者顾漫担任编剧并请当红演员主演，难免会被链接在一起比较。电视剧版因其篇幅较长基本做到了对原作剧情的还原，所选演员也较为贴合原作角色的气质，因此获得书迷的好评；而电影版由于剧情删改、主演杨颖（Angelababy）的演技未能得到大众认可等原因导致其热度低于电视剧版。将两者链接比较，也在一定程度上影响了电影作品的评价。

二、电影伴随文本与原文本的互动影响

随着新媒体时代信息资源的不断丰富，电影的伴随文本已呈现出纷

繁复杂的样式。当下的电影创作研究不能仅局限于电影作品本身，考察伴随文本与电影原文本之间互动带来的影响，有利于为当下芜杂的影视发展现状提供一个理性把握的方向。笔者认为，可以从两个方向入手分析两者之间的互动影响。

（一）伴随文本对电影作品的影响

伴随文本参与在电影创作、上映宣传和观影评价的每个环节之中。在电影创作的过程中，副文本是影片筹备之初影响其风格定型的因素。导演的知名度与执导风格、演员的演技与形象贴合度都将通过副文本直观呈现。在这其中演员的人气可谓是一把双刃剑，江南的网络小说《上海堡垒》（2019）改编为电影时请来了鹿晗主演，投资方本以为可以借助鹿晗的名气带动其"粉丝"票房市场，却未料陷入口碑"滑铁卢"的窘境。导演滕华涛在接受采访时表示："我用错了鹿晗，在一个不适合他的类型里。"● 鹿晗的个人形象与军人角色的设定差别较大，影片上映前发布的剧照中鹿晗厚重的刘海在军人队伍中显得格格不入，引发网友的热议。宣传剧照也属于副文本的一部分，它影响了潜在观众对于影片的期待。

电影的后期制作完成后，在宣传与发行过程中也有伴随文本的参与。与影片相关的新闻报道、电视节目等评论文本是观众与电影之间的桥梁，让观众得以通过这些评论文本了解电影的相关资讯。除此之外，电影首映礼通常会邀请媒体和专业影评人观影，利用他们的评论为影片树立口碑，从而激发大众观影的兴趣。值得注意的是，有些评论文本甚至会揭开原文本与先文本之间潜藏的关系。例如《战狼2》（2017）在上映时票房节节攀升，随着关注度的提高也招致一些非议。有观众指出，影片剧本抄袭网络军事小说《弹痕》（2007），并前往原作者微博留言，要求其

● 新浪娱乐. 导演滕华涛谈《上海堡垒》争议：我用错了鹿晗 [EB/OL]. [2019-10-01]. http：//ent. sina. com. cn/m/c/2019-08-20/doc-ihytcitn0470019. shtml.

"制裁"影片编剧。编剧董群无奈回应自己就是小说原作者"纷舞妖姬"。虽然从《战狼》（2015）到《战狼2》董群始终担任编剧一职，但他并非网络文学界知名作家，《弹痕》也未能形成大 IP 的影响力，所以较少有人将《战狼》系列电影与网络文学联系在一起；而评论文本揭开了两者的关联，也为我们解读影片提供了一个新的视角。《战狼2》能够雄踞国产电影票房榜首的原因，学界已从主流意识形态的张扬、爱国情绪的渲染以及军人形象的建构等多方面进行过探讨。笔者认为，网络小说作为先文本的影响力同样不可忽视。影片的整体节奏很快，剧情迅速推进，这与网络小说每章设置悬念，高潮迭起的写法如出一辙。在最后的决斗中，冷锋开始一直处于被动挨打的局面，最后却完成"反杀"，这是网络文学常见的"打怪升级"模式。网络文学的"爽文"精神在剧本中的贯彻或许是《战狼》系列戳中观众"爽点"引发集体共鸣的有效途径。

（二）电影作品对伴随文本的影响

伴随文本是伴随在电影原文本周边的文本，电影作品自然会对伴随文本产生重要影响。小到一部电影的热映带动其主题曲的流行，能不断丰富伴随文本的内容。例如，《冰雪奇缘》（2013）全球上映时，其主题曲《Let It Go》在街头巷尾传唱，还被改编成了多国语言版本，作为副文本的主题曲又衍生出不同的后文本。大到电影的商业性成功带来的轰动效应，改变了伴随文本的意义价值。《人在囧途之泰囧》（2012）作为徐峥的导演处女作斩获 12 亿元人民币的票房，并将"囧"系列打造成电影市场上的一块"金字招牌"。观众对于徐峥导演能力的肯定使得资本市场对其青睐有加。不仅浦发银行众筹"押宝"《港囧》（2015），❶ 甚至出现

---

❶ 齐鲁财富网. 浦发银行欲进军电影众筹 或押宝徐峥《港囧》［EB/OL］.［2019-10-01］. http：//www. qlmoney. com/content/20141113-3162. html.

假借徐峥、沈腾名义众筹电影敛财的骗局。❶《夏洛特烦恼》（2015）之后的沈腾与开心麻花团队也实现了商业价值的提升。然而"徐峥导演""沈腾主演"作为副文本的价值会随着电影水涨船高，同样会随着电影口碑的下降而受到波及。《港囧》与《西虹市首富》（2018）的网络平台评分都不尽如人意，未来这一伴随文本因素对于观众还能保持多大的影响力，则取决于后续的电影作品质量。

电影对于伴随文本的影响还体现在对型文本元素的开拓与丰富。由李可的同名网络小说改编的电影《杜拉拉升职记》（2010）将好莱坞的"小妞电影"模式与中国市场对女孩的青涩纯真审美结合起来，打造中国式小妞电影类型。可爱又自信的女孩形象、励志的职场故事与骑士护佑情节、都市的快节奏与时尚氛围成为这类电影共有的型文本元素。此后上映的《失恋33天》（2011）、《杜拉拉追婚记》（2015）等影片都属于拥有共同型文本的小妞电影。电影丰富了型文本的类型，令后来的影视创作者通过对这些型文本元素的使用实现类型的延续、杂糅等多种风格的创作，发挥了伴随文本的桥梁作用。

三、伴随文本之于电影的意义价值

新媒体时代的电影创作与传播不同于传统之处在于，电影的传播、欣赏和评述都是在交叉互动的动态体系中存在和发展的，每一部电影与其伴随文本之间的互动影响都值得注意。无论是运用副文本中的演职员信息达成电影的宣传效果；还是丰富探索型文本类型，为未来的影视创作提供可戏仿和引用的前文本元素；都可以看出有效利用伴随文本对电影创作与宣传的功用和价值。伴随文本之于电影的意义可以从打造电影

---

❶ 新浪财经. 电影众筹新骗局：《奇幻恋人》借徐峥沈腾非法敛财［EB/OL］.［2019-10-01］. http：//finance. sina. com. cn/chanjing/gsnews/2019-02-22/doc-ihrfqzka8000261. shtml.

产品和研究电影创作现象两个方向进行思考。

　　伴随文本参与了符号生成和阐释的各个环节，任何电影文本都不可能脱离伴随文本存在。对伴随文本的运用是原文本生成的基础：型文本确立了风格与题材；前文本提供了电影史上的经典片段以及观众理解这类影片内涵的文化背景；链文本将改编自同一文本的不同艺术形式的作品横向借鉴辅助创作；先文本作为电影改编的源头文本框定了影片的情节大纲，也带来了原作粉丝成为潜在观众。电影从完成制作到观众接受并解读，其中承担宣传与沟通作用的依然是伴随文本。电影通过副文本俘获观众的注意，并通过评论文本的全面解读，辅助观众在观看电影前后能够更加深入完整地理解电影。从某种意义上来说，一部电影是否存在大量的后文本是判断其成功与否的标志之一。通常获得口碑与票房双赢的电影能促成新的伴随文本的生成，即以该电影作为先文本的后文本制作，例如系列电影的后传、改编成网络游戏、动漫和同名电视剧等，进而形成完整的 IP 产业链。若论续集如何保持前作的制作水平，像美国电影《速度与激情》《复仇者联盟》、我国香港特区电影《无间道》《反贪风暴》等系列作品都可以提供启示，在其中也能明显看到伴随文本所起到的作用。例如，同样的制作班底确保副文本的宣传效益，沿用先文本中的人物设定、故事背景和影片风格等型文本元素，并在后文本中做到推陈出新，这些都是系列电影的成功不可或缺的要素。

　　无论是电影的拍摄制作还是走向市场，伴随文本都在其中承担了重要作用。如果能有效利用伴随文本，不仅能提升作品的知名度并带来可观的票房收入，还能促进观众对影片意义内涵的理解，实现电影的艺术价值。一些新世纪电影创作充分利用前文本实现了作品的别样特质和探索。例如，网络文学作家宁财神编剧的《大电影之数百亿》（2006）一口气"致敬"了《花样年华》《功夫》《黑客帝国》《阿甘正传》等中外十余部影片，引发了观众对原版的考据，各个文本之间也产生了碰撞效应，而且应用伴随文本理论可以更好地对此类作品和现象进行解读。此外，电影作品的先/后文本可以促进观众对影片的理解。《北京遇上西雅图》（2013）上映后，其同名小说也在腾讯阅读同步上线，以网络小说不受篇幅限制的有利条件，揭示了许多电影中精心设置的伏笔，让观众在观影过程中存留的疑惑可以在阅读中得到解答。有些电影通过后续的游戏改编作品丰富了原文本的叙事线，促进了接收者对角色性格和主题思想的理解。

用伴随文本的研究思路来考察电影创作现象不失为跨学科研究的新方法。正如李道新先生所言，建构中国电影的理论、批评与历史，从来就是中国电影学最为重大的课题。在跨学科、跨媒介与跨文化的多元维度中提出问题并解决问题，是新一代电影学者必须承担的责任和使命。❶ 伴随文本理论最初是文学研究领域的方法，但在电影学研究中更能发挥它的作用和价值，而针对当下环境，伴随文本理论又可以提供跨多媒介的理论抓手。当下的电影批评存在精英学院式的批评日益小众化，而全民参与的网络媒体占据主流批评的状况。面对众声喧哗的网络批评，电影研究者应当对此给予足够关注并加以研究和引导。

从伴随文本的角度切入电影研究，可以充分针对当下电影宣发与接受环节的互动性将不同媒介的样本数据进行整合分析，从而梳理出影响电影创作与接受的关键因素。以网络文学改编的电影创作为例，可以对文学基础上的先文本、图像学视野下的副文本海报、社会学观照下的评论文本，以及媒介范畴下的后文本影视和游戏改编等多种伴随文本进行综合总结考察。对于将电影伴随文本作为一个整体进行宏观审视和整理总结的研究，目前可以说还有很大的推

---

❶ 车琳、王一川、陈旭光，等. 电影研究与电影批评的方法论：历史、现状、前景［J］. 当代电影，2012（8）：123.

进空间，是电影研究的一个新的学术生长点。如何系统性地利用伴随文本促成电影创作与批评的多元化发展，是学界未来值得探讨并着力思考的论题。

（原载于《当代电影》2019 年第 11 期）

后　记

　　在本书成稿之际，回首之前的学习研究历程，感慨良多。对于曾经为我指引方向、鞭策激励我的师长亲友，我的内心充满感激。犹记得刚步入科研之路时，那份既满怀期待又惴惴不安的心情：我渴望在学术上日益精进，又担忧未能寻找到最适合我的学术之路。所谓阅藏知津，最初在面对庞大的学术资源时，我迷茫于寻找渡口的方向，是我的导师姚晓雷先生，引领我走进中国现当代文学研究的大门，更以言传身教的方式培养我对学术研究严谨踏实的态度。姚老师开阔包容的学术视野，仁爱宽厚的品格让我懂得了做人为学的道理。师恩如海，无以为报，唯望自己勤勉精进，不辜负老师的栽培与厚望。

　　感谢我的母校浙江大学，感谢培养我的中国现当代文学与文化研究所。在我的研究之路上，很多老师给予了我无私关怀和悉心指导。感谢吴秀明老师、黄健老师、盘剑老师、金进老师、陈力君老师、张广海老师等，各位老师的谆谆教诲让我深受感动并受益终身。我还要感谢在日本访学期间的指导老师、早稻田大学文学研究科的千野拓政教授，他在学业和生活上给予我的关怀，极大缓解了我在异国的紧张与不适，并拓展了我的眼界。

　　感谢我的工作单位山东师范大学文学院的领导和师长对我的关心与帮助。感谢孙书文院长、肖光军书记在本书出版过程中给予的支持，感谢魏建老师、李宗刚老师、贾振勇老师、孙桂荣老师、张丽军老师、陈夫龙老师等为我提供学术上的指导，感谢中国现当代文学学科和当代文学教研室的各位老师让我感受到大家庭的温暖。在网络文学的研究方面，感谢山东大学黄发有老师给予我充分的支持和鼓励。

　　"高山仰止，景行行止。虽不能至，然心向往之"，我始终以此勉励自己。很多时候因种种因素所致，想实现的目标和真正取得的成果之间还存在差距。尤其是面对网络文学这个复杂多变的研究对象，我尽一己之力，只能管中窥豹。然而，我对理想的追求永不止步，希望能在各位师长前辈的指导下继续努力，踏实走好每一步路。自我入职以来，网络文学研究是我一直关注的领域。如果说网络耽美小说是耽美爱好者建构的一个"异托邦"，那么从更广阔的范围来看，网络文学创作者也在通过网络文学作品建构着更庞大的"异托邦"，其中也运行着特殊规律。附录中的三篇拙文便是从"伴随文本"的角度，探索网络文学"异托邦"的规律。

　　最后感恩家人的陪伴。家人始终是我最坚强的后盾和前进的动力。每当我因科研进展不顺而焦躁不安时，家人总是耐心地包容我的小情绪，不断开解和鼓励我。衷心感谢知识产权出版社的李硕老师，她专业高效的职业精神和耐心包容的态度让我学到了很多。拙作还有许多尚待完善之处，恳请各位读者多加批评指正！